Help the aged
One time they were just like you
Drinking, smoking cigs and sniffing glue
Help the aged

Jarvis Cocker

1

Das war jetzt doch ein wenig ärgerlich. Der Höhepunkt der Woche und keine Zeugen.

«Das ist sie? Die suchen Sie?»

«Ein besseres Foto hab ich nicht.»

Der Baumarktverkäufer in dem speckigen roten Gilet schaute suchend über seine Schulter. Nicht ein Kollege in Sicht. Er fühlte sich wie ein Kunde.

«Da sind Sie bei mir falsch. Sie müssen zum Bahnhof Hütteldorf.» Er gab Suchanek das Foto zurück. «Gleis 2, 11.31 Uhr. Da fährt der Intercity nach Taka-Tuka-Land.»

—

Wenn es jemanden gab, dem man keinesfalls das Bemühen absprechen konnte, im Haus Sonne für ein wenig Abwechslung zu sorgen, dann war das die Frau Zillinger. Frau Zillinger ging sehr gerne spazieren, und dies konnte man an sich nur uneingeschränkt loben. Dass regelmäßige Bewegung auch und gerade für unsere älteren Mitbürger sehr wichtig ist, darf wohl als im Kanon der populärmedizinischen Expertise fest verankert gelten. Allerdings hatte Frau Zillinger das kleine Problem, dass mitunter vor dem Eingang zu ihrem reichen Erfahrungsschatz, den sie in einem nun doch schon schöne 92 Jahre andauernden Leben zusammengetragen hatte, mitunter schlagartig der Vorhang fiel. Nicht immer. Aber immer öfter. Dass sie dann nicht mehr wusste, wer sie schnell noch einmal war, hätte dabei für sich allein genommen ihre Wanderungen noch gar nicht so schlimm beeinträchtigt. Auch gedankenverloren durch Hain und Flur schreitende Philosophen stehen bisweilen vor ähnlich kniffligen Fragestellungen. Als gröber hinderlich erwies sich eher, dass Frau Zillinger mit einem Mal auch nicht mehr wusste, *wo* sie war. Und dabei ging es nicht nur um die Feinheit, ob Hasengasse oder Gunschweg, Frau Zillingers Navigationsinsuffizienz war in Momenten wie diesen weitaus grundlegender. Welches Land? Und: Jupiter oder Neptun?

Frau Zillinger musste jetzt immer öfter wieder eingefangen werden. Damit wäre sie an sich schon ein Fall für die Pflegestation des Hauses Sonne gewesen, aber zwischen ihr und dem letzten Umzug lag eisern Frau Hamsik. Und die war nicht sehr kooperativ. So schwach und zerfallen sie in ihrem Bett auch aussehen mochte und so lang sie schon kein sinnstiftendes Wort mehr geäußert hatte – es war das Herz.

«Ein Herz wie ein Büffel», pflegte die Ärztin nach jeder Blutdruckmessung zu sagen. «Die wird uns noch hundert.»

Also durfte sich Frau Zillinger mangels Platz in der Pflegestation im Prinzip nach wie vor frei bewegen, denn so ein modernes Altersheim war ja kein Gefängnis, sondern praktisch eine riesige WG, in der jeder seine eigene Wohnung hatte und im Rahmen der Hausordnung tun und lassen konnte, was auch immer er wollte. Wann denn auch sonst, wenn nicht jetzt? Wo's endlich egal war? Und nach einem Leben, das für alle Bewohner hier mehr Müssen als Wollen bereitgehalten hatte?

Meistens versuchte das Personal zwar, Frau Zillingers Bewegungsdrang in den hauseigenen Garten umzuleiten, aber manchmal entwischte sie eben doch. Für sich genommen kein Drama. Nur wohnte ab einer gewissen Zeit in dieser Kälte leider jeder weiteren Minute ihrer Abwesenheit zusehends die Gefahr schlechter Presse inne.

Was dann zwangsläufig folgte, durfte man als klassischen positiven Synergieeffekt verbuchen. Gesundheitsberufe sind ja für alle gesund, außer für jene, die sie ausüben. Das Personal im Haus Sonne war da keine Ausnahme. Tagtäglich alte Leute am Sterben zu hindern war anstrengend, ging auf die Bandscheiben und bei den Sensibleren auch aufs Gemüt. Nie kam man an die Luft, eine Extraration Sauerstoff gab es normalerweise höchstens im Raucherhof zwischen den hastigen Zügen an der Pausenzigarette, was die medizinische Bilanz erst recht wieder ins Soll trieb. Ein kleiner Ausflug war da doch eigentlich was Schönes. Und trotzdem musste man für den netten Spaziergang, der im Idealfall in der Dingfestmachung von Frau Zillinger gipfelte, nicht groß eine Warteliste anlegen. Die Auswahl erfolgte stattdessen nach einem der wesentlichsten Prinzipien, auf denen die menschliche Zivilisation seit Anbeginn fußt: Einer muss der Trottel sein. Und da man im Haus Sonne nunmehr über einen Suchanek verfügte, war für die nächste Zeit die doch oft belastende Unklarheit ausgeräumt, wer.

«Manchmal geht sie zum Würstelstand.»

«Schau zu der Bank in der Bujattigasse. Dort hat sie einmal den Bankomaten gegen alle verteidigt, weil sie gemeint hat, die stehlen ihr Geld.»

«Der Baumarkt ist auch ein guter Tipp. Sie scheint eine Schwäche für Schlagbohrmaschinen zu haben.»

«Und wenn sie da nirgends ist, dann bleibt noch die Ruinenvilla im Dehnepark. Hat einmal dem Willi Forst gehört, diesem Schauspieler von früher. Auf den steht sie. Er hat ihr angeblich einmal ein Autogramm gegeben, wie sie ein junges Mädchen war. Und ihr dabei auch noch ein Kompliment gemacht, wie hübsch sie ist. Selbst, wenn sie wieder einmal nicht weiß, wo hinten und vorne ist: *Das* vergisst sie nie. Und wenn du sie in einer Stunde nicht hast, ruf an. Dann kommt die Kavallerie.»

«Aber, selbst wenn ich sie finde», hatte Suchanek eingewendet, «warum sollte sie mit mir mitkommen? Sie kennt mich doch gar nicht.»

«Das ist egal. Wenn sie gerade wieder ein Blackout hat, kennt sie eh niemanden.»

Und dann hatte Suchanek noch etwas ausgespielt, das er irrigerweise für einen Trumpf gehalten hatte. «Ich weiß ja nicht einmal, wie sie aussieht.»

«Sie hat immer so einen Pelzhut auf. Nerz, glaub ich», hatte sich Robert, der Leiter der Hausbetreuung, sachdienlich gegeben. «An dem wirst du sie schon erkennen.»

Aber alte Frauen hatten doch quasi *immer* Pelzhüte auf. Sogar im Juli. Man wusste ja, dass verschiedene gesellschaftliche Gruppen ihre ungeschriebenen Gesetze hatten. Die Mafia hatte die Omerta, bei jugendlichen BMW-Fahrern mit eher südlichem Migrationshintergrund bestand Trainingshosen- und Heckspoilerpflicht. Und bei alten Frauen gab es da diese Pelzhut-Verordnung.

«Ich hab ein Foto!» Uschi, Assistentin in der Hausbetreuung, eine junge, dünne Frau mit der Ausstrahlung eines Regentages im November, war aufgesprungen und hatte es von der Pinnwand gepflückt.

—

Suchanek betrachtete noch einmal ebendieses Foto, das ihm der Baumarktverkäufer gerade zurückgegeben hatte. Zwischen zwei jüngeren Frauen mit Fellohren stand eine merklich gealterte Pippi Langstrumpf. Einer ihrer Zöpfe war auch schon ganz schwach. Das Bild sei vom letzten Fasching, hatte Uschi noch angemerkt. Und: «Die Haare sind nicht echt.»

Nicht auszudenken, sie hätten Suchanek ohne diese Information losgeschickt.

Er verließ den Baumarkt und schaute missmutig nach oben. Wer hatte noch einmal immer schon gefunden, dass eine Kopfbedeckung prinzipiell spießig war? Der Wind schien sogar noch zugelegt zu haben und beschoss Suchanek von rechts oben mit scharfkantigen Graupeln. Im Jänner war nämlich auch in Wien Winter. Aber ein anderer. In den Bergen des Westens, wo sich die Menschen rätselhafter Sprache und interessanter Gewohnheiten befleißigten, mochte die Gletschersonne im Jänner ja durchaus so prächtig gleißen, dass sich bei Marijke noch eine Woche nach ihrer Rückkehr nach Leeuwarden die verbrannte Haut vom Nasenrücken schälte. Hoffentlich das einzige lästige Souvenir vom Skiurlaub. Andere brachten Gipsbeine heim. Oder Chlamydien. Diese Risiken waren in Wien überschaubarer. Auch die Lawinengefahr ging selten über Stufe eins hinaus. Aber ansonsten war der Jänner im Flachland nur dazu erfunden worden, um der Suizidrate nach dem Hoch zu Weihnachten keine allzu schlimme Konjunkturdelle zu bescheren. Die Wettervorhersage für den Winter wurde Anfang November erstellt und blieb dann bis Ende März dieselbe: Hochnebel. Manchmal gab es auch ein bisschen Abwechslung, wenn es nämlich aus dem Hochnebel schneite. Und wenn wieder einmal der Sturm ordentlich ging, konnte es sogar sein, dass der Hochnebel einmal Pause hatte. Aber nur kurz.

Trotz dieser erheblichen Hindernisse auf dem Weg zu einem glücklichen Leben war die Straßenbahn schon frühmorgens voller Leute gewesen. Das war erstaunlich, musste aber irgendwie mit dem Konzept der Lohnarbeit zu tun haben, von dem Suchanek schon einmal gehört hatte. Und neuerdings war er sogar Teil davon. Nur eben ohne Lohn.

Bei Frau Zillingers privatem Bankomaten war er schon gewesen und hatte dort festgestellt, dass ihr Geld dort zwar immer noch nicht sicher, aber dennoch unbewacht war. Nächster Halt also: Würstelstand. Suchanek schlug den Kragen hoch, rammte seine Fäuste tief in die Jackentaschen und ging los.

—

«Was machen wir nur mit Ihnen, Herr Suchanek?», hatte der Richter gefragt. Ganz so, als ob die Antwort nicht glasklar auf der Hand gelegen hätte, weil sie natürlich nur lauten hätte können:

«Das ist alles ein unglaublicher Skandal! Ich möchte mich in aller Form für die Hexenjagd entschuldigen, der Sie durch die entmenschte Staatsanwaltschaft ausgesetzt waren, und Sie hiermit aber so was von freisprechen. Und als kleine Wiedergutmachung: Hätten Sie vielleicht gern die Telefonnummer von meiner Tochter?»

Aber darauf hatte Suchanek leider vergeblich gewartet, wie er so dagesessen und an seiner der Breite nach zu schließen in den späten siebziger Jahren geborenen Krawatte genestelt hatte, die ihm sein in Stylingangelegenheiten auch nicht letztgültig firmer Freund Grasel nicht nur geborgt, sondern auch noch so lang gebunden hatte, dass sie als blaugrün gestreiftes Textilsuspensorium bis weit zwischen die Schenkel heruntergereicht hatte.

Vielleicht hätte es auch geholfen, wenn der Pflichtverteidiger zumindest einen Teil des Prozesses zu etwas anderem genützt hätte, als am Handy zu checken, ob sich auf Tinder endlich etwas von Körbchengröße D aufwärts ergeben hatte. Zum Verteidigen etwa. Nur so ein Gedanke.

Das Fehlen einer interessierten, wachen und kritischen Öffentlichkeit war natürlich auch von Nachteil gewesen. Die Republik hatte ihren hammurabischen Rachefeldzug gegen Suchanek unter Umgehung der einschlägigen Passagen der Menschenrechtskonvention extra in einem ganz kleinen Saal am Ende der Justizwelt versteckt, erreichbar über einen ewig langen, verwinkelten Gang, in dem jeder noch so ambitionierte Maulwurf an seiner Berufung zu zweifeln begonnen hätte. Wobei, Saal, was hieß da überhaupt Saal? Das war bestenfalls ein Kabinett gewesen, für das man nicht einmal in diesen beliebten «Bastlerhit!»-Immobilienanzeigen ein Weitwinkelobjektiv gebraucht hätte. Der Große Schwurgerichtssaal, den jeder Kiebitz mit verbundenen Augen fand, der wäre natürlich voll mit empörten Mitbürgern gewesen, die dann möglicherweise den Richter ausgepfiffen oder gar den nächststehenden, professionelle Teilnahmslosigkeit vorschützenden Wachschergen subversiv am Jackenzipfel gezogen oder überhaupt gleich die Revolution ausgerufen hätten. Aber so.

«Eigenbedarf ...», hatte der Richter dann gesagt. «Alles Eigenbedarf, behaupten Sie? Wer soll Ihnen das denn glauben, bei der Menge? Das war ja nun wirklich ganz schön viel.»

10 Deka. Das war doch nicht viel! Und natürlich war das alles für ihn selber gewesen. Bei Gras kannte Suchanek kein Teilen oder Weitergeben, er war ja nicht die Caritas. Außerdem, wenn einer 10 Deka Kalbspariser oder was einkaufte, da machte ja auch keiner große Augen und fragte maliziös, wer denn da wohl alles mitesse. Einräumen musste man allenfalls, dass 10 Deka Gras im Vergleich zu Kalbspariser leider etwas auftrugen. Das sah dann möglicherweise für das ungeübte Auge gleich nach etwas aus. Und dann hatten Suchaneks 10 Deka halt auch noch dermaßen gestunken, dass der Polizist, der ihn auf dem Heimweg von seinem Versorger zur Verkehrskontrolle rausgewunken hatte, gar nicht erst groß nach dem Drogenspürhund funken hatte müssen.

—

«Ich hab heute schon ein paar alte Frauen gesehen», sagte die Stimme des Standlers aus dem Wurstwasserdunst heraus. «Um die Ecke ist ein Heim.»

«Ich weiß. Da komm ich ja her.»

Der Würstelstand hieß «Iss mir Wurscht!». Er war gleich bei der Endstation der Straßenbahn und trotz der frühen Uhrzeit ganz gut besucht. In einem kleinen, auf einer Seite offenen Zelt, in dem ein Heizschwammerl die Temperatur zumindest über null hielt, saßen drei mittelalte Männer an einem länglichen Heurigentisch. Jetzt ist es nicht jedermanns Sache, den Tag mit einer Käsekrainer zu eröffnen. Darum hatten sich die Herren auch für Bier entschieden. Man glaubt ja immer, man muss was Warmes trinken gegen die Kälte. Dabei geht es nur um die Kalorien. Tee ist Wasser mit meist vernachlässigbarem Geschmack. Bier hingegen Brennstoff zur Aufrechterhaltung der Körpertemperatur. Und da reden wir noch gar nicht von Mineralien und Spurenelementen.

«Wie sieht sie denn aus?»

Suchaneks Hand zuckte kurz. Aber dann ließ er das Foto lieber doch, wo es war. «Sie hat einen Pelzhut auf.»

«Eine alte Frau mit einem Pelzhut? Echt jetzt? Welche besonderen Kennzeichen hat sie noch? Zwei Hände und zwei Füße?»

Suchanek drehte sich seufzend um. Er war schon dermaßen durchgefroren, dass er einen Sangria-Kübel am Ballermann alleine durch kurzes Eintauchen seiner Finger auf Betriebstemperatur gebracht hätte. Als er sich in Richtung dieser komischen Villa aufmachte, rief ihm der Standler noch nach: «Ist es wenigstens eine Erbtante?»

Man wusste von ja allerlei störenden Eigenheiten, die Alte so zu haben pflegten. Sie konnten sich nicht erinnern, was sie zu Mittag gegessen hatten, aber ganz genau, was sie an dem Tag getan hatten, an dem JFK erschossen worden war. Ständig hatte man an der Supermarktkasse Alte vor sich, die stundenlang in ihren abgewetzten Portemonnaies nach diesem einen Cent gruben, der vor einer Woche garantiert noch da drin gewesen war. Außerdem tendierten Alte dazu, bei jeder verfügbaren Körperöffnung leckzuschlagen und nach toter Katze zu riechen. Dennoch hatte der Richter gefunden, dass er Suchanek mit seinem Urteil einen großen Gefallen tat. Im Gefängnis lerne einer wie er schließlich nur noch mehr Blödheiten. Vielleicht stimmte das ja sogar. Und eigentlich kam Suchanek mit Alten eh genauso gut klar wie mit Jungen. Überhaupt nicht. So gesehen blieb es sich wiederum völlig gleich, an wem er sich gemeinnützig abzuarbeiten hatte. Sozialdienst ohne Sozialkontakt wäre das Optimum gewesen, aber von der Justiz so viel Weitblick zu erwarten, war vermessen. Wobei, wenn die Alten so waren, wie sie gehörten, also zwar noch nicht ganz tot, aber schon weitgehend bewegungsunfähig und verstummt, dann hatten sie eigentlich eh eine Menge mit Suchanek gemeinsam. Das hieß aber noch lange nicht, dass er an ihnen herumhantieren wollte. Keine Viertelstunde. Und erst recht nicht 200 Stunden.

Es ging bergauf. Leider hatte sich dieser Willi Forst damals eingebildet, seine Villa auf einem der lieblichen Hügel des Wienerwaldes errichten zu müssen. Als sich Suchanek, der sich seine nur bedingt wettertauglichen Schuhe mittlerweile mit dem Baikalsee teilte, bis zum Eingang des Dehneparks hochgekämpft hatte, war die Stunde, die ihm Robert gegeben hatte, um. Er hätte also jetzt anrufen und die anderen auch in den Blizzard schicken können. Andererseits machte es vielleicht doch einen schlanken Fuß, wenn er alleine erfolgreich war.

Wiederum andererseits, aber das fiel ihm erst zehn Minuten später ein, als er auf dem vereisten Weg, der sich weiter durch den kahlen Park hochschlängelte, schon bis knapp vor die Ruine gerutscht war, zog eine zufriedenstellende Erfüllung seines ersten Auftrags womöglich die Gefahr nach sich, dass der umgehend zum Dauerauftrag wurde.

Von dem verschachtelten Gemäuer stand nur noch ein Kranz gotisch anmutender Spitzbögen, in denen einmal die Fenster gewesen waren. Der Teil schien auch noch ganz gut beisammen zu sein. Darüber und darunter waren allerdings nur roh behauene Steine wie bei einer richtig alten Burg. Und nach der Geröllhalde darunter zu schließen, wurden die nur mehr durch ihre Willenskraft zusammengehalten. Suchanek ging den Drahtzaun entlang, der das Gebäude umgab. Er fand einen Eingang, der aber versperrt war. Dahinter war ein Türstock, über dem ein Schild hing: «Betreten der Baustelle verboten». Die Stadt Wien war ja nicht unbekannt dafür, dass es bei manchen Baustellen mitunter etwas länger dauerte. Aber wenn das hier ernst gemeint war, dann schlug es locker den Berliner Flughafen. Hier konnte die Alte nicht sein, über den Zaun wäre sie nie drübergekommen. Suchanek nestelte nach seinem Handy und wollte gerade Verstärkung anfordern, als er etwas hörte. Es kam von irgendwo aus der Ruine. Das war ... eine Stimme. Schwach, aber doch.

«Hallo? Frau Zillinger?»

Das Geräusch brach wieder ab. Suchanek ging weiter den Zaun entlang – und tatsächlich: ein Loch. Er schlüpfte hindurch und betrat den ersten Raum. Der war ziemlich hoch und mit dicken Balken gepölzt. An den Wänden waren Graffitis, «Thug» stand da oder der gerade in diesem Bezirk an jeder Ecke zu findende Hinweis, dass hier Rapid Wien regierte. In der Mitte des Raumes lagen die Reste eines Lagerfeuers. Und überall ausgebrochene Mauersteine. In den nächsten Zimmern sah es ähnlich aus, nur die Graffiti wechselten. «Jenny + Nati», «Peace and Love» und ein eher mysteriöses, dafür aber umso größeres und kunstvolles «Senf». Im folgenden Raum war der Boden zur Hälfte weggebrochen – aber auf dem, was noch übrig war, lag ein Mensch. Er war in allerlei Fetzen und einen zerschlissenen Schlafsack eingemummt, sodass man sein Gesicht kaum sehen konnte. Einige leere Flaschen standen herum und das offensichtliche Getränk des Tages, eine angebrochene Tetrapackung Rotwein. Neben dem schlafenden Obdachlosen, auf einem großen Stein, saß Frau Zillinger. Sie sah Suchanek interessiert an.

«Frau Zillinger! Gott sei Dank hab ich Sie endlich gefunden. Ich komme vom Haus Sonne und soll Sie nach Hause bringen.»

Die Frau musterte ihn stumm. Dann rückte sie ihren Pelzhut zurecht, wandte sich wieder dem Schlafenden zu und begann dünn und zittrig zu singen.

«Du hast Glück beiiii den Frauen, Bel Amiii.»

2

Man sagte nicht mehr Altersheim. Das ging ja beides nicht. Heim klang nach Internierung und alt nach alt. In Wien hießen Altersheime «Häuser zum Leben», und das war natürlich schon ein schöner Name. Allerdings war Suchanek, als er auf Google Earth den richtigen Weg zum Haus Sonne gesucht hatte, aufgefallen, dass das Haus Sonne von oben besehen die Form eines großen Kreuzes hatte. Eine nicht unoriginelle Wahl. Da war der Architekt wahrscheinlich nicht nur einmal schenkelklopfend vor seinem eigenen Plan gesessen. Andererseits konnte man streng genommen eigentlich überhaupt jedes Haus «Haus zum Leben» nennen. Nicht nur solche, die hochkant als Grabstein für Godzilla getaugt hätten.

Von vorne sah man der Sonne nicht an, dass da 300 Apartments Platz hatten. Der Haupteingang war an der kurzen oberen Seite des Kreuzes, also dort, wo sie damals bei Jesus angeblich «INRI» hingeschrieben hatten, damit sich Barnabas neben ihm anbetungstechnisch nicht irgendwelche Schwachheiten einbildete, und rundherum standen hohe Nadelbäume, die den Rest des Gebäudes weitgehend verdeckten. Das Haus war in hellbrauner Tarnfarbe gehalten, alle paar Meter sprang ein senkrechter dunkelbrauner Streifen von Balkonen hervor. Über der automatischen Glastür stand in nüchternen blauen Lettern der Name, nur das O war eine gelbe Sonne. Drinnen war es hell, fast schon schmerzhaft hell. Alles weiß, der Steinboden, die Wände und Decken, auch die Sessel in der Eingangshalle. Das fiel wohl unter «freundliche Atmosphäre». Und viele stellten sich möglicherweise auch vor, dass es oben beim Himmelvater, dem sie bald die Hand schütteln durften, ähnlich aussah.

Gegenüber von Suchanek in der Halle saß eine Frau. Augen geschlossen, Kopf nach hinten gekippt, den Mund weit offen. Ihre falschen Zähne hatten der verhängnisvollen Wechselwirkung zwischen Schwerkraft und Billig-Haftcreme Tribut zollen müssen und hingen halb aus dem rechten Mundwinkel. Wahrscheinlich schlief sie. Womöglich mehr. Musste man am Ende Wiederbelebungsmaßnahmen einleiten? Aber hatten die Alten in diesen Heimen nicht ohnehin alle Patientenverfügungen, in denen drinstand, dass sie nicht wiederbelebt werden wollten? Suchanek sah sich schon die Greisin nach einem Zettel abklopfen, auf dem stand: «Lasst mich sterben!» Gut, dass Roberts Besprechung gerade noch rechtzeitig aus war.

«So, jetzt hab ich endlich Zeit für dich!»

Manchen Menschen sagte man ja nach, sie hätten ein offenes Gesicht. Das war in der Regel positiv gemeint, aber nur, weil wieder einmal keiner Suchanek um seine Meinung fragte. Wobei Meinung auch wieder ein großes Wort war, denn sehr oft hatte Suchanek gar keine, weil ihm das meiste ergreifend wurscht war. Das offene Gesicht aber, das ihn jetzt anstrahlte, konnte ihm nicht wurscht sein, weil er es in nächster Zeit täglich sehen würde. Wuschelige Haare, die hinten zu einem kleinen Dutt zusammengeknäuelt waren, eine dieser um zwei Nummern zu großen Hornbrillen, die man heutzutage brauchte, um im antikapitalistischen Café hinter seinem Latte gute Figur zu machen. In den Hipster-Bezirken sah jeder Zweite so aus.

«Danke noch einmal, dass du mit der Zillinger gleich ins kalte Wasser gesprungen bist. Wir hätten sonst nicht gewusst, wie wir das machen sollen, es hatte ja keiner Zeit.»

In der nächsten Sekunde würde Suchanek garantiert ekliger Schleim zwischen den Fingern durchquellen, so batzweich war Robert Apfalters schweißiger Händedruck.

«Wie hast du sie denn zum Mitgehen überredet?»

«Ich hab gesagt, wenn sie nicht kommt, dann essen ihr die anderen den ganzen Kaiserschmarrn weg.»

«Ah! Es gibt heute Kaiserschmarrn?»

«Nein.»

Robert schob sich mit dem Zeigefinger die Brille hoch. «Das war recht gefinkelt, vor allem fürs erste Mal. Aber normalerweise versuchen wir hier schon, unsere Bewohner nicht anzulügen.»

Ist mir recht, dachte Suchanek. Ihr könnt das gerne weiter versuchen.

«Also: Hausführung?»

«Gern.»

«Diesen Teil hier kennst du eh schon. Direktion, dahinter die Hausbetreuung, also unsere Räume. Anschließend kommt noch ein Fernsehzimmer und ein Abgang in den Keller. Da drüben ist der Lift für den Bewohnertrakt. Und daneben der Eingang zur Pflegestation. Die schauen wir uns am Schluss an. Jetzt gehen wir einmal in den Speisesaal.»

Die Halle war in der Zwischenzeit voller Alter. Natürlich traf man sie überall in der Stadt, wie sie mit ihrem typischen steifen Wackelgang daherpendelten wie auf Adagio gestellte Metronome oder sich auf Gehstöcke und Rollatoren gestützt mit einer Schrittlänge im einstelligen Zentimeterbereich einem Ziel entgegenschoben, das immer fern lag. Aber dermaßen geballt traten sie selten auf. Selbst in einem Altersheim.

«Wo wollen die alle hin?», fragte Suchanek und wies mit dem Daumen auf die träge fließende Prozession der Lahmen und Gebeugten. «Ist es nicht noch ein bisschen früh fürs Mittagessen?»

«Die gehen zum Plenum. Oder wie die Direktorin auch sagt: zur Klagemauer. Jeden Montag um zehn.»

Es war gerade einmal halb zehn. Aber das wusste man ja über das Geriatriegeschwader. Frühe Vögel allesamt. Flügellahm zwar, aber früh. Beim Aufstehen, beim Essen, bei allem. Wenn du willst, dass ein Alter um drei irgendwo ist, sag ihm, er soll um vier kommen.

«Das ist der Speisesaal.» Das hatte Suchanek schon vermutet. So viele Tische und Sessel konnten durchaus als Indiz gelten.

«Die meisten Bewohner essen hier. Aber manche wollen auch im Zimmer bleiben, denen bringen wir das Essen rauf. Und hier finden auch die meisten von unseren Nachmittagsaktivitäten statt. Da ist immer was anderes los. Entweder ein Vortrag oder wir machen ein Mensch-ärgere-dich-nicht-Turnier oder es wird was gebastelt.»

Wenn Suchanek mit seinem handwerklichen Talent den Alten beim Basteln unter die Arme griff, würde es für die aber schwer bis unmöglich werden, Menschen zu bleiben, die sich nicht ärgerten.

«Das heißt also, das wird meine Hauptarbeit sein.»

«Ja. Und was du sonst noch tun wirst, das sind eigentlich so die klassischen Tätigkeiten von den Ehrenamtlichen, also von unseren Helfern, die sich freiwillig hier im Haus engagieren.»

Es gab also Menschen, die unbezahlt hier arbeiteten, obwohl sie andererseits klug genug gewesen waren, sich nicht beim Kiffen erwischen zu lassen. Die Welt war voller Wunder.

«Sie begleiten zum Beispiel Bewohner, die nicht mehr

so gut zu Fuß sind, bei ihren Spaziergängen. Manche sind überhaupt auf den Rollstuhl angewiesen, wenn die an die Luft wollen, geht das schon gar nicht ohne Hilfe. Oder man erledigt kleine Wege für sie, Einkaufen, Post, so etwas.»

Suchanek ging nie spazieren. Und wenn ausnahmsweise doch einmal, dann war binnen Minuten er es, der Hilfe brauchte.

«Aber das Allerwichtigste ist sowieso, dass die Leute jemanden haben, der ihnen zuhört.»

Zuhören, das war machbar. Zumindest so tun. Solange niemand über Gebühr anspruchsvoll war, also zum Beispiel irgendwann eine Antwort erwartete oder so.

«He!» Ein Gehstock fuhr in Augenhöhe auf Suchanek zu. An seinem Ende saß eine Frau, die ihn argwöhnisch anstarrte. «Den kenn ich nicht!»

Robert lächelte. «Daran musst du dich gewöhnen. Sie sind sehr ... nun ja, sagen wir: interessiert.»

Sie fuhren mit dem Küchenaufzug nach unten. «Und? Wie lange bleibst du bei uns?», fragte Robert im Lift.

«Wenn ihr hier eine 40-Stunden-Woche habt, dann fünf Wochen.»

Robert wackelte mit dem Kopf und seufzte. «So ein Scheiß, was? Und das alles nur wegen einem bisschen Gras. Und was machst du sonst so, beruflich meine ich? Wie geht sich das aus, dass du fünf Wochen am Stück abdienen kannst?»

«Im Moment bin ich arbeitslos. Da passt das ganz gut.» Wer sagte denn, dass ein Moment nicht 18 Jahre dauern konnte? Das Universum und Suchanek rechneten da großzügig.

Der Lift führte direkt in die Küche, und als die Tür aufging, dachte Suchanek, er wäre in einer Fertigungshalle für Autoteile gelandet. Lange Straßen aus Nirosta durchzogen den Raum, Fließbänder und rätselhafte Gerätschaften, die nach allem aussahen, nur nicht nach einem Herd. Weiß gekleidete Leute wuselten herum.

«Frühstück, Mittag- und Abendessen für 400 Personen inklusive Personal. Da geht was weiter, was? Da nebenan ist der Kühlraum, den brauchst du nicht von innen sehen, weil da wirst du nie reinmüssen. Außerdem weiß ich die Kombination gar nicht», sagte Robert und wies auf das Zahlendisplay. «Und die Stiege da geht ins zweite Untergeschoß. Zu den Katakomben. Da unten ist nichts, was für dich interessant wäre, Haustechnik, Heizungszentrale, Fettabscheider und solche Sachen. Da gehen nur die Hausarbeiter runter. Und auch die nicht freiwillig. Ah, übrigens: Da kommt ja gerade einer.»

Suchanek drehte sich um. Der Mann, der da auf ihn zusteuerte, konnte mit seiner Statur für eine Sonnenfinsternis sorgen.

«Das ist der Ivo, unser Stier von Serbien!» Suchaneks Hand begab sich in der ausgestreckten Pranke des bärtigen Riesen kurzfristig auf Abgängigkeit. «Der Suchanek ist jetzt eine Zeitlang bei uns, Ivo. Wenn er irgendwas braucht, hilfst ihm, gell?»

«Muss ma schauen», sagte Ivo und ging weiter. Robert führte Suchanek den Gang hinunter, bis er links in eine offene Tür einbog.

«Waschküche», sagte er und machte eine ausladende Handbewegung wie ein Hacienda-Besitzer, der von einem

Hügel aus seine Latifundien präsentiert. Fast die Hälfte des Raumes wurde von großen blauen Plastikwannen auf Rädern eingenommen. Alle waren voll mit Wäsche.

«Bei 300 Leuten fällt natürlich eine Menge an, wie du dir vorstellen kannst. Der Dunja und der Gordana geht die Arbeit nie aus.» Eine der beiden Frauen, die vor zwei riesigen, sicher um die vier Meter hohen Waschmaschinen standen und bügelten, drehte sich um und lächelte schwach. In der Mitte ihres Blondkopfes machte sich ein dunkler Nachwuchsstreifen schon ziemlich breit. Sie sah geschafft aus.

«Ein Neuer?», fragte sie.

«Vorübergehend», antwortete Robert. «Weißt eh, so wie der Georg, der vor ein paar Wochen da war.»

«Ah so», sagte Dunja desinteressiert und drehte sich wieder weg.

Robert führte Suchanek weiter, zu einem Teil des Kellers, der für die Bewohner da war: Turnsaal, Massageraum, Sauna.

«Eine Sauna? Wird die auch benützt?»

«Oh ja. Da gibt es so eine Runde, die hat jeden Mittwoch ihren fixen Abend. Und sie freuen sich immer, wenn ihnen einer von uns Gesellschaft leistet.»

Da wäre doch einmal eine Abendgestaltung nach deinem Geschmack, Suchanek! Du triffst dich mit ein paar 90-jährigen Faltensäcken, ihr springt fröhlich gemeinsam aus der Panier und transpiriert euch dann gegenseitig an.

«Da drüben ist dann noch die Rettungs- und Lieferantenzufahrt. Solltest du auch wissen, wenn einmal was ist. Und jetzt nehmen wir am besten gleich diesen Lift hier wieder rauf. Das ist ein besonderer.»

«Wieso?»

«Wirst du gleich sehen.»

«Von der Größe her ist das ein Bettenlift. Für die Rettung.»

«Nicht direkt.»

Als sie oben ankamen, öffnete Robert die Tür und sagte: «Oh, shit. Besetzt.»

In dem Zimmer war es deutlich kühler als im Rest des Hauses. Das Licht war diffus, und auf einem kleinen Sims an der Stirnseite flackerten zwei elektrische Kerzenimitate, zwischen ihnen an der Wand ein Bild von einem leicht benebelten Herbstwald. Davor stand ein Bett. Und in dem lag eine Frau mit geschlossenen Augen, die Decke bis zum Kinn hochgezogen.

«Gott sei Dank sind gerade keine Angehörigen da, das wäre sonst richtig peinlich geworden», flüsterte Robert.

«Ist die ... tot?»

Robert nickte. «Das ist unser Verabschiedungsraum. Wenn jemand stirbt, bringen wir ihn hierher, die Verwandten können kommen und sich da drin die Zeit nehmen, die sie brauchen. Und dann fahren wir gleich runter in den Keller zum Bestattungsauto. Das ist gescheiter so. Ich hab früher in einem anderen Heim gearbeitet, da haben sie die Toten beim Haupteingang rausgeführt. Das war irgendwie für die anderen nicht so prickelnd. So, hoffentlich sieht uns jetzt keiner, wenn wir hier rauskommen. Das haben sie nicht so gern, wenn wer mit dem Totenlift fährt.»

Die Hoffnung erwies sich als hochgradig trügerisch. Als sie auf den Gang hinausschlüpften, dröhnte es nämlich sofort:

«Robert! Sind wir wieder einmal von der Maschek-Seite gekommen?»

Der Mann hatte weiße Pflegerkleidung an. Seine Haare waren stoppelkurz abrasiert, der Nacken schlug drei speckige Falten, und im linken Ohrläppchen steckte eine dieser eigenartigen schwarzen Gummirollen mit Loch in der Mitte. Auf alte Leute musste diese Erscheinung eher minder vertrauenerweckend wirken. Ob die Frau mit den wirren Strubbelhaaren und dem leeren Blick, die er gerade am Arm festhielt, wohl deshalb so energisch versuchte, sich zu befreien?

«Ich habe ja nicht gewusst, dass wer drin ist», antwortete der Dutt betreten.

«Ist da jemals niemand drin?»

«Ja, okay. War das letzte Mal.»

«Und dann noch dazu mit einem Hausfremden», sagte der Mann und wies auf Suchanek.

«Der ist nicht hausfremd. Das ist der Suchanek. Unser neuer ...» Robert stockte. Es war Suchanek auch schon aufgefallen, dass es für seine Tätigkeit hier eigentlich keine Berufsbezeichnung gab. So etwas gehörte eigentlich geändert, schon aus Gründen der Nichtdiskriminierung von zu Resozialisierenden. Etwas großkotzig Englisches, aus dem man eine eminent wichtig klingende Abkürzung bauen konnte, hätte ihm gefallen. Vielleicht CEHOAN. «Chief Executive Head of Absolutely Nothing».

«Ah, Monatsanfang», übernahm der Mann für ihn. «Bist du vielleicht unser neues Justizopfer?»

«Kann man so sagen», antwortete Suchanek.

«Ich bin der Mike.» Der Pfleger ließ die Frau los, um

Suchanek die Hand hinzustrecken. Die Alte nützte die Chance sofort und machte sich zielstrebig auf den Weg zum Ausgang.

«Geh bitte!» Mike holte sie mit drei schnellen Schritten ein, drehte sie um und schubste sie in die andere Richtung. «Dort spielt die Musik, Lassie! Und wenn du brav bist, darfst du dir auch mit den Fingerfarben eine Kriegsbemalung machen.»

Dann sah er Suchaneks Gesicht, das sich wohl zu einem Fragezeichen verformt hatte, und grinste. «Die heißt eigentlich Lisi. Aber sie beißt. Also hat sich in ihrem Namen eine kleine Lautverschiebung ergeben. Willkommen auf der Pflegestation!» Mike schob Lassie vor sich her und wies auf eine Koje am Ende des Ganges, in der gerade Weißkittel-Vollversammlung zu sein schien. «Und hier haben wir: Irmi, Imelda, Elfi, Frau Doktor Schneider und die Hanni. Meine Damen, das ist der Herr Suchanek, zu uns geschickt im Namen der Republik.»

Alle hatten Vornamen, nur die Frau Doktor nicht. Suchanek fühlte sich mit einem Mal auch ein wenig akademisch, obwohl er die Alma Mater einst nur zum Immatrikulieren von innen gesehen und dann gefunden hatte, dass diese Massenuni mit Vorlesungen um acht Uhr früh, Gerangel um Seminarplätze und pädagogisch fraglos längst überholtem Prüfungsstress nichts für eine doch sehr sensible Gelehrtenseele wie die seine war.

«Irgendwelche Erfahrungen mit alten Leuten?», fragte Mike und bugsierte Lassie an der Schwesternstation vorbei. Dahinter teilte sich der Gang, Suchanek konnte einen Tisch sehen, an dem eine andere Frau saß, die zusammengesunken auf eine leere Tasse vor sich starrte. Aus einem ihrer Mundwinkel hing ein langer Speichelfaden.

«Na ja ... Eigentlich nicht.»

«Das macht nichts. Wir haben uns noch jeden hingebogen», sagte Hanni, die Suchanek, obwohl wahrlich nicht mit Kennerblick ausgestattet, sofort als die Hübscheste von allen Schwestern identifiziert hatte. Sie hatte ihr Haar ganz oben am Kopf zusammengebunden, sodass es aussah wie eine kleine rote Palme. «Manche von euch sind halt nur ein bisschen ... langsam.» Sie zwinkerte. «Ich hab keine Ahnung, woran das liegt.»

«Na, woran schon. Weich in der Birne von den Drogen», zeigte sich die Frau Doktor ironieresistent. Ihr Kittel war nicht zugeknöpft und gab den Blick auf einen dunkelblauen Faltenrock und eine überdimensionale Wyatt-Earp-Masche an ihrer weißen Bluse frei. Zusammen mit den Perlenohrsteckern besagte das zweifelsfrei Nobelviertel. Grinzinger Cottage-Viertel, das jedermann sofort wissen lassen wollte, dass es Grinzinger Cottage-Viertel war.

«Die Herrschaften wissen ja gar nicht, was sie ihrem orbitofrontalen Cortex antun.»

Suchanek konnte mit Gewissheit behaupten, dass er seinem orbitofrontalen Cortex nie etwas Böses gewollt hatte. Und daran hätte sich auch nichts geändert, wenn er schon früher gewusst hätte, dass er einen besaß. Aber man musste nun einmal Prioritäten setzen. Zum Glück verspürte Robert den starken Drang, diese peinliche Unterhaltung nicht weiter ausufern zu lassen. Das Plenum beginne nämlich jetzt. Eine tolle Gelegenheit, ein paar Bewohner kennenzulernen. Also nichts wie hin.

«Und da frag ich mich schon. Wozu haben wir so einen Automaten da stehen, wenn dann die Chips sowieso immer aus sind?»

«Aber in dem Automaten gibt es ja andere Sachen auch, was weiß ich, Schokolade oder Erdnüsse.»

«Wollen Sie mich sekkieren? Schokolade darf ich nicht wegen dem Zucker und Erdnüsse bitte? Erdnüsse?? Da brauch ich bis nach meinem Begräbnis, bis ich die wieder aus meinem Gebiss draußen habe.»

Die Diskussion über die Problematik, dass man zwar auf jedem Bewohnerstockwerk Snacks kaufen konnte, wenn einen außerhalb der Küchenöffnungszeiten und angesichts einer wieder einmal besonders aufreibenden Ausgabe der Carmen-Nebel-Show Heißhunger auf Chips überfiel, man aber mit einer schwer zu verkraftenden Enttäuschung konfrontiert wurde, wenn einige andere diesen schon früher verspürt hatten, zog sich jetzt doch schon ein wenig. Eva Heinze, die Direktorin, stand auf einer kleinen Bühne und bewies endlosen Langmut. Sie war vielleicht Mitte fünfzig, hatte sich aber gut gehalten, fand Suchanek. Enges Business-Kostüm, ein sich durchaus auszahlender Ausschnitt.

«Wie gesagt, wir werden uns darum kümmern», betonte sie zum vierten Mal, jetzt schon ein wenig sehr bemüht freundlich. Die Beschwerdeführerin gab dann zwar auf, es war ihr aber anzumerken, dass sie über das Ausbleiben einer geharnischten Sanktion enttäuscht war. Irgendwas, das sie noch aus ihrer Jugend kannte, hätte ihr sicher gefallen. Also wenigstens ein Nachmittag Pranger oder so. Als Nächste meldete sich eine Frau mit Strichen statt Lippen und mit Mundwinkeln, die nach unten kein Ende zu kennen schienen. Sie beschwerte sich, jemand habe schon die dritte rosa Zyklame, die sie im Gang vor ihrer Tür auf dem Fensterbrett platziert habe, mit Schnaps totgegossen.

«Slibowitz. Ich hab's genau gerochen! Und ich weiß auch, wer's war», sagte sie streng und verzehrte ihre Restlippen.

«Haben Sie denn einen Beweis, Frau Ströck?», fragte Frau Direktor Heinze nicht unsüffisant.

Die Stimme der Alten überschlug sich: «Wenn Sie endlich eine Kamera da montieren würden, dann hätten Sie den Beweis.»

«Ich soll eine Überwachungskamera für eine Zyklame installieren? Meinen Sie das ernst?»

Zum Glück holte eine andere Wortmeldung das Plenum aus diese unerquicklichen Debatte. Der Mann, der etwas sagen wollte, war klein und rund, hatte eine tiefrote Nase und nur noch einen schmalen Kranz aus gut eingefetteten Flaumhaaren. Er trug eine Brille, deren Gläser man offenbar aus einem Flaschenboden geschnitten hatte, und sein Hosenbund saß knapp unter den Brustwarzen. Möglicherweise sogar darüber, aber so genau wollte es Suchanek auch wieder nicht wissen.

«Bitte schön, Herr Obermüller!»

Der Mann stand auf. «Ich möchte als Vorsitzender des Bewohner-Beirates bekanntgeben, dass es uns gelungen ist, ein Kontingent an verbilligten Karten für die Eisrevue in der Stadthalle zu bekommen. Die Vorstellung ist nächste Woche am Donnerstagnachmittag. Wer sich interessiert, bitte zu mir kommen oder zur Frau Gumprecht.»

«Ist das das amerikanische Klumpert da, dieses Holiday

on Ice? Die haben immer so eine Tschinbumm-Musik, die will ich nicht», quäkte eine Frau.

«Es gibt halt nur eine Eisrevue», sagte der Vorsitzende leicht ratlos.

«Ja, aber wie die Trixi Schuba noch dabei war, da haben sie Walzer und alles gespielt. Das war schön.»

«Das ist doch mehr als 40 Jahre her, Hermi», wandte eine andere Frau ein. «Wer weiß, wenn du ein Glück hast, dann zieht die Trixi Schuba bald neben dir ein.»

Der Vorsitzende stand immer noch und sah jetzt sehr unglücklich aus. Er versuchte das allgemeine Gelächter mit Würde zu übertönen.

«Außerdem möchte ich euch noch darauf hinweisen, dass in einem Monat der neue Beirat gewählt wird. Die Kandidatenliste hängt am Schwarzen Brett vor der Direktion zur Einsicht aus.»

«Ach, deswegen die Eisrevue! Am Abend wird der Faule fleißig, oder, Franz?», ätzte die Trixi-Schuba-Aficionada. «Und hängt da eigentlich am Brett nur deine Liste oder auch die von der Konkurrenz?»

Obermüllers Nase kippte jetzt in ein sattes Dunkelblau. «Natürlich hängen da beide Listen!» Er schrie jetzt schon fast. «Wir haben es zwar bis jetzt nie für nötig befunden, dass man da gegeneinander antritt, sondern immer versucht, alles gemeinsam zu lösen, aber bitte. Wir leben schließlich in einer Demokratie.» Das konnte er ja wohl leider nicht ändern. Obwohl der Verdacht bestand, dass er sich durchaus zielführendere Gesellschaftsformen vorstellen hätte können. Er setzte sich wieder hin und verschränkte beleidigt die Arme. Die Direktorin hatte während des kleinen Scharmützels mehrmals Luft geholt und zu einer Intervention angesetzt, war aber nicht dazu gekommen. Jetzt wirkte sie sichtlich erleichtert.

«Gut, wenn sonst nichts mehr ist ... Dann möchte ich noch wie immer zu einer Gedenkminute für diejenigen Mitbewohnerinnen und Mitbewohner aufrufen, die uns vergangene Woche verlassen haben.» Sie blickte kurz auf einen kleinen Zettel in ihrer Hand. «Gerlinde Mittermeier, Pauline Sobczak, Frieda Jelinek und Hermann Gruber. Sie werden uns fehlen. Ich bitte um einen kurzen Moment der Stille.»

Der Moment der Stille war dann tatsächlich sehr kurz. Denn nun begann ein Mann ausgesprochen laut zu flüstern.

«Wer ist gestorben? Die Frieda?»

«Ja», sagte die Frau neben ihm.

«Wer?»

«Die Frieda!!»

«Ach so. Und ich hab schon geglaubt, die Frieda.»

«Danke», beendete Heinze die leicht imperfekte Stille. «Dann sehen wir uns also nächsten ...»

«Ich möchte doch noch etwas sagen, bitte!» Die Frau, die die Hand gehoben hatte, trug eine in diesem Meer von Pastell sehr auffällige Frühlingswiese als Bluse. Aber sie war offenbar dennoch nicht so von der fröhlichen Abteilung.

«Ich wollte über die Sicherheit reden. Also ich weiß nicht, wie es den anderen geht, aber: Ich habe Angst. Gestern am Abend war schon wieder so ein Dunkler bei mir am Gang, den ich noch nie gesehen habe. Dauernd rennen da am Abend Leute herum, die keiner kennt.»

«Was soll das heißen, ein Dunkler?», fragte die Direktorin.

«Schwarze Haare, Bart. Kein Hiesiger, das hat man gleich gesehen.»

«Gehen S', Frau Smutek! Haben Hiesige leicht keine schwarzen Haare?» Offenbar roch die Chefin hier einen Fall von Racial Profiling.

«Es wird so viel eingebrochen. Ich weiß nicht, wie diese Leute immer ins Haus hereinkommen.»

«Na ja, irgendwer von den Damen und Herren muss sie wohl reinlassen. Und dass so viel eingebrochen wird, ist schon stark übertrieben. Seit gut zwei Monaten ist nichts mehr passiert. Wir sperren um 21 Uhr den Haupteingang ab, das wissen Sie ja. Aber wir können nicht kontrollieren, wer dann in seiner Wohnung den Türöffner drückt, wenn unten einer läutet.»

«Man könnte aber auch die Sicherheitsmaßnahmen verstärken», beharrte Frau Smutek. «Mit einem Wachdienst für die Nacht zum Beispiel.»

«Eine Kamera für eine Zyklame und jetzt auch noch einen Wachdienst? Wie stellen Sie sich das vor? Nein, nein, ich kann nur an Sie alle appellieren, dass Sie vorsichtig sind und den gesunden Menschenverstand walten lassen.» Den Zwischenrufer, der jetzt einstreute: «Wenn man einen hat!», überging Heinze geflissentlich. «Es ist jedenfalls nicht drin, dass ich da einen Nachtwächter patrouillieren lasse. Dafür habe ich leider nicht genug Personal. Aber apropos Personal, ich wollte noch ...» Sie blickte suchend umher. «Wir haben da eine neue Aushilfe, die ich Ihnen vorstellen möchte. Wo versteckt er sich denn? Herr Suchanek?»

Ein Auftritt vor großem Publikum, jö. Das liebte Suchanek. Annähernd so sehr wie aufgeplatzte Fieberblasen. Er löste sich von der Wand und hob verlegen einen Zeigefinger.

«Ah, da ist er ja. Der Herr Suchanek ist jetzt ein paar Wochen ... er macht ein Praktikum bei uns. Also, wenn Sie jemanden brauchen, der Ihnen ein wenig zur Hand geht, dann schnappen Sie ihn sich.»

Es gab tatsächlich einen Begrüßungsapplaus. Gemeinhin wurde Suchanek wesentlich weniger enthusiastisch empfangen. Außer vielleicht bei seinem Dealer, dem hatte er schließlich schon eine Eigentumswohnung finanziert. Aber die Realität hatte ihn ohnehin nur kurz in Sicherheit gewiegt, um dann umso erbarmungsloser zuschlagen zu können. Als der Applaus nämlich verklungen war, sagte ein Mann in die Stille hinein:

«Ist das wieder einer von diesen Haschern?»

3

Suchanek stand mit dem Rücken zur Wand. Wie damals in der Disco. Nein. Viel schlimmer als damals in der Disco. Nicht, dass Suchanek so furchtbar oft in einer gewesen wäre, aber eine mittelkurze Zeitlang hatten die paar Hormone, die sein Körper zusammengekratzt hatte, ja doch von ihm gefordert, sich auf die Pirsch zu begeben. Er war unter den einschlägigen Karnivoren stets am ehesten der Kondor gewesen. Allerdings weniger wegen seiner Eleganz im Anflug, sondern wegen der Beute, auf die er sich notgedrungen spezialisiert hatte: Auf das Aas, das nach einer langen Nacht irgendwo herumlag und günstigenfalls schon damit fertig war, das ganze Cola-Rum wieder zurückzugeben. Dass Suchanek damals zu den Wallflowers gehört hatte, die im hintersten Hintergrund herumlehnten, ein Bein angewinkelt, eine Hand in der Hosentasche, in der anderen meist eine Zigarette, verzweifelt bemüht, ihrem Hauptwohnsitz in der Verlierer-Zentrale irgendwie so etwas wie Würde oder gar Coolness zu verleihen, das überraschte nicht so wirklich. Er hatte zum Tanzen weder Willen noch Talent und schon gar nicht das Selbstbewusstsein.

Verstand man unter Tanzen hingegen mehr die mittelostnordeuropäische Variante, also verbeamtetes Rechtslinks-Schließen plus Drehung streng nach Vorschrift, dann hatte seine Mutter einst vorgesorgt. Sie hatte Suchanek in einen Tanzkurs gezwungen, da ihr dieser auf dem Weg zu dem, was sie für die einzig zulässige Menschwerdung hielt (Matura, Hinterbänkler-Job in einer Bank, Frau mit gemeschter Dauerwelle und breitem Becken, Reihenhaus, zwei Kinder, denen man zu Matura, Hinterbänkler-Job in einer Bank und Reihenhaus verhilft – und dann, nach einem solcherart prall erfüllten Leben, baldiger Tod), unabdingbar erschienen war. Also war Foxtrott praktisch Suchaneks zweiter Vorname. Und das, wo kaum jemand seinen ersten wusste.

Das hieß aber noch lange nicht, dass man das widerstandslos zugeben musste. Die Direktorin hatte es aber auch sehr gefinkelt angelegt. Schon bei ihrem ersten Treffen am Morgen hatte sie gesagt:

«Schauen Sie, Herr Suchanek: Sie finden nicht, dass Sie etwas getan haben, das Strafe verdient, und ich finde das auch nicht. Da sind wir uns schon einmal einig. Aber vielleicht werden wir uns ja auch darin einig, dass das gar keine

Strafe ist. Sonst wären wir hier ja alle ziemliche Trotteln, die wir das freiwillig machen. Für mich persönlich will ich das ja gar nicht ausschließen, aber ich hab da Leute, für die leg ich die Hand ins Feuer.»

Und dann hatte sie ihn nach seiner gelungenen Search-and-Rescue-Operation auch noch ausgiebig gelobt, bevor sie ihm in aller Beiläufigkeit die Frage gestellt hatte:

«Können Sie eigentlich tanzen?»

Mit einer gewissen Grundintelligenz hätte man sich nun sofort die Gegenfrage stellen müssen, warum die das wissen wollte. In einem Altersheim nämlich. Und nicht rundheraus antworten: «Natürlich!»

Dann wäre man nämlich jetzt nicht hier gestanden, wo Suchanek gerade stand. An der Wand, wie früher. Allerdings leider weitaus weniger unauffällig als früher. Und mit null Chance, auch dort stehen bleiben zu dürfen. Denn vor Suchanek saß eine kaum mehr zu bändigende Meute und leckte sich die rissigen blauen Lippen. Voller Gier auf junges Fleisch. Seines.

Jeden Montag war Tanznachmittag im Haus Sonne. Und nie spürten die Damen stärker, dass ihre generell höhere Lebenserwartung auch Nachteile hatte. Von den 300 Alten, die hier wohnten, waren sowieso schon nur ein Drittel Männer. Von denen musste man die abziehen, die nur noch dann tanzten, wenn man rhythmisch gegen ihren Rollstuhl trat oder ihnen Elektroschocks verabreichte. Und vom Rest fielen noch die weg, die eventuell vielleicht sogar noch einigermaßen gekonnt hätten, aber schlicht nicht wollten. Weil der Mann als solcher im Schnitt ja weitaus weniger Gefallen an zu meist kulturell minderwertigen

Tonabfolgen passendem Gewackel findet. Jedenfalls: Was am Ende dieser Maskulinsubtraktion unter dem Strich stand, war fatal für Suchanek. Er zählte vier Männer. Auf jeden davon kamen mehr als zehn Frauen.

«Gut schaust du aus!», sagte Uschi betreten. Lügen konnte sie also auch nicht. Suchanek trug eine weiße Hose, ein goldenes Glitzerhemd, breite, knallrote Hosenträger und eine in gleicher farblicher Dezenz gehaltene Fliege. Wenn man die Geschmacksuntergrenze sehr tief ansetzte, sagen wir unterhalb der Grasnarbe, dann war er eine bunkerbrechende Bombe.

Er hatte bis zu dem Moment, in dem ihm die Direktorin eröffnet hatte, er werde heute als Taxitänzer fungieren, nicht gewusst, dass es so etwas gab. Aber leben hieß ja lernen. Manche fanden das sogar sinnvoll. Taxitänzer waren quasi Halbprofis auf dem Parkett, im Zivilberuf Aktenträger, Fliesenleger oder prekär beschäftigte Qualitätsjournalisten, die, weil ihnen das noch nicht deprimierend genug erschien, im Zweitjob eben auch noch tanzten. Für Geld. Und meist in Etablissements, die dem Haus Sonne weder in puncto Eleganz noch Frauenüberschuss nachstanden. Sie waren so lächerlich gewandet, damit man sie von den ja auch sporadisch vorkommenden Freiwilligen unterscheiden konnte. Und sicher auch, um mit ihrem Aufzug bei den Partnerinnen eventuell aufkeimende fleischliche Begierden zu zügeln. Umgekehrt war es natürlich auch den Taxitänzern strengstens verboten, sich diesbezüglich irgendwas zu erlauben. Das würde für Suchanek garantiert der härteste Teil werden.

Es waren immer drei männliche Wechselschritthuren,

die den Montagnachmittag damit verbrachten, mehrere tausend Jahre über die Tanzfläche zu schleppen. Aber leider war dem Harry, der heute eingeteilt gewesen wäre, in der Früh eine Waschbetonplatte auf den Mittelfuß gefallen. Und die anderen alle unabkömmlich! Was für ein Glück also, dass Suchanek «Natürlich!» gesagt hatte. Seine Hochgefühle waren schwer zu beschreiben. Am ehesten hätte wohl eine Frohnatur wie Edgar Allan Poe die richtigen Worte gefunden.

Einen DJ gab es auch, einen schon leicht angejahrten Teddybären mit dichtem weißem Vollbart. Er war einer dieser sagenumwobenen Ehrenamtlichen, trug also sein lächerliches blau schillerndes Paillettenhemd – die obersten drei Knöpfe offen, damit der an Stahlwolle gemahnende Brustpelz schön herausquellen konnte, weil ein bisschen sexy musste schon auch sein – freiwillig. Und gratis.

«Das ist der Geringer Ewald», sagte Uschi und schenkte dem DJ einen liebevollen Blick. «Wir wüssten gar nicht, was wir ohne ihn tun sollten. Und das nicht nur, weil er jeden Montag hier auflegt.»

«Du musst auch dazusagen, warum ich das überhaupt darf», brummte der Ehrenamtliche. «Weil ich auch schon ein alter Depp bin und deshalb den Musikgeschmack von den Bewohnerinnen besser treffe als ihr Jungen.»

Er musterte Suchanek, dessen Gesichtsausdruck sein ganzes Elend überdeutlich in die Welt hinausschrie. «Ich finde das ganz toll, dass du eingesprungen bist», tröstete er ihn. «Du machst den alten Damen eine Riesenfreude.»

«Im Moment fühle ich mich aber leider eher wie ein Clown.»

Ewald lachte dröhnend. «Du wirst es nicht glauben – aber ich war beim bunten Nachmittag sogar schon wirklich einer. War auch nicht so schlimm.»

«Darf ich dich was fragen? Warum machst du das hier? Warum wird man Ehrenamtlicher?»

Geringer weckte seine hängenden Achseln kurz aus ihrer Lethargie und zog sie hoch. «Schau: Ich werd heuer 67, bin in Pension und hab keine Familie. Hobbys eigentlich auch nicht. Und ich weiß sehr gut, wie das ist, allein zu sein und im Heim, glaube mir. Also komm ich hierher, hab eine Ansprache, die Leute freuen sich – ist doch wunderbar. Es kann wirklich sehr nett sein mit den Alten. Und ...» Ewald legte eine Handkante neben den Mund und zwinkerte, «... in 10, 15 Jahren zieh ich dann selber hier ein. Als Ehrenamtlicher kann man die Warteliste elegant umschiffen.»

Wenigstens ein nicht rückhaltlos hehrer Motivteil. Es bestand ja doch noch Hoffnung.

«Und wer weiß», schob er nach, «vielleicht gefällt es dir ja so gut hier, dass wir bei den Ehrenamtlichen bald Zuwachs bekommen.»

«Was, mich?» Gut, so entsetzt hätte das jetzt auch wieder nicht klingen müssen. «Das glaub ich offen gesagt eher nicht.»

«Wir haben sogar einen, der hat hier genauso angefangen wie du. Also sag niemals nie. Ich weiß schon, du bist noch jung, du hast auch noch was anderes zu tun. Aber es reicht ja schon, wenn man zwei, drei Bewohner hat, die man zumindest ab und zu besucht. Das muss gar nicht so furchtbar zeitaufwändig sein.»

Zeit war ja nun bei Suchanek das geringste Problem. Aber

das musste er dem Samariter nicht unbedingt auf die Nase binden. Außerdem setzte der jetzt einen unfreundlichen Akt: Er griff zu einer CD.

«Bereit?» Nein. Aber änderte das was?

Tommi, der streichholzbärtige Cheftänzer mit den geschmackvoll getönten Haaren, verteilte die letzten Direktiven: «Also noch einmal: Alle müssen drankommen, das ist ganz wichtig. Jede kriegt zwei Tänze, dann holst du die Nächste. Und wir fordern sie auf, nicht umgekehrt. Weil, wenn wir Damenwahl machen, gibt es Tote!» Er machte eine kleine Pause und grinste: «Also, noch mehr als sonst.»

Ewald eröffnete die Sause mit «Tanze mit mir in den Morgen» vom großen Gerhard Wendland. So lange würde Suchaneks Kundschaft garantiert nicht durchhalten. Und nie gab es einen schwächeren Trost. Die beiden Profis setzten sich sofort in Bewegung, nach einer gebieterischen Handbewegung des Bosses folgte Suchanek zögerlich. Er entschied sich für den nächststehenden Tisch und dort für die nächstsitzende Mumie, schon allein, weil er es sich nicht leisten konnte, unnötig Kondition für weitere Wege zu verschleudern. Die anderen drei Frauen am Tisch kicherten wie Vierzehnjährige, als Suchanek artig sein «Darf ich bitten!» absonderte. Seine Auserwählte strahlte so breit, dass ein Kleinkind in den Falten zwischen Mundwinkeln und Ohren Verstecken spielen hätte können.

«Aber mit dem größten Vergnügen», hauchte sie. Bis sie es endlich geschafft hatte, aufzustehen, hatte der olle Wendland schon den halben Weg bis zum Morgen zurückgelegt. Als sie sich einigermaßen im Takt eingependelt hatten, sagte die Frau:

«Also, ich bin ja bei jedem Tanznachmittag, aber Sie kenn ich noch gar nicht. Und so einen feschen jungen Mann hätte ich mir doch gemerkt!»

«Danke für die Blumen. Aber ich weiß schon, dass ich nicht gerade Brad Pitt bin.»

«Wer?»

«Brad Pitt. Der Schauspieler. Der mit der Angelina Jolie zusammen war.»

«Mit wem?»

«... Egal. Jedenfalls: So fesch bin ich wirklich nicht.»

«Ich sag Ihnen was: Für uns ist ein jeder fesch, der jung ist. Weil alt sind wir selber. Also wie ist das jetzt mit Ihnen? Sind Sie neu?»

«Ich springe nur ein», sagte Suchanek. «Ich bin eigentlich keiner von den Taxitänzern, ich arbeite jetzt einen Monat im Heim.»

«Ah! Na dann kommen Sie mich doch einmal besuchen! Bergmann heiß ich, Cäcilia Bergmann. Zimmer 518. Ich freu mich immer über Gesellschaft.»

«Ich werde schauen», sagte Suchanek, meinte es aber nicht so.

Nach «Ein Schiff wird kommen» brachte er sie zurück und schleppte die Nächste aufs Parkett. Und so ging das eine Stunde lang. Als Rocco Granata seine «Marina» aus dem Käfig ließ, sang die Partnerin, die Suchanek dazu verarztete, ein buckliger Zwerg von vielleicht 1,50 mit orthopädischem Schuhwerk, in dem der Form nach Vorschlaghammerzehen stecken mussten, nach dem dreifachen «Marina» nicht den italienischen Text, sondern die Zeile, die in den Fünfzigern ihrer Erklärung nach «alle Jungen» gesungen hätten: «Marina, Marina, Marina – i wasch mir mit Presto die Füß».

Bei «Rote Lippen soll man küssen» bekam Suchanek dann das Angebot, genau das zu tun. Er hätte es als müden Scherz verbucht, wenn die linke Hand seiner Tanzpartnerin nicht im Laufe der Unterhaltung immer tiefer gerutscht wäre und sich schließlich an seinem Arsch festgekrallt hätte. Das verstörte ihn dann doch ein wenig. Er löste die Situation auf die typisch unkonfrontative Suchanek-Art – manche würden auch sagen, er war wieder einmal feig – und führte die schwarze Hand, ihre Proteste ignorierend, schon nach einem Lied wieder zurück. Jetzt hätte er dringend eine Pause gebraucht. Aber erstens war es nicht ganz unschwierig, sich zu verstecken, wenn man aussah wie eine Praline auf Beinen, und zweitens schaute gerade in dem Moment die Direktorin bei der Tür herein und nickte ihm zufrieden zu. Also schnappte er sich die Nächste, die an Brigitte Bardot erinnerte. Zumindest in Sachen Geburtsjahr.

«Machen Sie sich nichts draus», sagte die sofort.

«Was meinen Sie?»

«Ich hab gesehen, wo Ihnen die Jetti hingegriffen hat. Das macht sie mit jedem unter 60.»

«Dann bin ich ja beruhigt.»

«Aber keine Angst, vor mir sind Sie sicher. Ich bin übrigens die Lore.»

Wenn Lore nicht an Elefantiasis litt, dann zumindest an mächtigen Ödemen in den Beinen. Sie war sehr dick, und ihre Knöchel quollen über die Schuhränder nach unten. Aber sie war wohl für den Tanznachmittag, den Höhepunkt der Woche, frisch beim Ondulieren gewesen, so perfekt symmetrisch reihten sich ihre bläulichen Haarrollen aneinander. Und sie erwies sich umgehend als die Frau, die über alle was wusste.

«Ich sag ja immer, das ist kein Altersheim hier, das ist ein Irrenhaus. Und da red ich noch gar nicht von den Alzheimern. Schauen Sie nur einmal die da drüben an. Auf einmal hört sie gar nicht mehr auf zu lachen. Seit vor zwei Monaten ihr Alter gestorben ist.»

«Uijegerl, die Helene schaut aber schlecht aus. Das können nicht mehr nur die Gallensteine sein. Gut, gesoffen hat sie auch immer.»

«Da, der Johann, dieser Trottel. Vor einer Weile hat er bei so einem Telefonkeiler, der ihn angerufen hat, 28 Zeitschriften-Abonnements bestellt. Alle auf Englisch. Dabei kann er nicht einmal ordentlich Deutsch.»

Suchanek war richtig traurig, als die zwei Lieder vorbei waren. Er brachte Lore zurück, und sie lud ihn zum Abschied in ihre Wohnung ein, auf «ein, zwei Schnapserln». Als er antwortete, dass er das sicher nicht dürfe, meinte sie: «Und wie soll das wer erfahren?»

Von ihr nicht, so viel war klar. Selten so eine standhafte Geheimnisträgerin kennengelernt.

«Oh, das ist mein Lieblingslied!», flötete die nächste Kundin. Ewald hatte «Mit siebzehn fängt das Leben erst an» aufgelegt. Unsensible Gemüter hätten finden können, dass man sich über diese Behauptung hierorts nicht mehr wirklich den Kopf zerbrechen musste, andererseits war Suchanek froh, denn so eine langsame Nummer kam ihm zum Ausruhen gerade recht. Seine Partnerin war die Frau mit der ermordeten Zyklame, Frau Ströck.

«Der untere war meiner!», war das Nächste, das Suchanek von ihr hörte.

«Entschuldigung.»

«Kann jeder sagen.»

«Ich tanze nicht so oft.»

«Tun Sie der Welt einen Gefallen und hören Sie ganz auf.»

Von seinen anfänglich vier schon etwas reiferen Geschlechtsgenossen konnte Suchanek jetzt nur mehr zwei entdecken. Aber einer der beiden hatte offensichtlich wirklichen Spaß dabei, schunkelte er doch engst umschlungen mit seiner Partnerin herum.

«Das finde ich schön», sagte Suchanek, die Dringlichkeit eines Themenwechsels spürend. «So lange zusammen und immer noch so verliebt.»

«Wer?»

«Na, die beiden dort drüben.» Die Frau sah sich um. Und dann zischte sie:

«Das darf doch nicht wahr sein!»

Sie löste sich aus Suchaneks Griff, ließ ihn stehen und dampfte zu dem Pärchen.

«Das hätte ich mir ja denken können!», rief sie schon auf halbem Weg. «Kaum dreht man dir einmal den Rücken zu, nützt du es gleich aus, du Schlange!»

Suchanek begann die Möglichkeit in Betracht zu ziehen, dass ihm bezüglich des Familienstandes der beiden Tanzenden möglicherweise eine Fehlkalkulation unterlaufen sein könnte. Die Schlange, eine hagere, hochaufgeschossene Frau mit jugendlich langen, glatten Haaren, wandte sich um und ging sofort zum Gegenangriff über:

«Was willst du von mir, du alte Schreckschraube?»

Jetzt wurden auch die anderen Tanzpaare auf das Geschehen aufmerksam und blieben eines nach dem anderen stehen, um auch ja nichts zu verpassen. Lore parkte sich neben Suchanek ein und raunte: «Jetzt wird's lustig!»

«Was ich von dir will? Was ich von dir will? Dass du deine Gichtfinger vom Valentin lässt zum Beispiel.»

Jetzt, wo die Schlange Valentin, den Stein des Anstoßes, aus der Umarmung entlassen hatte, konnte Suchanek ihn erst so richtig sehen. Er war groß, wenn auch nicht mehr ganz gerade, und hatte sich wohl in den Fünfzigern, als Elvis' Negermusik endlich bis ins damals dunkelgraue Wien vorgedrungen war, wie viele andere Revoluzzer auch die Haare wachsen lassen und elvismäßig mit Brillantine nach hinten gepappt. Und dann, wie viele alte Männer, bis heute eisern an diesem Styling festgehalten, wenn auch mittlerweile natürlich in Schlohweiß. Valentin tat jetzt, in dieser sich doch zart in Richtung Unannehmlichkeit bewegenden Situation, das einzig Richtige. Zum Ersten sagte er nichts – ganz wichtig, sonst hätten ihn garantiert beide an der Gurgel gehabt. Und zum Zweiten begann er, sich mit kleinen Trippelschritten langsam rückwärts aus der unmittelbaren Kampfzone zu entfernen.

«Also», fauchte die Dürre, die sich heute in ihr bestes fliederfarbenes Kleid geworfen hatte, «ich bin ja wohl nicht diejenige von uns zweien, von der ein jeder weiß, dass sie eine weiße Leber hat!»

«Eine weiße Leber?», flüsterte Suchanek Lore zu. «Was soll das heißen?»

«Das kennen Sie nicht? Wie sagt man da schnell auf modern? Ah ja: eine Nymphomanin!»

«Was hab ich?», brüllte Frau Ströck zurück. «Also, das ist ja ... Gerade du hast es nötig, du alte ausgezehrte Hure du!»

Jetzt stürmte Robert auf das Parkett und pflanzte sich zwischen den Kontrahentinnen auf. «Aber, aber, meine Damen! Jetzt beruhigen wir uns alle wieder. Wir sind doch hier, um Spaß zu haben.»

«Den hab ich auch gehabt», sagte die Dürre.

«Ich auch», replizierte die Ströck. «Bis die schiache Puderantin da gekommen ist!»

«Weißt du was?», schrie die andere zurück. «Jetzt hast du schon so lang deinen Krebs – und lebst immer noch. Warum kratzt du nicht endlich ab? Da hätten alle was davon.»

Robert gab Ewald, der fasziniert die Musik weiterlaufen hatte lassen, ein Zeichen, und es wurde still. «So, das reicht jetzt», sagte er dann. «Es ist eh schon spät. Ich würde sagen, der Tanznachmittag ist für heute beendet.»

Das war ein Wort. Und der Erste, der bei der Tür draußen war, war Suchanek.

4

Das war ein B. Und dann kam ein ... U. Bu... sse? Eher nicht. Die kaufte man selten im Supermarkt. Aber was konnte das dann heißen? Von den drei Einkaufslisten, mit denen sich Suchanek am nächsten Morgen zur Linzer Straße aufgemacht hatte, war jene von Frau Schmidtleitner die größte Herausforderung. Hätte man die über dem Eingang eines indischen Tempels aufgehängt, wären die Brahmanen wahrscheinlich alle schreiend davongerannt, um diesem bösen Fluch vielleicht doch noch zu entrinnen.

Bu... sen. Auch nicht. Suchanek war ziemlich sicher, dass

Frau Schmidtleitner schon einen hatte, wenngleich ihn mittlerweile möglicherweise selbst ein geschultes Auge bei einer Gegenüberstellung nicht mehr zweifelsfrei als solchen identifizieren hätte können. Oder Bo...? Bonzen. Borsten. Und wenn es vielleicht doch ein R war? Ro... sen. Rosen, na klar! In einem Kübel knapp vor der Kassa fand er tatsächlich welche. Gelb, kurzstielig und schon ein bisschen zerzaust, aber Rosen. Als er wenig später vor Frau Schmidtleitners Tür stand und ihr den Buschen entgegenstreckte, wäre ihm die fast abgedankt, so heftig freute sie sich.

«Also so was! Das ist aber lieb von Ihnen. So ein netter junger Mann. Das wäre doch nicht nötig gewesen! Sonst geht ja immer der Ewald für mich einkaufen – aber Rosen hat er mir noch nie gebracht. So eine Freude!»

Suchanek beschlich eine leise Ahnung, dass er die Umschulung auf Graphologe vielleicht doch nicht länger anstreben sollte. Sie wurde zur Gewissheit, als Frau Schmidtleitner seine Restbeute aufreihte und dann fragte: «Und Russen hat's keine gegeben?» Suchanek hatte zumindest keine im Angebot gesehen. Aber auch keine Bulgaren. Oder Finnen. «Russen?»

«Ja, Russen. Diese sauren Heringe mit Zwiebeln.»

Die Rosen bezahlte er selbst.

Danach wurde ihm aufgetragen, er möge doch mit Herrn Pilowsky eine Runde im Garten drehen, der brauche frische Luft. Wie sich herausstellte, war Herr Pilowsky schon zu tattrig, um alleine gehen und dabei vielleicht auch noch sich ihm eventuell in den Weg legende Eisplatten umschiffen zu können. Er saß also im Rollstuhl – und empfand alle, die vor ihm den Kiesweg zwar langsam, aber immerhin noch auf eigenen Beinen entlangdackelten, als unnötige Verschlechterungsfaktoren seiner Rundenzeit. Es schneite ein wenig, und der Kopf des Alten war von der Unbarmherzigkeit des Lebens dermaßen in Schieflage gedrückt worden, dass ihm die eine oder andere Flocke in den Mund schwebte. Doch das focht ihn nicht weiter an.

«Schneller!», fistelte er Suchanek herrisch an. Vor ihnen gingen gerade zwei Frauen, solidarisch untergehakt, damit sich im Fall des Falles wenigstens nicht nur eine allein den Oberschenkelhals brach.

«Ich kann die Damen doch nicht niederführen», widersprach Suchanek.

«Dann sollen die Vetteln halt ausweichen», beschied Graham Hill unnachgiebig. «He, hallo! Aus dem Weg da vorn! Wenn ihr nicht mehr gescheit gehen könnt, dann bleibt halt drinnen!»

Zu Mittag verzog sich Suchanek in die hinterste Ecke des Speisesaales, um sich zumindest einigermaßen gegen drohende Gesellschaft abzusichern. Aber obwohl er zusätzlich ein hochkonzentriertes Scrabble-Trainingslager mit seiner Buchstabensuppe vortäuschte, hörte er kurz darauf jenen Satz, auf den es eigentlich immer nur eine Antwort gab. Die aber nie jemand gab.

«Stört es dich, wenn ich mich dazusetze?»

Mike, der Pfleger mit dem Ohrloch, wartete gar nicht erst ab, dass Suchanek etwas darauf sagte, und wuchtete sein Tablett auf den Tisch. «Dein Rindsbraten schaut aber gut aus. Den hätte ich auch nehmen sollen.»

«Ist ziemlich trocken.»

«Du könntest reklamieren. Aber die Ehre unseres Kochs ist sehr verletzbar. Er müsste dir dann leider einen Monat lang ins Essen spucken, um die wieder auf gerade zu bringen.»

«Das riskiere ich lieber nicht.»

«Gut so. Das haben wir gern, wenn sich unsere Justizopfer alles gefallen lassen. Und sonst? Wie geht es dir hier bis jetzt?»

«Eh.»

«Kommst du mit denen in der Hausbetreuung zurecht? Mit dem Robert und der Huschi?»

«Huschi?»

«Na, die Uschi halt. Ich nenn sie so, weil sie dermaßen verhuscht und langweilig ist. Wenn die ein Auto wäre, dann wär sie ein grauer Golf.»

Lassie, Huschi. An dem Kerl war ein Alleinunterhalter verlorengegangen.

«Ja, die sind eh nett.»

«Nett? Na ja, jeder, wie er glaubt. Und was war da gestern für ein Wirbel bei der Tanzerei?»

«Eine wilde Eifersuchtssache. Gerade, dass sich die Damen nicht geschlägert haben. Wobei ich mir jetzt gar nicht sicher bin, mit welchen von den beiden der Mann, um den sie sich gestritten haben, eigentlich verheiratet ist.»

«Der Valentin? Na, mit keiner. Der ist ja nicht deppert. Der war überhaupt nie verheiratet. Und hat nie was anbrennen lassen, sagt man. In seiner großen Zeit als junger Hecht hat er angeblich Kinder gemacht wie andere Schnitzel.»

Diese Analogie erschloss sich Suchanek jetzt nicht sofort.

Aber glücklicherweise war Mike mit einem untrüglichen Gefühl für das richtige Timing bei der Pointensetzung gesegnet und schoss sie eh noch nach.

«Einmal in der Woche.»

«In den fünfziger Jahren? Wilder Hund. Aber jetzt, in dem Alter?»

«Für alleinstehende Männer mit genug Viagra ist dieses Haus das Paradies. Bei dem Frauenüberschuss. Und auf den Valentin fahren sie alle ab.»

«Das kann doch aber nicht gesund sein. Das geht sicher aufs Herz.»

«Na und? Kannst du dir einen schöneren Tod vorstellen? Noch dazu, wenn du eh schon 84 oder was bist?»

«Das ist ein Argument.» Und in ebendieser Sekunde beschloss Suchanek, doch nicht jung zu sterben und dann auch in so ein Heim zu gehen. Vielleicht kam er ja dann einmal zu was. Besser spät als nie. Er musste also gesünder leben. Ab jetzt. Oder vielleicht ab nächster Woche, so etwas brauchte ja eine Vorbereitung auch. Nächstes Jahr?

Sie aßen eine Weile schweigend weiter, bis sich Mike mit einem Mal über den Tisch beugte und Suchanek mit dem Zeigefinger bedeutete, auch etwas näher zu kommen.

«Sag einmal ..., ich wollte da etwas mit dir besprechen. Deine Drogensache ...»

«Muss das sein? Ist mir eh schon peinlich genug, dass ich hier mit dem Kifferstempel am Hirn herumlaufe.»

«Du hast also diesen Sozialdienst aufgebrummt bekommen. Ist das alles?»

«Findest du, es ist zu wenig?»

«Ach komm, das meine ich doch nicht. Aber die anderen,

die vor dir da waren, die mussten auch alle nachweisen, dass sie jetzt clean sind.»

«Ja, das ist wohl Standard. Ich soll einmal im Monat zum Amtsarzt und in einen Becher pinkeln.»

Mike nickte versonnen und schob sich ein Stück Lasagne in der Größe eines Vollwärmeschutzziegels in den Mund. «Dachte ich mir. Scheiße, was? Wenn man nicht einmal einen zwischendurch rauchen kann, wenigstens alle ein, zwei Wochen oder so.»

Was wurde das jetzt? Die große Mitleidsarie für den armen Tropf, den man in den zwei Tagen, die er jetzt hier war, schon total ins Herz geschlossen hatte? Noch dazu von Mike, dem Empathiewunder?

«Ja. Na ja», murmelte Suchanek und beschleunigte sein Kautempo. Und warum grinste der Glatzerte auf einmal so dämlich? Kam jetzt gleich der umwerfende Kifferwitz, auf den er so lang hingearbeitet hatte? Mike rückte noch näher und flüsterte:

«Dem Manne kann geholfen werden!»

«Was meinst du damit?»

«Wie gesagt, das Gericht schickt uns ja einen nach dem anderen von euch Brüdern. Und das hat mich auf eine Idee gebracht für ein kleines ... Geschäft. Was brauchst du, wenn du zum Amtsarzt gehst? Saubere Pisse. Und genau die kriegst du von mir, wenn du willst.»

«Von dir?»

«Na ja, nicht von mir persönlich. Obwohl die auch sauber ist.» Er grinste wieder: «Meistens zumindest. Aber um ganz sicherzugehen, verlasse ich mich lieber auf meine freiberuflichen Mitarbeiter auf der Station. Hast du eine

Ahnung, wie viele volle Urinbeutel von den ganzen Katheterpatienten wir jeden Tag entsorgen? Das flüssige Gold sprudelt und sprudelt! Und zwar in bester Qualität. Natürlich ein Haufen Medis drin, aber nichts, wonach sie bei dir suchen werden.»

Suchanek runzelte die Stirn. Meinte der das ernst?

«Aber warum solltest du das für mich tun? Soziale Ader?»

Das kostete Mike einen Lacher und, da sich dabei etwas von dem Essen, das er im Mund hatte, in die Freiheit verabschiedete, Suchaneks Restrindsbraten seine Integrität, denn genau dorthin spuckte Mike.

«Soziale Ader! Ich bin ja nicht der Robert, diese Träne. Neinnein, ich hab von einem Geschäft gesprochen. Du zahlst. Aber als Zeichen meines guten Willens verlange ich von dir dafür nur einen Fünfziger. Die anderen zahlen das Doppelte.»

«Die anderen?»

«Ich sag ja, du bist nicht der erste Kiffer, der zu uns kommt. Und die Leute haben alle Freunde, von denen auch der eine oder andere dasselbe Problem mit dem Amtsarzt hat. Mein Kundenstamm wird immer größer.»

Suchanek hatte im Lauf seiner Karriere ja notgedrungen schon mit einer Menge Dealer zu tun gehabt. Aber mit Pisse hatte noch keiner gehandelt. Natürlich hatte er die theoretische Idee, fremden Urin zum Amtsarzt mitzubringen und dann irgendwie in den Becher zu schmuggeln, selbst auch schon gehabt. Aber der Kreis von Leuten, die er um Abtretung ersuchen hätte können, war mangels Freunden nicht sehr groß. Und die paar, die er hatte, hätten ihn nur noch weiter reingeritten.

«Wann hast du denn den nächsten Termin?», fragte Mike.

«Übermorgen.»

«Schon so bald? Na, ist doch perfekt. Sind wir im Geschäft?»

«Ja.»

«Na also. Pass auf: Morgen hab ich Nachtdienst. Du kommst, sagen wir, so um elf zum Rettungseingang unten im Keller. Um die Zeit ist es schon total ruhig, da sieht uns keiner. Du kriegst einen Beutel, den du dir dann auf den Bauch pickst, bevor du dort hingehst. Damit die Ware schön körperwarm ist, wenn du sie abgibst. Dazu einen Schlauch und einen Abklemmer – fertig. Und dann kann das schöne Leben wieder beginnen.» Er schlug Suchanek auf die Schulter und stand auf. «Und du musst mir auch gar nicht danken. Der Kunde ist schließlich König!»

Nach dieser denkwürdigen Mittagspause hatte Robert den nächsten Auftrag für Suchanek.

«Geh auf die Pflegestation zum Herrn Renner, Zimmer 4. Der freut sich sicher, wenn du ihm was vorliest.»

«Was denn? Zeitung? Oder Buch?» Als ob das nicht völlig egal gewesen wäre, dachte Suchanek, kaum dass er die Frage gestellt hatte. Einem Dementen konnte er ja wohl genauso gut das Telefonbuch von Buxtehude vorlesen, wenn es ihn denn beruhigte.

«Wird er dir schon sagen. Er hat normalerweise keine Probleme, seine Wünsche deutlich zu machen.»

Auf dem Weg zu Zimmer Nummer vier kam ihm Schwester Hanni entgegen. Es war Suchanek immer ein wenig peinlich, wenn er sie traf, weil er dringend vermeiden wollte, dass ihr auffiel, wie scharf er sie fand. In Wirklichkeit hatte sie natürlich nicht mehr als fünf Sekunden für diese Erkenntnis gebraucht. Dass diese weißen Schwesternkittel die Tendenz hatten, nicht völlig blickdicht zu sein, war auch nicht eben hilfreich. Und es schien schwer vorstellbar, dass den Schwestern selbst die Beschaffenheit ihrer Dienstkleidung noch nie aufgefallen war. Die Frage war nur: Trug Hanni trotzdem Dessous, die so ziemlich das absolute Gegenteil einer Feinripp-Pumpernella darstellten – oder gerade deswegen?

«Wohin des Weges, junger Freund?», fragte sie fröhlich.

«Zum Herrn Renner. Ich soll ihm was vorlesen, hat der Robert gemeint.»

«Dem Renner? Na, da wünsch ich aber viel Spaß!» Hanni drehte sich zur Schwesternkoje um. «Habt ihr gehört? Unser Freiwilliger will schon am zweiten Tag Mitarbeiter des Monats werden!»

«Wieso?»

«Er geht dem Renner was vorlesen!» Irmi lachte spitz auf, Imelda schlug die Hände zusammen, Mike hob beide Daumen und rief: «Toi, toi, toi!»

Wieso fanden die das alle so komisch? Suchanek blieb vor der Tür mit dem Schild «Gottfried Renner» stehen und betrachtete sie skeptisch. Vielleicht eine Durchfallattacke vortäuschen, eine halbe Stunde aufs Klo verschwinden und dann hoffen, dass sich in der Zwischenzeit ein anderer Job für ihn ergeben hatte?

«Na, was ist? Feigheit vor dem Feind? Das gilt bei uns

nicht», sagte Hanni grinsend und klopfte an die Tür. Niemand antwortete. «Ein Mann muss tun, was ein Mann tun muss», sagte Hanni. Dann öffnete sie und schob Suchanek hinein.

Im Bett lag ein durchsichtiges dünnes Männchen, die Decke bis zu den Achselhöhlen hochgezogen, die Arme akkurat im rechten Winkel darüber. Der Alte drehte den Kopf zu Suchanek und fing sofort an loszuledern.

«Wozu klopfen Sie? Um mir das Gefühl zu geben, hier drin gäbe es noch Spurenelemente von Privatsphäre? Und außerdem, was haben Sie geglaubt, wobei Sie mich stören könnten? Wie ich mir einen runterhole? Ich kann Sie beruhigen, dabei spielen weder meine Hände noch der Rest mit, den ich dazu bräuchte.» Dann kniff er die Augen zusammen. «Wer sind Sie überhaupt?»

Gut. Dement war der schon einmal sicher nicht. Aber so was von nicht. Suchanek kam zögerlich näher. «Mein Name ist Suchanek. Ich helfe hier im Haus Sonne eine Weile aus. Man hat mir gesagt, ich soll Ihnen etwas vorlesen.»

«Wer hat Ihnen das gesagt?»

«Der Chef von der Hausbetreuung, der Herr Robert.»

«Jössas na, die Trantüte. Ich weiß nicht, warum diese Sozialwimmerln immer so randvoll mit pickigem Betulichkeitseiter sein müssen. Immer besorgt, immer sendungsbewusst, immer hilfsbereit. Wenn er mir wirklich helfen will, dann erschießt er mich endlich. Ich habe ja leider den richtigen Moment dafür verpasst, und jetzt kann ich nicht einmal mehr das selber. Oder nein, noch lieber wäre mir, er erwürgt mich, dann hab ich beim Abtreten zumindest noch das Vergnügen, diesen schrecklichen Gewissenskonflikt in seinen Augen zu sehen. Oder wollen Sie das übernehmen, wenn Sie schon einmal hier sind?»

Suchanek trat unwillkürlich einen kleinen Schritt zurück und schüttelte leicht verstört den Kopf.

«Oh, jetzt ist er schockiert! Wenn Sie so zartbesaitet sind, was machen Sie dann hier im Todestrakt? Was heißt das, Sie helfen eine Weile hier aus? Sind Sie einer von diesen ehrenamtlichen Idioten, die die Zombies hier ein bisschen betüdeln, damit sie sich dann ständig von irgendwelchen anderen Idioten auf die Schulter klopfen lassen können wegen ihres tollen sozialen Engagements und ihrer unendlichen Nächstenliebe?»

Das war ja herzergreifendst unfreundlich. Und Suchanek hätte es nicht besser ausdrücken können.

«Hallo?», schnarrte Renner. «Jemand zu Hause?»

«Ich bin kein Ehrenamtlicher.»

«Was denn dann? Für einen Lehrling sind Sie ein bisschen alt. Wobei, was weiß man. Heutzutage muss man ja erst was arbeiten, wenn die Tonne Puderzucker, die man vorher in den Arsch geblasen bekommt, dann doch irgendwann zur Neige geht.»

«Ich bin ...»

«Ja, Sie sind. Obwohl Ihnen offenbar selbst nicht ganz klar ist, wozu eigentlich.»

«Ich muss Sozialarbeit machen. Vom Gericht aus.»

«Oh, ein verhinderter Häfenbruder! Was haben Sie denn angestellt? Was Vernünftiges kann es ja nicht gewesen sein, weil sonst hätte man Sie ja nach Stein geschickt und nicht zu einem Haufen sabbernder Schwachköpfe. Wobei: Eigentlich ist das ja sogar noch Strafverschärfung.»

«Also, so schlimm sind die Leute hier auch wieder nicht.»

«Ach, Quatsch! Das einzig Gute an meiner Lage ist, dass ich alleine hier drin bin und nicht mehr mit den anderen zusammen sein muss. Alte sind die Pest! Langweilig, engstirnig, ängstlich. Haben jede Menge Vergangenheit, die sie nicht mehr ändern können, und nur mehr ganz wenig Zukunft, die sie genauso wenig ändern können. Also wovor fürchten die sich dauernd? Jetzt sagen Sie schon: Was haben Sie verbrochen?»

«Eine Drogensache. Eine kleine.»

«Hervorragend! Haben Sie welche mit? Ich nehme alles. Am liebsten in Überdosis. Da hätte ich eigentlich von selber draufkommen müssen. Sieht ja ein Blinder, dass Sie ein Junkie sind. Aber ich bin halt auch nicht mehr das, was ich einmal war.» Er machte eine kleine Pause. «Ganz und gar nicht.»

Suchanek schaute ihn an. Dann sagte er: «Aber Sie sind, glaube ich, der einzige nicht demente Patient hier auf der Station.»

«Na toll! Soll ich mich jetzt darüber freuen, dass ich nur zu schwach bin, um mich zu bewegen? Um wenigstens sitzen zu können? Irgendwas zu können, außer hier herumzuliegen und bei lebendigem Leib zu verfaulen? Ich wünschte, ich wäre auch so eine Matschbirne. Dann wüsste ich nichts über mein Elend und könnte mich anscheißen, ohne mir auch nur einen einzigen Gedanken über Würdelosigkeit und das hirnrissige Verbot von Sterbehilfe machen zu müssen. Apropos würdelos: Könnten Sie mir die Windel wechseln? Ich weiß ja nicht, was sie in diese Pampe für Zahnlose reinmischen. Aber kaum haben sie einem das Zeug eingeflößt, rinnt es sie auch schon wieder raus.»

«Dafür bin ich nicht zuständig. Ich hole eine Schwester.» Wild entschlossen, diese Absprungbasis zu nützen, machte Suchanek sofort ein paar Schritte Richtung Tür.

«Nein, warten Sie. Die kann später auch noch kommen. Jetzt ist die Scheiße noch warm, das ist eh ganz angenehm.»

«Wie Sie wollen. Soll ich Ihnen jetzt also was vorlesen?»

Renner lachte schallend auf. «Wenn ich darauf angewiesen wäre, wäre ich noch viel armseliger, als der stinkende Haufen nutzloses Fleisch, den Sie hier sehen, ohnehin schon ist. Seit ich hier liege, habe ich, glaube ich, 1000 einigermaßen aktuelle Hörbücher gehört. Das meiste davon Befindlichkeitsblabla von irgendwelchen Hysterikern und Schwachköpfen, die jede ihrer Blähungen für so ungeheuer bedeutsam halten, dass man sie unbedingt verschriften muss. Literatur! Dass ich nicht lache!»

«Also gut: Was soll ich dann machen?», stöhnte Suchanek gequält.

«Erzählen Sie mir halt etwas.»

«Was denn?»

«Irgendwas, das ich noch nicht weiß.»

«Woher soll ich wissen, was Sie nicht wissen?»

«Das ist allerdings eine sehr berechtigte Frage. Ich weiß nämlich tatsächlich einigermaßen viel. Blöd nur, dass das jetzt keine Sau mehr interessiert. Aber Sie sind um fünfzig Jahre jünger als ich. Sie werden doch hoffentlich schon irgendwas erlebt haben, das ich gar nicht erleben konnte.»

Da war er jetzt aber punktgenau an den Richtigen geraten. Neben Suchaneks verfilmtem Leben hätte sich das morgendliche Wetterfernsehen wie ein Hitchcock ausgenommen. Er zuckte hilflos mit den Achseln.

«Gott, sind Sie langweilig», seufzte Renner. «Gegen Sie war ja dieser Geringer ein Quell der Freude. Der hatte wenigstens eine richtig schlimme Kindheit.»

«Ich kann auch wieder gehen», sagte Suchanek genervt.

«Ja, hauen Sie ab. Mir ist lieber allein fad als zu zweit. Und schicken Sie mir eine Schwester, wegen der Windel.»

Suchanek stand erleichtert auf und ging zur Tür. Bevor sie ins Schloss fiel, rief Renner noch: «Aber die mit der scharfen Unterwäsche!»

Draußen lehnte sich Suchanek an die Wand und holte erst einmal tief Luft. Was für eine angenehme Begegnung! Und wie dankbar für überhaupt alles er dem Richter nicht war! Er ging in den Garten und zündete sich eine Zigarette an. Außer ihm war niemand draußen. Er holte sein Handy heraus und wählte Grasels Nummer.

«Du hast heute Abend eh nichts vor, oder, Grasel? Schaust du bei mir vorbei?»

«Heute? Da wollte ich eigentlich ...»

«Es wäre wichtig. Es gibt nämlich was zu feiern.»

«Was denn?»

«Mein Harnwegsinfekt ist endlich kein Problem mehr.»

«Das freut mich für dich. Aber deswegen soll ich den ganzen Weg aus Wulzendorf in die Stadt fahren?»

«Du verstehst mich nicht.»

«Weißt du, wie oft ich das schon gehört habe? Sonst aber immer von Frauen.»

«Grasel!»

«Was?»

«Denk nach! Ich kann wieder völlig schmerzfrei pinkeln. Sogar der Amtsarzt wird sagen, dass ich völlig gesund bin. Jetzt kapiert?»

Es wäre ja gar nicht wegen Suchanek gewesen. Er hätte diesen gefinkelten Code nicht gebraucht. Es war Grasel, der überzeugt davon war, immer und überall abgehört zu werden. Er war allerdings auch der Einzige, der hinreichend Gründe sah, warum er wichtig genug dafür war.

«Du hast recht», antwortete Grasel ernst. «Ich verstehe dich wirklich nicht. Ich glaube, es wird das Beste sein, wenn wir uns trennen. Aber wir können ja Freunde bleiben.»

«Du bist vielleicht ein Trottel.»

«Bingo. Auch diese Antwort krieg ich in neun von zehn Fällen.»

«Bitte komm einfach. Aber mäh vorher noch den Rasen.»

«Im Jänner?»

«Himmelherrgott! Nimm einfach das grüne Zeug mit. Den ... Rasen.»

«Sag einmal, hast du deinen neuen Freunden im Heim irgendwelche lustigen Tabletten geklaut?»

Wenn Grasel mit seiner Paranoia tatsächlich richtig liegen sollte, dann musste der ruchlose Systemscherge, der da jetzt mitlauschte, schon ein Minuszeichen vor dem IQ haben, um nicht längst kapiert zu haben, was dem Grasel nicht und nicht begreiflich zu machen war.

«Gut. Du willst es nicht anders: Bring verdammt noch einmal was zu kiffen mit!!»

Einen Moment lang blieb es am anderen Ende der Leitung still. Und dann sagte Grasel: «Falsch verbunden.»

5 In der Nacht sind alle Altersheime schwarz. Auch schon in der noch gar nicht so späten. Als Suchanek am Mittwoch knapp vor elf zum Haus Sonne zurückkehrte, war in den Wohnungen nur noch ganz vereinzelt Licht zu sehen. Leider war aber auch die Rettungszufahrt stockdunkel. Sie zweigte ungefähr zwanzig Meter vor dem Haupteingang von der Straße ab und senkte sich dann als hohle Gasse auf Kellerniveau hinunter. Suchanek tastete sich mühsam die raue Begrenzungsmauer entlang, bis sich ein kleiner Parkplatz auftat. Die großen Müllcontainer an dessen hinterer Seite konnte Suchanek nur erahnen, aber sie waren wenigstens gut zu riechen. Die Tür zum Keller war klarerweise von außen nicht zu öffnen und nur schwach erleuchtet vom Schild neben der Glocke: «Pflegestation». Mike hatte ihm aber eingeschärft, nicht zu läuten, weil er ja nicht alleine Nachtdienst hatte. Suchanek schickte ihm also wie vereinbart eine SMS und wartete.

Der Tag war angenehm ereignislos verlaufen, als Höhepunkt hatte da schon der Diavortrag von Herrn Ingenieur Herbert Frühbauer gelten dürfen. Es ging um eine Seniorenbusreise, die er als Reiseleiter begleitet hatte, eine hochspannende Unternehmung, die er offenbar gerne wiederholt hätte. Also hatte er euphorisch die Schönheiten Italiens gepriesen und dies mit seinen Fotos untermalt, auf denen alles Mögliche zu sehen gewesen war. Außer vielleicht die Schönheiten Italiens. «Am späten Nachmittag erreichten wir das malerische Hafenstädtchen Portofino, berühmt für seine Luxusyachten und die dazugehörenden

Schönen und Reichen, die mit uns das romantische Hafenbecken entlangbummelten.» Dazu hatte er ein Dia gezeigt, auf dem ein Viertel Schiff zu sehen war und jede Menge Dreck, der im Wasser vor sich hin verweste. Vor dem Viertel Schiff war eine alte Frau gestanden, auf das Schiff zeigend. Die hatte Suchanek schon gekannt, es war nämlich Frau Ingenieur Frühbauer gewesen, die auf ungefähr jedem zweiten Foto vor etwas stand und darauf zeigte. Aber die wichtigste Info über Portofino war sowieso erst nachher gekommen und leider nicht mit einem entsprechenden optischen Beweis untermauert worden. «Die Apotheke ist in Gehweite vom Hotel, ein Deutsch sprechender Arzt jederzeit erreichbar.»

Suchanek hatte bei der ganzen Angelegenheit aber wenigstens fast nichts zu tun gehabt, außer vorher und nachher ein paar Sessel und das ganze technische Zeug durch die Gegend zu tragen. Allerdings hatte er fortwährend mit dem Sekundenschlaf zu kämpfen gehabt, denn natürlich war der Grasel am Vorabend dann ch gekommen, hatte auch alles mitgebracht, was Suchanek so gewünscht hatte, und daraufhin war es doch etwas später geworden. Grasel hatte, zwar kurz zu bedenken gegeben, dass es auf den einen Tag vielleicht auch nicht mehr ankäme, weil was, wenn das mit Mikes Pisselieferung aus irgendeinem Grund dann doch nicht klappe? Aber da unterschätzte er Suchaneks Entschlossenheit ganz massiv. Er durfte wieder. Also musste er auch.

Während des Diavortrags hatte Suchanek auch noch den Ehrenamtlichen kennengelernt, von dem ihm schon der Geringer Ewald erzählt hatte. Der Typ, der ursprünglich wie Suchanek als ertappter Kiffer hierhergekommen war. Er hieß Marcel, dafür konnte er nichts. Aber für alles andere schon. Marcel war irgendwie schmierig. Schmale Augen, schiefes Grinsen, dazu eine schief aufgesetzte Baseballkappe und ein Spruch Marke: «Ey, Alter, was geht ab?» Er war in aller Selbstverständlichkeit davon ausgegangen, Suchanek und er seien schon aufgrund der Parallelen in ihrer Historie die besten Freunde, aber dann an Suchaneks Einsilbigkeit zerschellt. Und nach kaum drei Minuten war auch der wahre Grund seiner Kontaktaufnahme zum Vorschein gekommen: «Ich hab gehört, du checkst dir jetzt auch saubere Pisse beim Mike? Willkommen im Club!» Na, das war ja ganz famos. Musste der Trottel das unbedingt herumerzählen? Und dann sagte Marcel: «Weißt du, Alter, ich bin im Moment nicht ganz flüssig ... Hättest du vielleicht was zu rauchen, das du mir borgen könntest?» Wenigstens hatte er sich nach Suchaneks mäßig freundlichem Nein rasch wieder getrollt.

Nach kaum einer Viertelstunde, in der Suchanek genau spüren konnte, wie ihm in der Kälte zentimeterweise die Gliedmaßen abstarben und vermutlich auch abfielen, ging endlich die Tür auf.

«Sorry», sagte Mike. «Ich hab noch die Lassie ruhigstellen müssen und erst dann auf mein Handy geschaut. Wartest du schon lang?»

«Ach. Nein», bibberte Suchanek zurück.

Mike führte Suchanek vorbei am Totenlift und dann auf verschlungenen Pfaden bis zur Küche. Die Gummisohlen seiner weißen, sicherlich irgendwie gesunden Schuhe ließen bei jedem Schritt, wenn sie sich wieder von dem mit grauer Betonfarbe gestrichenen Boden lösten, ein kräftiges Schmatzen ertönen, als ob Mike durch nassen Schlamm ginge. Sie passierten die finstere Küche, den Kühlraum und standen plötzlich zu Suchaneks Überraschung vor den Stufen, die hinunter in den ganz tiefen Keller führten. In die Katakomben.

«Da gehen wir runter?»

«Ja.»

«Warum?»

«Na, warum wohl. Weil da unten deine Ware ist.»

«Robert hat gesagt, da unten ist nur Haustechnik. Und ein Fettabscheider. Nicht, dass ich jetzt wüsste, was das ist, aber es klingt jedenfalls eklig.»

«Der gute Robert weiß von vielem wenig. Und von manchem zum Glück gar nichts.» Mike machte ein paar Schritte talwärts.

«Warte!» Suchanek legte den Finger auf die Lippen. «Hörst du das?»

Mike lauschte kurz. «Was meinst du?»

«Dieses komische Brummen.»

«Ja. Und? Was ist damit?»

«Was ist das?»

«Keine Ahnung. Wahrscheinlich ein Kühlaggregat. Oder die Heizung. Ist doch auch wurscht.»

«Bist du sicher, dass da niemand ist?»

«Es hat schon gebrummt, wie ich vorher runtergekommen bin. Und es war alles dunkel. Was soll da schon sein? Dass eine Putzfrau um elf Uhr in der Nacht im Stockfinsteren mit dem Staubsauger herumrennt? Los jetzt, weiter. Ich hab nicht ewig Zeit.»

Beim zweiten Untergeschoss hatte man sich nicht mehr groß Mühe gemacht, es irgendwie zu behübschen. Alles hier war einfach aus rohem Beton, nicht einmal die scharfen Kanten, die sich beim Guss zwischen den Verschalungsplatten gebildet hatten und jetzt krätzig von den Wänden abstanden, hatte man entfernt. Das Licht funzelte deutlich schwächer als einen Stock höher, die Türen waren aus schwerem, grauem Metall, und an der Decke liefen Kabelstränge und viele Rohre unterschiedlicher Dicke.

«Gemütlich», sagte Suchanek. «Erinnert irgendwie an Metropolis.»

«Musst ja nicht hier einziehen.»

Nach ein paarmal abbiegen hielt Mike vor einer Tür, die kleiner war als die meisten anderen. In dem Raum dahinter lag eine Menge Zeug herum, kreuz und quer aufgestapelt: staubige Ventilatoren, gebrauchte Heizkörper, Dinge, die wie Motoren aussahen. Und in der Ecke stand ein ziemlich großer Kühlschrank, der auch schon bessere Zeiten gesehen hatte. Aber wenn er kaputt war – warum war er dann mit einem Vorhängeschloss gesichert?

«Voilà», sagte Mike und wies auf den Kühlschrank, «mein Vorrat. Da drin bleibt er schön frisch. Ich hab da einen Deal mit den Hausarbeitern. Ich konnte den zwischen dem ganzen Krempel aufstellen, weil so, wie der aussieht, fällt er da niemandem auf, der nur alle heiligen Zeiten reinkommt. Und dafür kriegen sie immer wieder einmal von mir etwas von dem, was da drin ist.»

«Die kaufen *auch* Pisse?»

Mike kniete sich hin, sperrte das Schloss auf, öffnete den Schrank und zog eine Flasche Bier heraus.

«Nein. Die saufen lieber das.» Er räumte eine Flasche nach der anderen aus. Dahinter, an der Rückwand, hingen ungefähr zehn durchsichtige Plastikbeutel mit einer gelben Flüssigkeit drin. «Und von dem da brauchen sie gar nichts zu wissen. Sie glauben, das hier ist mein persönliches Alk-Depot für zwischendurch. Weil oben dürfen wir nichts trinken.»

Er nahm einen der Beutel, holte aus seiner Hosentasche ein Stück Schlauch heraus, auf dem ein Hartplastikteil steckte, und hielt dann alles mit beiden Händen hoch.

«Du weißt, wie das funktioniert? Du steckst den Schlauch in das kleine Loch da unten. Dabei muss die Klemme hier aber noch zu sein, sonst pinkelst du dein Wohnzimmer voll. Dann klebst du dir den Beutel auf den Bauch. Aber so, dass das Ding auch wirklich hält. Danach ziehst du dich an, das Ende des Schlauches mit der Klemme kommt in die Unterhose. Fertig. Wenn du dann mit dem Becher in der einen Hand dastehst, hast du in der anderen nicht deine Nudel, sondern den Schlauch. Du lieferst ab, und der Onkel Doktor wird sehr zufrieden mit dir sein. Alles klar?»

«Ist ja keine Raketenwissenschaft. Das krieg ich hin.»

«Gut.» Mike packte alles in ein Sackerl, hielt dann eine Hand auf und grinste.

«Wie viel machst du damit eigentlich so im Monat?», fragte Suchanek, während er seinem Retter den Fünfziger in die Hand drückte.

«Das geht dich eigentlich nichts an, aber im Schnitt so sechs- bis achthundert. Draußen vor der Tür steht ein Alfa, der von Rechts wegen eigentlich pissegelb sein müsste.» Er sperrte den Kühlschrank wieder zu. «Aber man kann es mit der Dankbarkeit auch übertreiben. Gehen wir.»

Als sie wieder einen Stock höher waren, sagte Mike: «So. Die Tür beim Rettungseingang musst du nur zuschmeißen, die kann man von außen nicht aufmachen. Findest du den Weg raus?»

«Sicher. Jetzt einmal da runter, dann links und dann ... Und dann?»

Mike seufzte. «Rechts! Und dann erst links. Dann am Lager vorbei und wieder rechts.»

«Ach so, ja. Natürlich.»

«Dann bis morgen. In alter Frische!»

«Ich komm später. Ich hab ja um acht einen Termin.» Suchanek klopfte auf das Sackerl in seiner Hand und lächelte.

«Viel Glück.»

Sie gingen los, in entgegengesetzte Richtungen. Suchanek tat, was er selten tat: Er freute sich. Dass es geklappt hatte, dass er dadurch sein altes Leben zumindest zum Teil wiederhatte und sobald sein Frondienst hier vorbei war, sogar wieder ganz. Wobei man ja nun auch wirklich sagen musste, es hatte absolut sein Gutes gehabt, dass ihn der Richter ausgerechnet hierhergeschickt hatte. Wie war das von der Direktorin formuliert worden? *Wer weiß, vielleicht profitieren Sie ja sogar von Ihrer Zeit hier!* Suchanek murmelte das Zitat vergnügt vor sich hin.

So, und jetzt also ... links? Und dann den Gang weiter, und dann musste da die nächste Quergasse in diesem Scheißlabyrinth ... Wer zur Hölle baute eigentlich so was? Gab es nicht auch Keller, in denen man keinen Kompass brauchte? Bekam man dafür von irgendwelchen rundbebrillten näselnden Experten Architekturpreise umgehängt? «Der Keller, den Schlau-Bau für das Haus Sonne verwirklicht hat, ist als zeitgenössisches ironisch gebrochenes Zitat eines barocken Irrgartens zu verstehen, dessen Windungen und Wandlungen die Zerrissenheit des postkapitalistischen Menschen verdeutlichen, der nach der Ausbeutung durch das System im Alter brutal ausgespuckt und auf die Sinnentleerung seines gesamten bisherigen Daseins zurückgeworfen wird.»

Das Brummen. Es war die ganze Zeit da gewesen, aber jetzt wurde es lauter. Da das vorher nicht so gewesen war, hieß das wohl, dass Suchaneks internes Navigationssystem versagt hatte. Wenn er ein LKW wäre, würde er jetzt wahrscheinlich auf einem Feldweg knapp vor der Kante einer Schottergrube stehen und unter großer Anteilnahme der lokalen Medien mit einem Spezialkran geborgen werden müssen.

Das war doch die Waschküche, oder? Die Tür war zu, aber das Geräusch kam eindeutig aus diesem Raum. Suchanek zögerte. Ging ihn eigentlich nichts an. Aber was, wenn da drin irgendwas nicht in Ordnung war, und dann überhitzte sich ein Aggregat oder so, und die ganze Hütte brannte ab? Und mit ihr sein Pisse-Vorrat für dieses Jahr? Er öffnete vorsichtig die Tür. Die Waschküche war finster. Aber er konnte jetzt das Geräusch identifizieren: Es war eindeutig eine der riesenhaften Waschmaschinen. Sie lief. Aber warum lief die mitten in der Nacht, so ganz ohne Dunja und wie die andere auch immer geheißen hatte? Suchanek tastete an der Wand nach dem Lichtschalter. Das Neonlicht sprang nur behäbig an und flackerte die ersten zehn Sekunden wie

Wetterleuchten. Erst als er direkt vor der Maschine stand, fing es sich und blieb stabil.

Gut. Hier hatten jetzt zwei Menschen ein ziemliches Problem. Zuerst einmal Suchanek selbst, weil er gar nicht hier hätte sein sollen. Er war aber fraglos derjenige mit dem kleineren Problem. Denn es waren immerhin nicht seine Füße, denen man durch das riesige Bullauge dabei zusehen konnte, wie sie im Kochwaschgang ihre Pirouetten drehten.

6

Der Amtsarzt war ein ganz Lustiger. Jetzt vielleicht nicht unbedingt im persönlichen Umgang; bei den drei Besuchen, die Suchanek bisher absolviert hatte, war dem Mann nicht nur kein einziges witziges Wort, sondern auch kein ansatzweise freundliches ausgekommen. Wahrscheinlich hätte er lieber Hände transplantiert oder kindskopfgroße Tumoren zersäbelt. Vielleicht hätte er es auch bevorzugt, im Westflügel seines bescheidenen, mittels der Aufblasung Zehntausender Schrumpftitten finanzierten Anwesens den ganzen Tag Glenn Gould bei den Goldberg-Variationen zuzuhören, während ihm zwei stumme Geishas mit ihren Zehen Trauben in den Mund stopften, man wusste es nicht. Jedenfalls schien seine Jobzufriedenheit nicht übermäßig ausgeprägt zu sein. Möglicherweise wäre es Suchanek ähnlich ergangen, wenn er den ganzen Tag frühpensionswillige Kreuzweh-Simulanten enttarnen oder halbblinden Hundertjährigen nach dem dritten Schlaganfall den Führerschein entziehen hätte müssen. Und zwischendurch auch noch ständig volle Pissebecher von irgendwelchen Drogisten auf den Tisch geknallt bekommen hätte, wobei vermutlich jede Dritte dieser Jammergestalten auch noch etwas verschüttete.

Aber immerhin hatte der Amtsarzt in seinem Wartezimmer einen köstlichen Bilderwitz an der Wand hängen. Ein Arzt steht vor einem Skelett und sagt: «Sie hätten wirklich früher kommen sollen.» Ganz unten rechts hatte jemand in Mikroschrift hingekritzelt: «Fuck the system!» Entweder war das noch niemandem aufgefallen, weil das gesamte Personal des Gesundheitsamtes den Witz schon dermaßen satt hatte, dass es immer geflissentlich an ihm vorbeischaute, oder aber das Prinzip der freien Meinungsäußerung wurde hier extrem hochgehalten. Zweiteres wollte Suchanek zwar nicht ausschließen, allerdings hatte zum Beispiel seine Meinung den Amtsarzt persönlich bislang eher nur peripher interessiert. Genau genommen wollte er sie eigentlich nicht einmal hören. Beim ersten Mal hatte Suchanek versucht, dem Doktor zumindest eine Teilzustimmung dazu abzuringen, dass das, was sie beide hier miteinander zu tun hatten, eine bloße Verschwendung von Zeit und Ressourcen sei. Der Arzt hatte die peinlichen Fraternisierungsversuche – die sich jemand mit sozialer Intelligenz natürlich erspart hätte, denn wer wollte schon hören, dass seine Tätigkeit in puncto Sinnhaftigkeit dem Sprengen von Rasen während eines Wolkenbruchs nahe kam, auch wenn man sich das selber eh dachte, aber: hören? Von dem da? – hurtig unterbunden. Er hatte Suchanek einfach den Becher hingehalten und gesagt: «Sehr schön. Und jetzt vollmachen bitte.»

Seit diesem eher verhaltenen Start ihrer Beziehung hatten sie eigentlich kaum mehr miteinander geredet.

Aber heute sagte der Amtsarzt plötzlich, als sich Suchanek schwer gerädert von der Nacht und dann natürlich auch noch nervös ob des Beutels, den er mit breitem Klebeband auf seinem Bauch festgezurrt hatte, bei der Tür hineinschleppte: «Wie sehen Sie denn aus?»

«Wieso?»

«So, wie Sie beisammen sind, würde es mich überhaupt nicht wundern, wenn der Test heute anschlägt. Sind wir etwa rückfällig geworden?»

«Nein. Ich hab nur nicht viel geschlafen.»

«Das ist aber schlecht. Ein geregelter Tagesablauf plus einer ordentlichen Nachtruhe ist bei Patienten wie Ihnen sehr wichtig.»

«Bei allem Respekt, aber ich sehe mich eher nicht als Patient.»

«Aber ich tu das. Was haben Sie denn getrieben?»

«Ich habe, während ich mir die Pisse besorgt habe, die ich dir gleich servieren werde, eine Leiche in einer Waschmaschine gefunden – und du Pfeife?», hätte Suchanek gerne geantwortet. Er entschied sich aber dann für eine leicht veränderte Kurzfassung: Er zuckte mit den Achseln. Dann nahm er den Becher und ging in das Klo nebenan. Zum Glück gab es dabei kein Begleitpersonal, wie man es bei einem Schwerverbrecher wie ihm an sich erwarten hätte können. Die sadistische Schwester, die in «Einer flog übers Kuckucksnest» Jack Nicholson lobotomieren lässt, wäre für eine solche Aufsichtstätigkeit die Idealbesetzung schlechthin gewesen. Sie wäre neben ihm gestanden, hätte ihm sardonisch grinsend auf den Schwanz gestarrt und dann spöttisch gesagt: «So einen winzigen habe ich ja noch nie gesehen. Und glauben Sie mir: Ich sehe viele.» Aber da merkte man halt wieder einmal, dass der Staat zwar jede Menge Geld zum Fenster hinauswarf, aber bei den wirklich wichtigen Dingen sparen musste.

Suchanek öffnete seine Hose und nestelte den Schlauch heraus. Er hatte zwar keine Routine mit diesen Abklemmern, wie sie auch bei Infusionen verwendet wurden, um die Durchflussstärke zu regulieren, aber so schwer konnte das ja nicht sein. Er drehte an dem Rädchen, und tatsächlich begann es alsbald frisch und froh wie das Bächlein helle in den Becher zu laufen. Es funktionierte! Endlich funktionierte einmal was. Schnell war der Becher dreiviertelvoll. Das sollte wohl reichen. Suchanek klemmte den Schlauch wieder ab, verstaute ihn in der Unterhose, wollte sich dann die Hände waschen, weil bei der ganzen Sache doch ein paar Tropfen des Urins von wem auch immer auf seinen Fingern gelandet waren, besann sich aber eines Besseren. Er holte den Schlauch noch einmal heraus, ließ sich die Pisse über beide Hände rinnen und tupfte sie dann nur oberflächlich mit Klopapier ab. Draußen stellte er den Becher ab und sagte: «Auf Wiedersehen, bis zum nächsten Mal.» Dann streckte er dem Arzt, höflich wie er nun einmal war, die Hand hin. Der sah ihn zwar angesichts dieses ungewohnten Freundlichkeitsausbruchs leicht verwundert an, griff aber dennoch zu. Suchanek war hochzufrieden, wollte gar nicht loslassen und umschloss, um auf Nummer sicher zu gehen, die Hand des Arztes auch noch mit seiner zweiten kontaminierten Pfote, als er plötzlich etwas Warmes auf seinem linken Oberschenkel spürte. Er sah verstohlen nach unten. Auf seiner Hose war ein feuchter Fleck.

Und der wurde rasch größer. Aktennotiz an sich selbst: Die Handhabung von Abklemmern ist nicht, ich wiederhole: NICHT deppensicher! 30 Sekunden später war Suchanek nicht nur bei dem Arzt draußen, sondern beim ganzen Gesundheitsamt. Bis er dann endlich ein versifftes öffentliches Klo gefunden hatte, war es längst zu spät und seine Hose völlig vollgepisst. Immerhin hatte er daraufhin in der U-Bahn jede Menge Platz. Er musste aber klarerweise noch einmal in seine Wohnung, um sich umzuziehen, und konnte erst dann zum Haus Sonne fahren.

—

Mike hatte schon recht gehabt. Nachdem ihn Suchanek in der Nacht per SMS in den Keller zurückgeholt hatte, hatte er angesichts der Waschmaschinenladung nur gesagt: «Du verschwindest jetzt besser. Schnell. Ich mach das hier.»

Wäre Suchanek geblieben, hätte jedwede Erklärung, warum er sich denn um diese Zeit im Keller herumgetrieben hatte, in etwa gleich glaubwürdig geklungen wie die Versicherung eines Steuersünders, er habe sein Geld nur deshalb auf die Cayman Islands transferiert, damit es auch einmal in die Sonne komme. Und die Wahrheit wäre ja keine Option gewesen. Aber jetzt war da diese nagende Angst. Was, wenn ihn jemand von der im Heim sicherlich vielköpfigen Neigungsgruppe Schlaflosigkeit gesehen hatte, als er um Mitternacht raschen Schritts davongeschlichen war?

Die meiste Zeit seines Lebens war sich Suchanek nicht völlig sicher, ob er überhaupt einen Herzschlag hatte. Oder so etwas wie Blutdruck. Aber als er an den vielen Polizeiautos vorbei ging, überkam ihn das Gefühl, jeder müsste schon anhand seiner sich rhythmisch auf Heißluftballongröße ausdehnenden Adern sofort sehen, dass er ein schlechtes Gewissen hatte.

«Was ist denn da los?», fragte er den Portier. Seine Stimme zitterte ein wenig. Der Grauhaarige hinter der Scheibe wühlte hektisch in ein paar Zetteln und verzog das Gesicht.

«Wir haben einen Toten.»

«Aber ... haben wir das nicht dauernd?»

«So einen nicht. Sie haben den Vilimsky in der Waschmaschine gefunden.»

«Wie ist er denn da reingekommen?»

Der Portier hob den Blick von seinen Papieren. «Tür auf, Vilimsky rein, Tür zu.»

In der Halle summte es wie in einem Bienenstock. Einem mit emeritierten Bienen. Wobei Bienen ja in echt eher nicht in Pension gehen. Sie arbeiten bis zum Umfallen, und wenn sie zu alt dafür werden, sterben sie umgehend. Die Traumkundschaft jedes staatlichen Pensionssystems. Leider ist halt der Sinn fürs große Ganze bei Menschen weitaus weniger ausgeprägt als bei Insekten.

«Ich hab's noch gesagt. Hab ich's nicht gesagt?» Frau Smutek, die beim Montagsplenum vor hausfremden Streunern gewarnt hatte, redete abgehackt gestikulierend auf ein verschrecktes Paar und auf Frau Schmidtleitner ein, bei der Suchanek den Rosenkavalier gespielt hatte. Ganz offensichtlich sah sie sich in ihren Befürchtungen, die ja leider leichtfertig in den Wind geschlagen worden waren, drastisch bestätigt. «Ich trau mich jetzt sicher nicht mehr in den Keller.»

«Was heißt in den Keller?», antwortete der Mann. «Man traut sich ja nicht einmal mehr aus der Wohnung! Wir haben heute gleich mit der Nachbarin ausgemacht, dass wir gegenseitig an der Tür ein bestimmtes Klopfzeichen verwenden: SOS!» Er krümmte einen Zeigefinger und begann auf die Wand einzuhämmern. «Dreimal kurz, dreimal lang und dreimal ... Ah geh, jetzt hab ich mich vertan.»

Wenn diese Idee mehr Anhänger fand, dachte Suchanek, dann würde sich bald sehr viel mehr Hausleben auf den Gängen zutragen. Überall verzweifelt gegen Arthritis und Tremens anmorsende Omis und Opis, die nirgendwo reinkamen.

«Das brauch ich zum Glück nicht», sagte Frau Schmidtleitner. «Die Nachbarin hat einen Schlüssel von mir und ich von ihr. Das macht es einfacher.»

Die Überlegungen der zwei Frauen, an denen sich Suchanek dann vorbeidrückte, gingen in eine ganz andere Richtung.

«Wer weiß, vielleicht war es ja gar kein Mord. Sondern Selbstmord.»

«Wer will denn auf so eine grausliche Art sterben?»

«Manche Leute übergießen sich auch mit Benzin und zünden sich an. Glaubst du, das ist angenehmer?»

«Du schaust zu viel RTL.»

«Dann vielleicht ein ganz tragischer Unfall? Steht öfter einmal in der Zeitung, dass ein Kind in die Waschmaschine kraxelt, dann kommt die Mutter, sieht das nicht und dreht auf.»

«Aber der Valentin war nicht vier, der war 84. Und zumindest noch nicht ganz deppert.»

«Entschuldigung», mischte sich Suchanek ein. «Sagten Sie Valentin? Der Tote ist der Valentin?»

Die beiden Frauen schauten ihn an wie den Dorftrottel, der gerade den Pfarrer nach der Zahl seiner Kinder gefragt hat. «Ich glaub, Sie sind der Letzte, der das noch nicht weiß», schnappte die eine.

«Der Valentin, wegen dem der Wickel beim Tanznachmittag war?»

Die Frau schlug sich mit der Hand auf die Stirn.

«Ah ja! Der Wickel!»

Plötzlich stand Schwester Hanni vor ihm. «Suchanek! Zur Chefin!»

Das hörte sich dringend an.

«Warum?»

«Hat sie nicht gesagt. Mir nach!»

Jetzt hörte es sich ultimativ an. Suchaneks Herz übersiedelte in die Hose. War er aufgeflogen? Er trottete zerknirscht hinter Hanni her. Ein wenig Trost fand er darin, dass Hannis Hintern unter dem Schwesternkittel heute ein sehr kleines Schwarzes trug. Da waren Männer recht zuverlässig. Selbst wenn es einer wie Suchanek war, der diese Bezeichnung eher honoris causa trug. Ja, er hatte an sich andere Sorgen. Aber auch wenn nebenan gerade ein Meteorit eingeschlagen hätte, acht von zehn Männern hätten trotzdem ferngesteuert auf Hannis Hintern gestarrt. Und die anderen beiden wären der Schwule und der Astronom gewesen.

«Weiß man schon, was genau passiert ist?», fragte Suchanek den Hintern. Der bremste, drehte sich um, und Suchanek schaffte es gerade noch rechtzeitig, seinen Blick um einen dreiviertel Meter in die Höhe zu reißen.

«Das willst du nicht wissen!», sagte Hanni düster. Um es ihm ohne weitere Umstände mitzuteilen. «Die Doktorin hat gesagt, ja? Stell dir vor, du kochst einen Tafelspitz eineinhalb Stunden in der Waschmaschine – und wenn er dann schön mürbe ist, schleuderst du ihn mit 2000 Umdrehungen in der Minute. Was wird passieren?»

«Du meinst ... die Leiche hat sich zerlegt?»

«Na ja, nicht ganz. Aber viel Fleisch hat der arme Hund sicher nicht mehr auf den Knochen.»

Soweit sich Suchanek an den hageren Schwofer vom Tanznachmittag erinnerte, hatte er das allerdings auch vorher nicht gehabt.

«Sie bauen da unten jetzt auch die Maschine als Ganzes aus und bringen sie ins Labor. Weil die Trommel, die ganzen Schläuche, alles ist verpickt mit ...» Hanni verzog angeekelt das Gesicht. «Uääh! Es war ja gar nicht gleich klar, wer das überhaupt ist. Erst nach der Zimmerkontrolle haben wir gewusst, dass es der Valentin sein muss.»

—

Wenn es etwas gab, das alle im Heim, die noch in ihren Wohnungen lebten, gemeinsam hatten, dann das: Sie betraten niemals freiwillig den Todestrakt. Selbst die, die es anfänglich ein paarmal getan hatten, vielleicht um eine kürzlich hierher übersiedelte Freundin zu besuchen, kamen bald nicht mehr. Es gab doch erbaulichere Freizeitgestaltungen, als sabbernden Gespenstern dabei zuzusehen, wie sie apathisch vor dem Teleshopping-Kanal saßen. Weil es natürlich die größte Angst von allen war, in absehbarer

Zeit danebenzusitzen (jetzt gerade vielleicht neben der, in einer Waschmaschine zu enden). Diesen Umstand hatte sich die Direktorin listig zunutze gemacht und ihr Büro kurzfristig hierher übersiedelt, um zwischendurch wenigstens ein paar Minuten Ruhe zu haben.

«Kinder, bringt mir jetzt endlich wer die Personalliste? Die Polizei will sie haben», rief sie aus der Schwesternkoje heraus. «Und das Kuratorium brauch ich noch mal am Telefon. Ich hab nur mehr zehn Minuten bis zum Plenum mit dem Inspektor!»

«Was soll ich den Journalisten sagen?», fragte Huschi.

«Die bleiben draußen vor der Tür. Ivo!»

«Ja, Chefin?»

«Du gehst raus und hältst die Journalisten auf. Der Portier sagt dir, wer die sind.»

«Wie soll ich machen?»

«Mit grimmigem Blick.»

«Und wenn nicht ist genug?»

«Dann fluch auf Serbisch.»

«Muss ma schauen.»

Jetzt fiel Heinzes Auge über den Brillenrand hinweg auf Suchanek.

«Herr Suchanek! Mit Ihnen hab ich ein Hühnchen zu rupfen.»

Nicht gut. Gar nicht gut.

«Sie können nicht einfach später kommen, ohne was zu sagen. Sie sehen doch, was hier los ist.»

«Ich ... äh, ich hatte einen Arzttermin. Ich dachte, ich hätte es eh gesagt.»

«Haben Sie nicht. Aber jetzt hab ich eh andere Sorgen. Suchen Sie sich irgendwas zu tun, die Auswahl ist groß. Imelda! Kaffee! Aber nicht den für die Kundschaft. Richtigen!»

Selten so einen erfreulichen Rüffel bekommen. Die Anspannung fiel von Suchanek ab wie feuchter Verputz. Er sah sich um. Auf einem der Sessel gleich neben den Schwestern saß Lassie, friedlich, zumindest für den Augenblick. Und neben ihr Dunja aus der Wäscherei. Es war schwer zu sagen, wer von den beiden fertiger aussah. Suchanek lächelte Dunja schwach zu. Sie zuckte resignierend mit den Schultern und sagte: «Kann ich nix mehr arbeiten dort unten.»

Schwester Elfi kam aus der Halle herein. «Jetzt haben sie mich draußen gerade gefragt, ob es stimmt, dass der Valentin nur mehr Haschee ist.»

«Das ist ja ... Alle herhören!», rief die Direktorin. «Ich wünsche, dass ihr über den Zustand der Leiche *nichts* herumerzählt. Das gilt für euch alle. Keine drastischen Vergleiche mehr, Isabella!»

«Ich habe Tafelspitz gesagt und nicht Haschee», meinte Dr. Schneider kühl.

«Es lebe der große Unterschied.»

«Was soll ich den Leuten sagen? Ist es angenehm, da drin zu krepieren? Nein, natürlich nicht. Die Wahrheit ist dem Menschen zumutbar. Ich rate einem Patienten mit Pankreaskarzinom ja auch nicht, dass er noch anfangen soll, ‹Krieg und Frieden› zu lesen.»

Heinze sah sie durchdringend an. «Würdest du bitte tun, was ich sage? Wenigstens dieses eine Mal?»

Dr. Schneider machte ein Gesicht, aus dem jetzt nicht unbedingt rückhaltlose Zustimmung herauszulesen war, sagte aber nichts mehr.

«Die Leute haben auch so wirklich schon genug Angst», setzte die Direktorin nach. «Und wenn wir ihnen auch noch Gruselgeschichten erzählen, statt sie, so gut es geht, zu beruhigen, machen wir uns nur selber das Leben schwer.»

Fast das ganze Personal war da oder huschte zumindest ab und zu bei der Tür herein. Nur Mike und Robert fehlten. Zeit für eine taktisch kluge Frage von Mastermind Suchanek.

«Wer hat denn die Leiche eigentlich gefunden?»

«Der Mike», antwortete Huschi. «Im Nachtdienst.» Die graueste aller Mäuse war ziemlich durch den Wind. Ihr Blick sagte zwar keine tausend, aber immer noch ganz schön viele Worte auf einmal: «Ja ich weiß, die Welt ist schlecht, aber wenn wir hier, wir alle in diesem Raum, nur ganz fest daran glauben und einander die Hände reichen – dann können wir sie gemeinsam besser machen.» Aber eigentlich hatte sie ja auch schon vor dem Mord immer so dreingeschaut.

«Der Arme. Das war sicher ein totaler Schock.»

Bist du gescheit, war dieser Suchanek gefinkelt! Tarnen und Täuschen wie ein Großer!

«Wenn das von uns einer aushält, dann am ehesten er. Stell dir nur mal vor, die Dunja hätte den Valentin heute früh gefunden ... Die hätten wir gleich in den Guglhupf einliefern können.»

«Und haben die schon irgendeine Ahnung, wer das gewesen sein könnte?», fragte Suchanek weiter.

«Wir haben noch gar nichts gehört. Ich glaub auch nicht, dass die schon irgendwas wissen. Die sind da unten noch am Spurensichern.»

Die Direktorin klatschte in die Hände und stand auf.

«Gehen wir's an, Zeit fürs Plenum. Und nachher versuchen wir, die täglichen Routinen so weit wie möglich aufrechtzuerhalten. Hausbetreuung: Ihr schwärmt aus, verteilt euch im Haus, Pflegepersonal ebenso, außer einer Minimalbesetzung auf der Station. Redet mit den Leuten! Nehmt ihnen die Angst, dass hinter der nächsten Ecke der Mörder steht.»

Es war Huschi, die aussprach, was sich vermutlich viele dachten: «Und wie soll ich das machen, wenn ich diese Angst selber hab?»

7

Inspektor Prskawetz war kein Columbo. Damit wollte ihm Suchanek jetzt gar nicht von vornherein seine Kombinationsgabe absprechen, so gern er das schon aus Prinzip getan hätte. Aber so scharf wie sein Anzug konnte die gar nicht sein. Er wirkte noch ziemlich jung für seinen Dienstrang. Aalglatter Karrieristen-Haarschnitt wie aus dem Coiffeur-Musterbuch, schmale Krawatte, Stecktuch. Stecktuch! Der Mann wäre auch im Bundesparteivorstand der österreichischen Sozialdemokraten nicht unangenehm aufgefallen. Der Saal war voller, als Suchanek ihn je gesehen hatte. Und auch Mike war jetzt hier. Er sah Suchanek und nickte ihm kurz zu.

«Meine sehr geehrten Damen und Herren, wie Sie bereits wissen, wurde heute Nacht Herr Valentin Vilimsky, einer der Bewohner dieses Hauses, tot im Keller aufgefunden», begann der Inspektor. Er ging mit dem Mikro auf der kleinen Bühne im Speisesaal auf und ab wie Zuckerberg bei der Präsentation der wieder einmal sehr erfreulichen

Jahresbilanz. Der wäre natürlich nicht so gut angezogen gewesen.

«Sie werden zweifellos eine Menge Fragen haben. Aber bevor ich die beantworte, soweit es mir möglich ist, ohne die Ermittlungen zu gefährden, möchte ich zuerst die Gelegenheit dieser großen Runde nützen: Hat irgendjemand von Ihnen den Herrn Vilimsky nach 21 Uhr noch gesehen?»

Zuerst meldete sich niemand. Dann rief ein Mann: «Der Valentin war doch immer bei der Mittwoch-Saunarunde. Was ist mit denen?»

Prskawetz nickte. «Ja, er war in der Sauna. Um neun war dort Schluss. Und wir würden gern wissen, was er dann gemacht hat. Niemand hat ihn gesehen? Ganz sicher? Gut. Ist dann vielleicht jemandem von Ihnen gestern Abend etwas Verdächtiges im Haus aufgefallen?»

Suchanek rutschte an seiner Wand ein Stück nach unten. Dass ihn jemand gesehen und auch erkannt hatte, war ja eigentlich schon ausgeschlossen. Aber falls jemand nur eine Gestalt gesehen haben sollte, dann würden die Bullen alle möglichen Überwachungskameras in der Gegend anzapfen. Heutzutage gab es die ja schon vor jedem Schrebergarten. Verdammt! Was, wenn sie das sowieso taten?

«Irgendetwas, auch wenn Sie dem in der Situation gar nicht viel Beachtung geschenkt haben? Jede kleinste Kleinigkeit kann wichtig sein.»

Okay. So gut war Prskawetz also auch wieder nicht. So formulierte man das in einem Altersheim nicht ungestraft. Wo hier doch ohnehin schon ohne Mord jeder kleinsten Kleinigkeit die Macht der Welterschütterung innewohnte.

«Der Lift hat gestern so lang gebraucht wie noch nie. Ob den nicht wer sabotiert hat?»

«Im vierten Stock ist eine Lampe ausgefallen. Die hat gestern noch gebrannt. Gut, der Valentin hat zwar im zweiten gewohnt, aber was weiß man.»

«Mir ist aufgefallen, dass jemand nach dem Mittagessen im Gang ein leeres Häferl auf mein Tablett gestellt hat. Da ist ‹Vienna› draufgestanden, mit einem roten Herz. Ist das schon abgewaschen, oder kann man das noch auf Fingerabdrücke untersuchen?»

In Prskawetz keimte dann wohl doch eine Ahnung auf, dass er es mit dieser Art der Recherche eher nicht aufs Titelblatt von «Cophouse» schaffen würde, und einigte sich mit allen Kronzeugen darauf, dass sie das später alles ganz genau einem seiner Mitarbeiter erzählen sollten. Dann versuchte er es anders:

«Konkretisieren wir das ein bisschen: hausfremde Personen? Ist da gestern Abend jemand herumgegangen, der nicht hergehört?»

Jetzt schlug natürlich die Stunde von Frau Smutek. «Gestern nicht. Aber sonst dauernd! Es wird auch immer wieder eingebrochen. Ich habe mich eh schon oft bei der Direktion beschwert. Aber es muss ja erst was passieren, bevor was passiert.»

Von links flitzte ein grauer Schatten auf die Bühne. Direktorin Heinze entwand dem verblüfften Inspektor blitzartig das Mikro. Wenn das mit seiner Dienstwaffe genauso funktionierte, dann sollte er sich im Einsatz besser von Rentnern, Volksschülern und ähnlich gefährlichen Elementen fernhalten.

«Müssen Sie da schon wieder Unruhe stiften, Frau Smutek?», bellte Heinze. «Sie haben doch gehört, dass gestern Abend niemandem etwas aufgefallen ist.»

«Nur, weil niemand wen gesehen hat, heißt das ja wohl noch lange nicht, dass da keiner war. Entschuldigen Sie schon, Frau Direktor, aber ich habe halt Angst. Das werden ja wohl nicht einmal Sie mir verbieten wollen.»

«Natürlich haben jetzt alle Angst. Ich ja auch», antwortete Heinze. «Aber wenn Sie da jetzt gleich mit Schuldzuweisungen anfangen, hilft uns das auch nicht weiter.»

Agnes Smutek war nun beileibe keine Frau, die gern zurücksteckte. Wenn sie etwas für ihr Recht hielt, dann war mit ihr nicht gut Kirschen essen. Dummerweise hielt sie im Allgemeinen so ziemlich alles für ihr Recht.

«Denken Sie nur an den Fall, den wir vor einer Weile gehabt haben. Da hat eine Bewohnerin – und ich will jetzt keinen Namen nennen – ihren Neffen reingelassen. Den hat auch niemand gesehen. Und wie die Frau draufgekommen ist, dass sie ja gar keinen Neffen hat, war der schon wieder weg. Mit ihrem Notgroschen.»

Allgemeines Geraune. Jeder außer Suchanek und Prskawetz schien zu wissen, wer da auf den guten alten Neffentrick reingefallen war.

«Das ist eine Gemeinheit, Agnes, dass du so auf die Traudl losgehst!» Frau Bergmann war aufgestanden. «Sie kann doch nichts dafür.»

«Das sag ich ja nicht, Cilly», erwiderte Frau Smutek ungerührt. «Aber es ist nun einmal eine Tatsache, dass uns die Depperln noch alle mit reinreißen werden.»

Jetzt verlor die gütige Oma die Contenance: «Wer weiß,

wie es uns einmal gehen wird! Was bist du nur für ein böses Weib!»

Die andere funkelte sie an: «Das lass ich mir von dir nicht sagen. Darüber reden wir noch!»

Die Menge war gespalten. Manche wiederholten empört: «Gemeinheit!» Andere waren aber auch auf Seiten der Angreiferin: «Ist ja wahr! Sollen endlich auf die Pflegestation gehen!»

Der Inspektor spürte, dass ihm die Situation zu entgleiten drohte. Also holte er sich das Mikro zurück.

«Bitte, meine Herrschaften! Ich verstehe Ihre Aufregung, aber wir müssen jetzt alle einen kühlen Kopf bewahren. Ich kann Ihnen versichern, dass es in der nächsten Zeit eine erhöhte Polizeipräsenz im Haus geben wird. Niemand muss sich fürchten, wir garantieren für Ihre Sicherheit. Und natürlich hoffen wir, dass wir den Fall so schnell wie möglich aufklären.»

«Haben Sie denn schon einen Verdacht?», rief eine Frau.

«No, den wird er dir auf die Nase binden!», keifte eine andere.

Herr Schildhammer, der früher beruflich Versicherungsbetrüger enttarnt hatte, also praktisch vom Fach war, hatte schon einmal einen.

«Wenn niemand einen Fremden gesehen hat – dann bedeutet das doch zwangsläufig, dass jemand aus dem Haus den Valentin umgebracht haben muss, oder nicht?», sagte er mit großen Augen.

Jetzt brach wildes Durcheinandergerede aus. Wenn da schon ein Mörder herumlaufen musste, dann war den Alten irgendein Fremder, im Idealfall auch noch ein irgendwie dunkler, eindeutig lieber. Dem sah man es ja wenigstens gleich an. Aber wenn es der war, der einem zu Mittag vielleicht gerade großherzig das letzte Stück Apfelkuchen überlassen hatte, um einen in Sicherheit zu wiegen? Und natürlich hätte jeder hier sofort die Namen von einigen widerlichen Greisen nennen können, denen er ungeschaut zutraute, dass sie kalt lächelnd Mitbewohner in irgendein Haushaltsgerät stopfen würden, wenn die Gelegenheit günstig war.

«Bitte, meine Damen und Herren! Wir ermitteln in alle Richtungen, also natürlich auch in diese. Aber es gibt keine einschlägigen Hinweise, eher im Gegenteil. Denn, bitte mich jetzt nicht falsch zu verstehen, aber: Um einen Mann in so eine hohe Waschmaschine zu bekommen, braucht es auch gewisse körperliche Voraussetzungen.»

Das leuchtete ein. Und alle Wracks im Saal freuten sich wie verrückt über ihre Gebrechlichkeit, ohne die sie ja jetzt ziemlich blöd, weil verdächtig dagestanden wären.

«Und dann muss man auch noch wissen, wie man die Maschine bedient», fügte der Inspektor hinzu.

Jetzt kam der Auftritt des Beiratschefs. Obermüller stand auf, zog seine Hose himmelwärts und begann dann ebenso umständlich wie wichtigtuerisch: «Zuerst möchte ich dem Herrn Inspektor versichern, dass ich als Vorsitzender des Bewohnerbeirats ihm jede Unterstützung bei der Aufklärung dieses schrecklichen Mordes zukommen lassen werde, die er braucht.» Ja dann. Der Fall war so gut wie geklärt.

«Aber sagen Sie: Ihr Hinweis mit der Bedienung der Maschine – wollen Sie damit andeuten, dass es am ehesten jemand vom Personal gewesen sein könnte?»

Das saß. Die Direktorin vorne neben dem Inspektor schüttelte fassungslos den Kopf, und Suchanek konnte auch sehen, wie die kleine Imelda empört gestikulierend auf ihre Kollegin Irmi einredete.

«Nein!», rief Prskawetz. «Das wollte ich nicht! Noch einmal: Wir stehen erst am Anfang der Ermittlungen.»

«Außerdem, Herr Obermüller», meldete sich Dr. Schneider, «nicht böse sein, aber: Wenn zum Beispiel ich Sie umbringen möchte, dann bräuchte ich dazu wirklich keine Waschmaschine. Da hätte jede medizinisch auch nur ein bisschen geschulte Person andere Möglichkeiten. Sogar genügend, bei denen mit großer Wahrscheinlichkeit nie jemand draufkommt, dass das kein natürlicher Tod war.» Sie lächelte so verbindlich sie es eben zusammenbrachte. Also gar nicht. «Wie gesagt: rein theoretisch natürlich.»

Jetzt stand zu befürchten, dass die Todesrate im Haus in nächster Zeit auch ohne weitere Morde wohl stark ansteigen würde. Denn wer würde sich nach dieser richtigen, aber nicht unbedingt vertrauensbildenden Aussage noch frohgemut eine Spritze geben lassen? Oder Medikamente schlucken, bei denen eine Restchance bestand, dass sie eigentlich für Ratten gedacht waren? Und zwar eher nicht, um deren Rheuma zu lindern. Und als ob dieses Schlusswort nicht schon schlimm genug gewesen wäre, zeigte jetzt auch noch Frau Schmidtleitner auf.

«Mich beschäftigt da noch etwas. Hat der Valentin sehr leiden müssen?»

Der Inspektor schaute die Direktorin an, die schaute zu Dr. Schneider. Die Ärztin biss sich auf die Lippen. Keiner sagte etwas. Und damit eigentlich alles.

Die Versammlung löste sich auf und auch wieder nicht. Die meisten blieben, nachdem sich der Inspektor mit der Versicherung verabschiedet hatte, weiterhin ein offenes Ohr für Hinweise aller Art zu haben, die auf Wunsch auch vertraulich behandelt würden. Das wiederum war ziemlich geschickt. Da die Alten eher nicht auf Facebook waren, hatten sie ja generell nicht so viel Gelegenheit zum anonymen Denunzieren. Und nicht, dass ihr Bedürfnis dazu kleiner gewesen wäre. Überall bildeten sich Trauben von Bewohnern, in denen aufgeregt die Lage begackert wurde. Suchanek hingegen wollte die momentan eigentlich nur mit einem besprechen. Als er sah, wie Mike dem Ausgang zustrebte, drängte er sich durch die Reihen an seine Seite.

«Gehen wir in den Garten, eine rauchen», sagte der Pfleger knapp. In der Halle wurden sie aber von einer Gruppe Wegelagerer gestoppt. Es galt da nämlich noch an dem einen oder anderen Informationsdefizit zu arbeiten.

«*Sie* haben ihn gefunden, oder?», wollte ein Mann wissen, dessen Scheitel unmittelbar über dem linken Ohr gezogen war. Selbst in diesem Alter noch zu denken, man sähe knuspriger aus, wenn man alle noch vorhandenen Haare seitlich über die Glatze kämme, war Beweis genug, dass Leben nur bedingt Lernen war.

«Wie hat er denn jetzt wirklich ausgeschaut?»

«Darüber rede ich nicht», sagte Mike. Er bemühte sich nicht groß zu verbergen, dass ihn die Fragerei schwer nervte.

«Aber morgen steht es doch sowieso in der Zeitung.» Alte Leute redeten immer nur von DER Zeitung, als gäbe es nur eine. Aber für die meisten hier war es wohl auch in der

Praxis so, weil das wusste man ja als kritischer Medienkonsument: Stand eh überall dasselbe drin.

«Von mir hat es die Zeitung aber sicher nicht.»

Der Tiefscheitel sah das nicht ein. «Wir haben ein Recht darauf, das zu erfahren!»

«Wissen Sie was, Herr Kubitsch? Reden Sie mir das in ein Plastiksackerl.» Mike schob den Mann zu Seite und ging weiter.

«Das ist ja ... Ich werde mich über Sie beschweren!», rief ihm der Alte nach.

Endlich hatten sie es in den Garten geschafft. Die Kälte sorgte zwar dafür, dass sie hier ungestört waren, andererseits waren sie für ein überheiztes Altersheim gekleidet und nicht für die Arktis.

«Alter Schwede», sagte Mike und rieb sich sie Oberarme. «Wenn wir länger hier draußen bleiben, kann die kalte Küche uns auch gleich mitnehmen.»

«Die was?»

«Der Leichenwagen.»

Suchanek gab Mike eine Zigarette, der sog gierig daran und lehnte sich ächzend an die Wand. «Das brauch ich nicht jeden Tag, das kann ich dir sagen.»

«Ich kann mir auch Netteres vorstellen. Was ist denn in der Nacht noch passiert?»

«Na ja. Ich hab die Maschine dann natürlich aufgemacht, wie du weg warst. Das hätte ich lieber bleiben lassen sollen. Ich meine, ich bin nicht heikel, ich seh ja dauernd Leichen. Aber so eine noch nie.»

«So schlimm?»

«Schlimmer. Wie aus einem Zombiefilm.»

«So eine verdammte Scheiße. Das darf doch eigentlich alles gar nicht wahr sein! Warum mussten ausgerechnet wir da reingeraten?»

«Ja, das ist ein Wahnsinn. Aber die Hauptsache ist trotzdem, dass wir nicht aufgeflogen sind. Wie war es denn beim Amtsarzt? Hat alles geklappt?»

«Ja. Keine Probleme.» Also, fast keine.

«Hast du gestern in der Nacht im Keller eigentlich irgendwas gesehen, was dir komisch vorgekommen ist?»

«Darüber denke ich die ganze Zeit schon nach», sagte Suchanek und blies in seine Hände. «Aber für mich ist es schwierig, weil in Wirklichkeit kommt mir da unten alles komisch vor. Außerdem ist ja die Maschine schon gelaufen, wie ich gekommen bin.»

«Ich hab auch nichts gesehen. Aber hey», Mike knuffte Suchanek auf die Schulter, «wer weiß, vielleicht warst du ja beim Tanznachmittag mittendrin statt nur dabei. Die Ströck Pepi und die Schoberin haben sie schon vernommen.»

«Ich wäre ja gespannt, was die trauernden Witwen jetzt sagen.»

«Wer weiß, vielleicht sind sie ja gar nicht so traurig. Also, zumindest eine von den beiden.»

«Echt? Du meinst, es war eine von den beiden?»

«Möglich. Aber andererseits hat der Kommissar schon recht: Du musst den Valentin erst einmal da hineinkriegen. Und dann noch die Maschine aufdrehen können. Der Kochwaschgang wird ja nicht zufällig passiert sein. Und unsere Tschapperln scheitern ja schon am Videorecorder. Ich tippe am ehesten auf einen Hausfremden. Ein ertappter Dieb vielleicht, der den Zeugen beseitigen wollte.»

«Und dazu schleppt er ihn ein paar Stockwerke nach unten und haut ihn in eine Waschmaschine? Das könnte er aber einfacher haben. Nein, wenn du jemanden auf diese Art umbringst, dann musst du schon einen ordentlichen Hass auf ihn haben.»

«Oder nicht mehr alle beieinander. Und da hätten wir ja auch jede Menge Kandidaten.»

«Wer hat denn eigentlich außer dir noch Nachtdienst gehabt?»

«Die Elfi und die Imelda. Und die waren die ganze Zeit mit mir auf der Station. Außerdem leg ich fürs Personal sowieso die Hand ins Feuer.»

In diesem Moment ging die Tür auf, und Robert kam heraus. «Ah, da seid ihr», rief er. «Ich such euch schon die ganze Zeit. Ist es nicht ein bisschen ungemütlich da draußen?»

«Bis vor zehn Sekunden war es eigentlich noch ganz kuschelig», antwortete Mike.

«Oh, witzig! Ich wollte mich gerade erkundigen, wie es dir geht nach deinem schrecklichen Fund. Aber wie ich höre, hast du deinen wunderbaren Humor eh schon wiedergefunden.»

«Wir Pfleger halten schon was aus. Wenn das nicht so wäre, dann wären wir ja Hausbetreuer.»

«Kannst du das nicht einmal heute lassen? Echt jetzt!» Robert starrte Mike böse an. Suchanek hätte gar nicht gedacht, dass er das überhaupt draufhatte, so als professioneller Verbreiter guter Laune.

«Übrigens ...», fuhr Robert fort, und ein Lächeln huschte über sein gerade noch verkniffenes Gesicht, «was ich dich noch fragen wollte: Was hast du eigentlich im Keller gemacht, mitten in der Nacht?»

«Was soll die Frage?»

«Die drängt sich halt auf.»

«Ja. Und zwar ganz ohne Hintergedanken.»

«Sollte ich denn welche haben?»

Mike stemmte sich von der Wand weg und machte zwei Schritte auf Robert zu, «Wenn du mir da jetzt irgendwas unterstellen willst ...!»

«Ich will dir gar nichts unterstellen. Ich denke mir nur, dass man bei einem normalen Nachtdienst auf der Pflegestation nicht in den Keller geht. Was sollte man denn dort?»

Mike wandte sich an Suchanek. «Weißt du noch, was ich vorher gesagt habe, mit dem Feuer und der Hand? Vergiss das wieder.»

8

An sich wäre es ja logischer, wenn junge Menschen mehr Angst vor dem Tod hätten, als alte. Das war eine simple mathematische Frage. Wie viel Leben hatte man mit neunzig denn noch zu verlieren? Aber nein, es war genau umgekehrt. Die Alten fürchteten sich vor dem Tod nur knapp nicht zu Tode, während sich mit dreißig die Endlichkeit des Daseins hinter anderen wichtigen Themen anstellen musste, wie der Höhe der Leasingrate fürs Auto oder dem Starttermin der neuen Serienstaffel. Aber gut, man durfte andererseits im konkreten Fall auch nicht zu streng sein: So ein Mord hätte wohl auch ein Wohnheim voller Navy Seals zart zerrüttet. Das Haus Sonne war auch am Tag danach noch in hellster Aufruhr.

Es hatte auch heute früh ein Plenum gegeben, bis auf weiteres sollte jetzt jeden Tag eines sein. Wirklich Beruhigendes hatte die Direktorin nicht zu berichten gewusst, denn das Einzige, das sich geeignet hätte, wäre die Nachricht gewesen, dass der Täter gefasst war. Aber diesbezüglich hatte die Kripo nichts vorzuweisen, was vereinzelt Kritik am Zustand der heutigen Behörden laut werden ließ, denn früher hätte es das, wie so vieles andere Enttäuschende auch, natürlich nicht gegeben. Was hingegen schon durchgesickert war, waren Teile des Obduktionsergebnisses des bedauernswerten Valentin. Er hatte jedenfalls noch gelebt, als er seine letzte Rundreise angetreten hatte, denn es war Wasser in den Lungen. Ob er aber ertrunken war oder an der Hitze oder an den Kopfverletzungen durch die permanente Drehung verreckt, ließ sich noch nicht sagen.

Danach half Suchanek Hanni bei der Essensrunde, und schon nach dem ersten Stock stand zu befürchten, dass spätestens die im dritten ihr Kalbsgulasch nur mehr kalt genießen würden. Sie kamen einfach nicht weiter. Die Falten der Alten waren seit gestern tiefer, die Tränensäcke trauriger geworden. Und was sollte man schon Tröstliches sagen? Ja, ein Wahnsinn das alles. Nie hätte man das für möglich gehalten. Und dann war der Täter vielleicht auch noch aus dem Haus!

Es gab allerdings auch ein Unterproblem, das dringend besprochen gehörte. Weil: Im zweiten Stock, ja? Da müsse es anscheinend besondere Liebkinder der Direktion geben. Denn wie könne es bitte sonst sein, dass das Fernsehen zwar im zweiten Stock unterwegs gewesen war, nicht hingegen in allen anderen? Ha? Eine Dame, man nenne jetzt keine Namen, sei sogar frühmorgens extra noch zum Friseur geeilt – und niemand könne einem erzählen, dass das nicht aufgrund eines von höchster Stelle ausgehenden Informationslecks geschehen war.

Es war tatsächlich so gewesen, dass, nachdem die Direktorin dem Druck der Journalisten nachgegeben und ein Fernsehteam hereingelassen hatte, nur die vom zweiten die Chance auf ihre fifteen minutes of fame bekommen hatten. Und darauf, mit klug analysierenden Statements wie «Da weiß man ja gleich gar nicht, was man sagen soll!» in die österreichische Nachrichtengeschichte einzugehen. Das war aber tatsächlich weniger auf eine Intervention der Direktion zurückzuführen gewesen, sondern vielmehr auf den Zeitdruck, unter dem das Team gestanden hatte, weil es doch nachher auch noch diese Nilpferdtaufe in Schönbrunn covern hatte müssen. Nilpferde warten nicht gern.

Ja, und dann, dann war da natürlich noch die Neigungsgruppe «Reden wir darüber!».

«Schon das Neueste gehört?»

Lore hatte sich von hinten an Hanni und Suchanek herangepirscht, was man angesichts ihrer massiven Wasserbeine als erstaunliche Leistung würdigen musste.

«Nein», sagte Hanni. «Das Neueste hört man ja immer nur von Ihnen.»

Lore nickte stolz. «Ich hab recherchiert: Es waren mehr als zwei.»

«Mehr als zwei was?»

«Ich hab mir ja schon immer gedacht, dass sich der Valentin mit seiner Herumpuderei einmal in Teufels Küche bringen wird. Aber da habe ich noch gar nicht gewusst, wie viele er beglückt hat.»

Suchanek kam nicht umhin, den zerschleuderten Althengst posthum noch ein wenig mehr zu bewundern. Lore tippte mit dem rechten Zeigefinger der Reihe nach auf die Finger der anderen Hand.

«Die Meinberg Helene, die Kubicek Herta, die Potmesil Eva und die Smutek Agnes. Sind allerdings nicht mehr aktuell gewesen, alles Verflossene. Denen war der Valentin dann doch zu untreu.»

«Verflossene sind die oft die Gefährlichsten!», sagte Hanni.

«Aber ich sag's, wie's ist: Mir wäre es trotzdem am liebsten, wenn es die Ströck Pepi war», machte Lore aus ihrem Herzen wieder einmal keine Mördergrube. «Die ist eine Krätzn. Eine Giftspritze sondergleichen. Niemand kann sie leiden. Außerdem hat sie ein super Zimmer, da oben im fünften Stock. Fernblick und alles. Das würde ich schon nehmen, wenn sie ins Gefängnis übersiedeln muss.»

«Die hat doch aber Krebs», sagte Suchanek. «Das würde also nichts werden. Weil damit ist man an sich haftuntauglich.»

«Ach so? Na ja, dann muss ich mich halt auf den verlassen.»

Nachdem sie ihre diesmal sehr lange Runde doch noch zu Ende gebracht hatten, überbrachte Huschi Suchanek die beste Nachricht des Tages:

«Der Renner hat nach dir gefragt. Schau bei ihm vorbei.»

«Oh nein», stöhnte Suchanek auf. «Bitte nicht!»

«Wieso nicht? Ihr dürftet euch ja eh verstanden haben, wenn er dich jetzt wiedersehen will.»

«Verstanden? Er hat mich zur Sau gemacht!»

«Dem ist halt fad», sagte Huschi. «Dann wird er bissig, und keiner will was mit ihm zu tun haben, und dann fadisiert er sich noch mehr. Aber wir können den Mann ja auch nicht den ganzen Tag allein lassen. Schon gar nicht jetzt.»

«Kriegt er eigentlich nie Besuch?», fragte Suchanek. Huschi schüttelte den Kopf.

«Nicht, dass ich wüsste. Angeblich gibt es da eine Tochter. Aber gesehen hat die, glaub ich, noch niemand. Also jetzt geh schon. Lies ihm halt wieder was vor.»

«Das wollte er schon beim letzten Mal nicht. Eigentlich wollte er mich nur foltern. Und wenn er sich noch bewegen könnte, dann würde er es auch physisch tun.»

Missmutig schlurfte er Richtung Pflegestation. Aber der Tag hatte es sich in den Kopf gesetzt, noch schlimmer zu werden.

«Ah, Herr ... Entschuldigung, wie war Ihr Name noch einmal?», hörte er hinter sich. Er drehte sich um. Inspektor Prskawetz steuerte auf ihn zu.

«Suchanek.»

«Ja, genau. Sie stehen ja nicht auf der Personalliste drauf, darum hab ich mir den Namen nicht gemerkt. Ich habe gehört, Sie sind auf gerichtliche Anweisung hier?»

Nun ja. Es war nicht zu erwarten gewesen, dass sich das nicht schnell zu ihm durchsprechen würde.

«Ja. Diversion.»

«Interessant!»

Wenn ein Kieberer einen interessant fand, war das meistens nicht so ein gutes Zeichen, wie wenn es jemand anderer tat. Zum Beispiel Scarlett Johansson oder so. Oder Hanni.

«Waren Sie gestern auch im Haus?»

«Ja. Bis 16 Uhr.»

«Kann es jemand bezeugen, dass Sie um 16 Uhr gegangen sind?»

«Ja, der Robert Apfalter, der Leiter von der Hausbetreuung. Bei dem melde ich mich immer ab, wenn ich gehe.» Suchanek machte eine Pause. Wieso fragte der das überhaupt? «Verdächtigen Sie mich denn irgendwie?»

«Jeder ist verdächtig», replizierte Prskawetz ungnädig. «Und wenn wir uns jemanden mit einer Vorstrafe nicht genauer anschauen würden, dann wäre das keine gute Polizeiarbeit.»

«Also, jetzt hören Sie aber auf! Diversion ist keine Vorstrafe!», empörte sich Suchanek.

«Streng juristisch betrachtet vielleicht. Aber wir bei der Exekutive haben da eine etwas andere Meinung. Was glauben Sie, was für eine Freude wir jedes Mal haben, wenn irgendein Richter jemanden, den wir vielleicht unter Einsatz unseres Lebens festgenommen haben, nur ein bisschen an den Ohren zieht, ein paar Sozialstunden aufbrummt und dann wieder laufenlässt?»

«Einsatz Ihres Lebens? Ich bin mit Gras erwischt worden, das ist alles. Wenn ich ein noch kleinerer Fisch wäre, dann wäre ich Krill!»

«Schön, dass Sie das alles offenbar auch noch witzig finden», sagte Prskawetz kühl. «Mir zum Beispiel geht ja bei einem solchen grausamen Mord wie hier gern einmal der Schmäh aus.»

Angesichts einer dermaßen unobjektiven Ermittlungsarbeit erwies sich die Entscheidung, in der Nacht bei gerade noch gutem Wind abgehauen zu sein, als nicht nur richtig, sondern überlebensnotwendig. Der Typ hätte Suchanek dermaßen durch die Mangel gedreht, dass am Ende sicher nur mehr die Wahrheit geholfen hätte. Und dann auf Nimmerwiedersehen, Diversion.

«Wissen Sie was?», sagte Suchanek. «Bernhard Wimmer. Das ist ein Kollege von Ihnen, beim Landeskriminalamt Niederösterreich. In der Zwischenzeit ist er sicher schon General oder Feldmarschall oder wie die höheren Tiere bei euch heißen. Der kennt mich. Rufen Sie den doch an. Ich denke, er wird Sie davon überzeugen, dass ich mit dem hier sicher nichts zu tun habe.»

«Der kennt Sie also. Woher denn? Hat er Sie schon einmal verhaftet?»

Das reichte. Suchanek hätte Prskawetz jetzt natürlich erzählen können, woher er Wimmer kannte. Und dass er ihn rausgerissen hatte bei den Morden in Wulzendorf und Feuchtkirchen, bei denen die Polizei ohne sein Eingreifen ganz schön alt ausgesehen hätte. Aber selbst ein Suchanek hatte seinen Stolz. Also ließ er Prskawetz ohne ein weiteres Wort stehen und ging. Vor Renners Tür überlegte er noch kurz, ob ihm auf die Schnelle ein sonniges Fluchtland ohne Auslieferungsabkommen einfiel, als Schwester Irmi den Gang herunterkam. Sie lief zum Verabschiedungszimmer, öffnete die Tür und rief:

«Na, das hab ich mir ja gleich gedacht. Raus da, aber schnell!»

Lag da etwa Lazarus drin und hatte seinen Auftritt verpasst? Suchanek ging zu Irmi und schaute in das Zimmer hinein. Im Bett lag ein Mann. Aufgebahrt. Augen zu. Tot. Irmi war die ganze Aufregung um den Mord wohl nicht so bekommen.

«Los jetzt! Oder muss ich den Mike holen, damit er Sie da rausschleift?»

Der Tote öffnete die Augen. «Nur ein bisschen noch», bettelte er.

«Nichts da!», donnerte Irmi. «Gleich bringen sie die Frau Hubacek runter, die braucht den Platz dringender, weil die ist nämlich wirklich tot. Das ist meine letzte Warnung, Herr Grubmüller: Wenn Sie mit Ihrer dummen Probeliegerei nicht endlich aufhören, dann meld ich das wirklich der Frau Direktor. Und dann können Sie was erleben!»

Grubmüller schlüpfte aus dem Bett und in seine davorstehenden Pantoffeln. Dann schlurfte er mit hochbeleidigter Miene aus dem Zimmer und murmelte im Vorbeigehen: «Man will sich doch vorbereiten. Was ist daran so schwer zu verstehen?»

—

Renner war diesmal nicht zugedeckt. Das Spitalshemd war an seinen faltigen Zahnstocherbeinen hochgerutscht und gab den Blick auf eine von einem grobmaschigen Netz-Slip zusammengehaltene Windel frei. Er grinste Suchanek an.

«Ja, wen haben wir denn da? Pablo Escobar, wenn ich mich nicht irre?»

Suchanek blieb bei der Tür stehen. «Wollen Sie da weitermachen, wo Sie letztes Mal aufgehört haben? Dann geh ich besser gleich wieder.»

Renner verdrehte die Augen. «Mein Gott, na! Jetzt seien Sie halt nicht so wehleidig! Kommen Sie schon her, und setzen Sie sich. Und dann erzählen Sie mir, was da draußen los ist.»

«Wieso ich?»

«Blöde Frage! Weil sonst keiner was mit mir zu tun haben will. Und Sie müssen.»

Suchanek ließ sich auf einen Sessel neben dem Bett fallen. «Was soll ich groß erzählen? Ich nehme an, Sie wissen eh, was passiert ist. Und darüber hinaus können Sie von mir keine Neuigkeiten erwarten.»

«Es hat sich zu mir durchgesprochen, dass es der Vilimsky mit der Reinlichkeit etwas zu genau genommen hat. Ich predige ja schon seit Jahrzehnten, dass dieser neumodische Hygienewahn ganz und gar nicht gesund ist. Aber jetzt einmal im Ernst: Haben die den Mörder schon?»

«Nein.»

«Ah, sehr gut! Wobei, war ja auch nicht zu erwarten. Ich meine, wer geht denn schon zur Polizei? Alle, die zum Straßenkehren zu dämlich sind.»

«Sie finden das gut, dass vielleicht ein Mörder hier im Haus herumläuft?»

«Es wäre doch jammerschade, wenn eine Geschichte, die so vielversprechend begonnen hat, gleich wieder vorbei wäre. Endlich passiert einmal was! Und dann noch so! Erschießen oder erstechen kann ja jeder Trottel. Aber totwaschen – das ist originell.» Renners hellblaue Augen leuchteten vor Vergnügen.

«Ich denke, der Herr Vilimsky hat es weniger spaßig gefunden», machte Suchanek ihm den Robert.

«Und wenn schon. War sicher nicht schade um ihn.»

«Kannten Sie ihn denn?»

«Nur flüchtig. Aber um keinen hier drin ist es schade. Um mich nicht, um die anderen nicht. Stinkende, hässliche, geistlose Nervensägen allesamt. Weg mit uns.»

«Einspruch! Was Sie betrifft.»

«Hä?»

«Sie sind nicht geistlos. Das andere schon.»

«Oho! Ein böser Witz! Das menschenähnliche Ding mit den traurigen Augen lebt ja! Umso besser. Weil: Ich brauche Sie.»

«Mich? Wozu denn? Außer als Sandsack, meine ich.»

«Na ja, es stellt sich ja doch die große Frage: Wer bringt denn bitte Leute um, die sowieso bald von selber sterben?»

«Woher soll ich das wissen? Ich bin doch erst ein paar Tage hier.»

«Im ersten Impuls und angesichts des Alters der ganzen Mumien hier würde ich sagen: Jemand, der das unbedingt noch erleben möchte. Und sich nicht sicher ist, dass es sich auf natürlichem Weg ausgeht. Das ist ja sowieso einer der absurdesten Wettkämpfe, die sich hier in diesem Affenkäfig tagtäglich abspielen: Der unglaublich große Sieg, schon wieder jemanden überlebt zu haben. Oder wenn schon nicht das, dann zumindest, dass man noch besser beisammen ist als die anderen Halbtoten. Was glauben Sie, wie viele Leute ein Stifterl Sekt geköpft haben, als ich hierher in den Todestrakt musste?»

«Könnte das nicht auch an Ihrem gewinnenden Wesen liegen?», grinste Suchanek.

«Der Verdacht ist natürlich nicht a priori von der Hand zu weisen. Wenngleich die meisten hier solche Idioten sind, dass sie nicht einmal meine Bösartigkeiten verstehen.»

«Wenn jetzt aber jemand tatsächlich anfangen würde, die anderen umzubringen, nur damit er sie überlebt, dann klingt das nach einer ziemlichen Sisyphos-Aufgabe.»

«Ganz so simpel habe ich es auch nicht gemeint. Da geht es schon irgendwie um eine offene Rechnung. Sonst mache ich mir doch nicht die Mühe einer dermaßen ausgefallen grausamen Tötung.»

Ja, klar. Das hatte sich Suchanek auch schon gedacht.

«Was ich so mitbekommen habe, war der Herr Vilimsky ... nun ja. Er scheint sexuell noch sehr aktiv gewesen zu sein», sagte er. «Und es gab offenbar gleich mehrere Damen, die um seine Gunst gerittert haben.»

«Ist ja ekelhaft! Zwei schlaffe Faltensäcke reiben ihre Krampfadern aneinander? Er versenkt seinen Schrumpelschwanz in ihrer miefigen Grotte, in der es dermaßen vor antibiotikaresistenten Bakterien wimmelt, dass man sie eigentlich als Sondermülldeponie deklarieren müsste? Da bin ich ja richtig froh, dass er mir nicht mehr steht, sonst käme ich am Ende auch noch auf so eine haarsträubende Idee.»

«Das haben Sie schön gesagt.»

«Man weiß ja, was man seinem Publikum schuldig ist.

Also: Was erzählen denn die Mätressen? Haben die Alibis?»

«Das haben sie vermutlich der Polizei gesagt. Mir nicht.»

«Ja, aber die Amateure sind ja bald wieder weg. Also schlägt jetzt unsere Stunde. Wissen wir, ob es auch Nebenbuhler gab?»

«Hören Sie, Sie reden da echt mit dem Falschen.»

«Sonst hab ich aber keinen. Und abgesehen von der Sex-Kiste sollten wir diese Beiratswahl nicht außer Acht lassen.»

«Wieso? Was ist mit der?»

«Na, Vilimsky hat doch seine eigene Liste aufgestellt. Gegen den Amtsinhaber. Und nachdem diese Armutschkerln tatsächlich glauben, dass ihnen so ein erbärmliches Amterl die Wichtigkeit verleiht, die sie ihr ganzes kümmerliches Leben lang nicht gehabt haben – das wäre doch ein erstklassiges Motiv. Also müssen wir uns Obermüller und Konsorten auch genauer anschauen. Und dann natürlich noch das Personal. Seit den Lainzer Mordschwestern weiß man ja, wie das läuft. Und wenn ich hier arbeiten würde, dann wäre die Todesrate auch um einiges höher, das können Sie mir glauben. Also, wen fassen wir da ins Auge?»

«Ich höre immer ‹wir›.»

«Na ja, wenn ich nicht hier reinbetoniert wäre, würde ich es eh alleine machen.»

«Das bedeutet also, Sie können nicht. Und ich – ich will blöderweise nicht. Ich bin nur hier, weil ich muss, schon vergessen?»

«Ja, Ihre Diversion, klar. Wäre doch jammerschade, wenn sich der Richter dazu gezwungen sähe, die aufzuheben. Es soll ja wirklich garstig zugehen in so einem Gefängnis. Kennen Sie den schon? Wie hebt man in der Gemeinschaftsdusche im Häfen die Seife auf?»

Suchanek runzelte die Stirn. «Sagen Sie, was wird das hier eigentlich?»

«Was schon? Ich will Sie dazu überreden, mit mir gemeinsam das wunderbare Abenteuer einer kleinen Privatermittlung anzugehen. Allerdings drängt sich mir ein wenig der Eindruck auf, dass Sie meine Begeisterung für dieses Unterfangen nicht zu hundert Prozent teilen.»

«Und da sagen die anderen alle, Sie hätten es nicht so mit der Sensibilität.»

«Nun, nachdem mich meine von ihnen völlig richtig erkannte Feinfühligkeit zu diesem Befund gebracht hat, stellt sich mir die Frage der adäquaten Therapie. Und ich denke, die Aussicht darauf, dass sich ansonsten ihre Diversion in Luft auflöst, sollte Motivation genug sein.»

«Aber warum sollte sie das denn tun?»

«Weil ich dafür sorgen werde.»

«Von diesem Bett aus? Wie denn bitte?»

«So eine Misshandlung von armen, alten, wehrlosen, ans Bett gefesselten, völlig verängstigten Menschleins finden Direktorinnen von Häusern zum Leben selten wirklich toll. Und erst die Journalisten! Und in Ihrem Fall: mit Sicherheit kein Richter.»

«Wo hab ich Sie denn misshandelt? Nicht, dass ich langsam nicht gerne würde, aber manchmal muss man eben auf die schönen Dinge des Lebens verzichten.»

Renner grinste. Dann hob er den Kopf. «Schauen Sie, das ist so ziemlich die einzige Bewegung, die ich noch zusammenbringe. Gut, oder? Aber jetzt passen Sie einmal auf, was ich noch kann.» Er ließ seinen Hinterkopf mit aller Wucht, zu der er noch fähig war, nach hinten knallen. Es ging sich gerade so aus, dass er nicht nur den Polster, sondern auch das harte Kopfende des Bettes traf.

«Au!» Er machte es noch einmal. Und noch einmal. Dann rief er flehentlich, aber noch leise: «Hilfe!»

«Hören Sie auf!», sagte Suchanek schnell.

«Wenn ich das noch zehnmal mache, habe ich mindestens einen fetten Bluterguss. Vermutlich sogar eine Platzwunde. So eine morsche Papierhaut wie meine reißt ja so was von leicht. Also, wollen Sie mitzählen? Uuuund eiiii...»

«Schluss damit! Warum tun Sie mir das an?»

«Weil ich es kann. Und wenn man nicht mehr viel kann, muss man wenigstens den kümmerlichen Rest nützen, so gut es geht.»

«Aber ich habe Ihnen doch nichts getan!»

«Na und? Wollen wir jetzt gemeinsam ein paar Krokodilstränen über die Schlechtigkeit der Welt im Allgemeinen und von alten Widerlingen im Besonderen vergießen? Oder hören Sie jetzt endlich auf herumzueiern und machen, was ich Ihnen sage?»

Suchanek biss sich auf die Lippen und schwieg. Renner lächelte zufrieden.

«Na, wenn das kein laut und deutlich vernehmbares ‹Ja› war, dann weiß ich auch nicht!»

9

Nach jahrelangem, also schon fünftägigem Nonstop-Frondienst wusste Suchanek jetzt auch endlich einmal, was die anderen immer alle hatten mit diesem sagenumwobenen Wochenende. Für normale Menschen wie ihn war der Samstag ja an sich ein Tag wie jeder andere auch. Der heute aber nicht. Er hatte frei! Hätte er ein Auto besessen, hätte er es gewaschen. Und dann wäre er damit zum Haus im Grünen gefahren und hätte dort den Rasen gemäht. Vielleicht hätte er das Auto besser auch erst dann gewaschen, denn beim Rausfahren wäre es ja frisch wieder dreckig geworden. Außerdem wusch es sich im Grünen sicher leichter, oder? Das war schon eine schwere Entscheidung. Gut, dass er sich die ersparte. Aber abgesehen davon verbrachte er seine Freizeit ganz genau wie alle anderen.

«Ich verstehe überhaupt nicht, warum du dich über diesen Renner so aufregst», sagte Grasel, fischte Papers und seinen Goodie-Bag aus der Tasche, fegte mit einer ausladenden Handbewegung einen Stapel Gerichtspapiere von Suchaneks so eine Art Deko-Tisch und begann, den nächsten Joint zu bauen.

«Hallo?», sagte Suchanek gedehnt aus der Horizontalen am Sofa. «Dieser hinfällige Schweinepriester erpresst mich!»

«Ja, gut. Soll sein.»

«Soll sein? Du hältst das also für ein Kavaliersdelikt? Falsch parken, kein Sackerl fürs Gackerl – und dann kommt bei dir schon Erpressung?»

«Der will dir doch nur ein bisschen Beine machen. Ich bin mir sicher, wenn es hart auf hart käme, würde er die Nummer mit deiner Diversion nicht durchziehen.»

«Da bin ich mir leider gar nicht sicher. Und es geht um meine Haut.»

«Ja. Eh», sagte Grasel. «Aber wie geht der Witz jetzt eigentlich weiter?»

«Welcher Witz?»

«Der mit der Seife und dem Gefängnis.»

«Garantiert mit einer Mörderpointe. Der wäre bei dir zu Hause am Land ein absoluter Bringer.»

Suchanek tat ja gerne ein wenig urban, ganz so, als wäre Wulzendorf, die Heimat von Herrn Alex Wimberger, der sich schon zu Schulzeiten mit der sehr erfolgreichen Aufzucht von Cannabis-Stauden im elterlichen Garten seinen Spitznamen Grasel erarbeitet hatte, nicht auch seine gewesen. Aber Grasel war ja im Gegensatz zu Suchanek nie weggegangen, hatte die Tankstelle vom Papa übernommen und dann auch noch sein Café dazu gebaut, das «Route 66B». Wieder dort zu leben, das wäre Suchanek nie eingefallen, auch nicht, als er nach langen Jahren für ein Wochenende zurückgekehrt und mit der Aufklärung der Volksfest-Morde von der Presse zum «Helden von Wulzendorf» geadelt worden war. Nicht einmal Susi, seine Sandkistenliebe, mit der er dann zusammengekommen war, hatte daran etwas zu ändern vermocht. Nur der Grasel war ihm geblieben. Denn abgesehen von ihrer gemeinsamen Schwäche für lustige Zigaretten hatten sie sowohl die Fälle in Wulzendorf wie auch später in Feuchtkirchen gemeinsam durchlitten. Wobei Grasel unter so etwas ja nicht litt. Im Gegenteil. Der fand das aufregend. Folgerichtig sagte er auch jetzt:

«Aber ich an deiner Stelle wäre auch von allein auf die Idee gekommen, da einmal ein bisschen zu ermitteln.»

«Wenn es irgendwie in meiner Macht läge, würde ich

dich umgehend an meine Stelle versetzen, glaube mir. Da wäre ich echt nicht so», antwortete Suchanek. «Aber ich kann ja zumindest meine hervorragenden Beziehungen nützen und dich als Ehrenamtlichen nominieren, wenn du schon so scharf darauf bist, deine Zeit unter lauter Fossilien zu verbringen. Und einem Mörder natürlich.»

«Ich werde das in Betracht ziehen und Sie dann von meiner Entscheidung in Kenntnis setzen», näselte Grasel zurück. «Aber echt jetzt: Statt dass du froh bist! Das wären doch sonst die langweiligsten 200 Stunden deines Lebens geworden.»

«Erstens bezweifle ich das. Du weißt ja gar nicht, was sich in meinem Leben sonst alles nicht tut. Und zweitens: Ich mag Langeweile. Sie ist sehr zuverlässig und tendiert nicht dazu, einen zu überfordern. Es gibt ganz viele Experten, die immer wieder darauf hinweisen, wie wichtig Langeweile zum Beispiel für die gesunde Entwicklung von Kindern ist.»

«Suchanek! Ich weiß, das ist jetzt eine ganz schlechte Nachricht, aber: Entwickelter wirst du nicht mehr. Obwohl du es bitter nötig hättest.»

«Jaja. Und wenn ich einmal groß bin, dann möchte ich genauso werden wie du», gähnte Suchanek und dehnte die Arme über dem Kopf. Grasel zündete den fertigen Joint an und reichte ihn hinüber. Da es nicht der erste des Tages war, hatte die bekannt appetitanregende Wirkung des uralten Naturheilmittels bei ihm schon längst eingesetzt.

«Sag, hast du eigentlich irgendwas zu essen hier?»

«Weiß nicht. Schau einmal in den Kühlschrank.»

Grasel sah sich in Suchaneks Wohnzimmer um. Es war

eigentlich eh recht ordentlich. Der Turm aus Pizzakartons in einer Ecke, der Dreckwäschehaufen in einer anderen. Der Pfad zwischen all den leeren Wasserflaschen hindurch war dermaßen großzügig bemessen, dass man beim Vorbeigehen nie mehr als zwei oder drei umwarf. Um im Zeitungsarchiv auf dem Tisch etwas zu finden, brauchte es zwar eine gewisse Expertise, aber dafür reichte es auch bis ungefähr 2014 zurück. Angesichts dieser geballten Menge an Information nahm man gerne in Kauf, dass man mit der Pizzaschachtel auf den Knien essen musste. Für die freundliche Atmosphäre sorgte schließlich ein großer Ficus Benjamin, der mit Blättern sicher auch nicht wesentlich hübscher ausgesehen hätte.

«Ach, weißt du was? Vergiss es wieder», sagte Grasel. «Da drin ist sicher schon allerhand mutiert und eignet sich jetzt hervorragend als biologische Waffe. Hat eigentlich ‹Schöner Wohnen› endlich angerufen wegen der Homestory?»

«Sie wollen noch warten, bis sie Platz auf der Titelseite haben.»

«Im Ernst, Alter: Ich bin ja wirklich nicht heikel. Aber wie kann ein Mensch so hausen wie du?»

«Vielleicht ist da noch irgendwo ein Stück Pizzarand», antwortete Suchanek ungerührt und wies auf sein von Don Alfredo geliefertes Pappe-Hochhaus. «Schau einmal im dritten Karton von unten nach.»

Der Grasel brauchte echt nicht so tun. In seinem Haus draußen in Wulzendorf war die Zeit stehen geblieben, und zwar ungefähr in den Siebzigern. Gut, er hatte Sachen, die manche Menschen für ihr Wohngefühl als essenziell betrachteten. Zum Beispiel mehr als drei Möbelstücke. Aber das bewies doch nur, dass er nicht bereit war, es einmal abseits des ausgetretenen Pfades zu versuchen.

«Schon krass», sagte Grasel dann. «In einer Waschmaschine! Was denkst du jetzt eigentlich? Wer hat denn den Alten nun kochgewaschen? Oder heißt es waschgekocht?»

«Also, ich glaube nicht, dass es eine von den Frauen war», antwortete Suchanek, blies den Rauch aus der Nase und betrachtete ihn dann fasziniert, als sei er ein Nebelteppich über herbstorangem schottischem Hochmoor. «Das geht sich mit der Kraft nicht aus.»

«Vielleicht beide Mätressen gemeinsam? Vereint in ihrem Schmerze?»

«Selbst dann wär's knapp. Und dieser Beiratschef ist auch nicht gerade der unglaubliche Hulk. Also vom Zorn her vielleicht schon, aber sonst. Der war sicher sein Leben lang so ein Apparatschik, den es schon überfordert hat, wenn die Rohrpost einmal steckengeblieben ist. Und jetzt ist er noch dazu ein alter Apparatschik. Vielleicht war es ja irgendein eifersüchtiger Mann, von dem im Moment vielleicht noch keiner weiß, dass er überhaupt Grund zur Eifersucht hatte.»

Grasel schüttelte den Kopf. «Nach allem, was die in dem Heim übereinander wissen, wüsste garantiert auch das jemand. Und hätte es auch schon längst weitererzählt. Nein, Watson, ich glaube ja, Sie übersehen wieder einmal das Naheliegendste.»

«Aha. Und das wäre?»

«Na, du warst doch dort. Ganz unmittelbar. Was hast du gesehen?»

«Nichts Besonderes. Ich hatte aber auch andere Sorgen, bevor ich die Leiche gefunden habe. Und danach erst recht.»

«Na gut. Wen hast du gesehen?»

«Niemanden. Außer dem Mike halt.»

«Ganz genau.»

«Was, du glaubst, dass es der Mike war?» Auf diese Idee war Suchanek bisher noch nicht einmal ansatzweise gekommen. «Warum sollte er mich dann ausgerechnet in der Nacht, in der er einen Mord begeht, zum Tatort hinbestellen?»

«Na, eben deshalb. Was wäre denn gewesen, wenn dich jemand gesehen hätte?»

«Das wäre sehr unschön geworden. Dann wäre ich Verdächtiger Nummer eins gewesen und hätte wohl der Polizei die Wahrheit sagen müssen.»

«Mhm. Guter Mann: Es wäre sogar noch viel unangenehmer geworden! Weil ich wette, Mike hätte dann plötzlich keine Ahnung gehabt, wovon du überhaupt redest. Ich sag dir was: Der wollte in Wirklichkeit sogar, dass dich jemand sieht. Einfach sicherheitshalber, für den Fall, dass die Polizei ihn verdächtigen sollte. Denn dann hättest du jetzt den Arsch aber so was von offen.»

Grasel hatte echt ein herausragendes Talent dafür, einem den Tag zu versauen. Und das Blöde war, dass das, was er sagte, gar nicht so blöd war. Suchanek starrte lange schweigend in die Ferne. Dann sagte er:

«Aber warum hätte der Mike denn den Vilimsky umbringen sollen?»

Grasel nahm noch einen tiefen Zug von seinem Werk.

Und voller dadurch noch stark angewachsener Weisheit antwortete er:

«Find's heraus!»

—

Der Sonntag hatte im Heimleben herausragende Bedeutung. Man konnte die Alten zwar selbstverständlich auch an jedem anderen Tag besuchen – aber man wusste ja, wie das war: Die Kinder oder etwaige andere Anverwandte waren wochentags damit beschäftigt, sich Zweitautos mit WLAN, Plasmafernseher in Großfamilienpicknickdeckengröße und nur unwesentlich kleinere Smartphones zu verdienen, also glücklich zu werden. Die Kindeskinder lernten zur selben Zeit den Ablativus absolutus und fragten sich missgelaunt, inwieweit ihnen dieser Scheiß bitte bei der späteren Anschaffung von Zweitautos mit WLAN helfen sollte. Samstags musste man sich dann, siehe oben, von all dem Glück ein bisschen erholen. Aber am Sonntag gab es keine Ausreden mehr. Da hieß es antreten. Vor allem dann, wenn die Altvorderen vielleicht noch irgendwo einen prall gefüllten Sparstrumpf herumliegen hatten, der Gefahr lief, bei schwacher Besuchsfrequenz dem Tierschutzhaus vermacht zu werden. Deshalb hieß der Sonntag beim Personal nur: Erbschleichertag.

Nicht, dass die Alten nicht gewusst hätten, was die Hauptmotivation der Verwandtschaft war, an einem Sonntag, an dem man durchaus auch spannendere Dinge machen hätte können, mit ihnen die ohnehin immer gleichen Gespräche runterzuleiern oder hochdramatische Canasta-Duelle abzuhalten. Sofern sie noch in der Verfassung waren, irgendwas zu wissen. Manche bevorzugten sicher auch, es nicht wissen zu wollen. Aber eigentlich war es ja auch egal, das alles spielte beim hausinternen Wettkampf nämlich sowieso keine Rolle. Denn der Hauptzweck, den jeder Besuch zu erfüllen hatte, war das Hergezeigtwerden. Am liebsten in der «Schau, das sind meine – aber wo sind denn deine schon wieder?»-Kombi. Jeden Sonntagnachmittag wurde der Speisesaal zum Verwandtenlaufsteg, die kritischen Juroren saßen da und bewerteten sowohl Menge als auch Qualität der Verwandten. Es gab zwar keine in die Höhe gehaltenen Wertungstäfelchen – wobei man eine solche Innovation durchaus einmal beim Bewohnerbeirat anregen hätte können –, aber wenn dabei genügend neidisches Getuschel herauskam, konnte man mit seiner Leistung schon zufrieden sein.

Suchanek hatte etwas getan, das sonst nicht seine Art war. Er hatte sich freiwillig zum Sonntagsdienst gemeldet. Erstens stand für diesen Sonntag praktischerweise nichts in seinem Terminkalender (eine Eigenschaft, die dieser Sonntag allerdings mit quasi allen seiner bisherigen Sonntage gemein hatte). Zweitens hatte ihn die Direktorin damit gelockt, dass sie ihm die Stunden doppelt anrechnen würde, das bedeutete insgesamt einen Tag weniger und war also wirklich nicht zu verachten. Drittens hatte ihm Renner wirklich Angst gemacht. Und der Grasel auch. Das war schon ein erstaunlich schubkräftiger Motor, der selbst einen Suchanek in Bewegung versetzen konnte.

Der heutige Sonntag war wegen des Mordes und der daraus resultierenden Sorgen der Verwandtschaft sogar noch besser besucht als üblich. Vermutlich wollten sich die meisten rückversichern, dass, bevor der Mörder eventuell wieder zuschlug, das Testament a) die richtigen Namen beinhaltete und b) nicht so gut versteckt war, dass man es beim Räumen der Wohnung mit den alten Rätselzeitschriften entsorgte.

Im Speisesaal war auf den ersten Blick jeder Tisch besetzt. Suchanek sah ein paar bekannte Gesichter, die beiden allerdings, die ihn am meisten interessiert hätten, nicht. Weder die Ströck Pepi noch die Schoberin waren da. Aber da winkte jemand in Hochfrequenz. Es war Frau Bergmann, seine allererste Partnerin vom Tanznachmittag.

Suchanek ging zu ihr. Sie strahlte ihn an.

«Kommen Sie, setzen Sie sich ein bisschen zu mir. Mein Enkel verspätet sich. Und ich hab bei Ihnen was gut, weil Sie nicht bei mir in der Wohnung vorbeigeschaut haben.» Sie hob mahnend den Zeigefinger. «Obwohl Sie es versprochen haben!»

«Ich bin nicht dazu gekommen. Es war ja ganz schön was los.»

«Oh ja. Das kann man wohl sagen. Schrecklich! Ich hätte nicht gedacht, dass ich so etwas noch erlebe. Man kann nur hoffen, dass sie den Mörder bald haben.» Die Bekümmerung in ihrem Gesicht verschwand sofort wieder. «Aber sagen Sie, Herr Suchanek, was ich eigentlich von Ihnen wollte: Ich habe gehört, Sie haben sich so nett um die Traudl gekümmert?»

«Um wen?»

«Die Zillinger Traudl.»

«Ach so. Na ja, gekümmert ist fast zu viel gesagt. Ich bin

sie nur einmal draußen suchen gegangen und hab sie dann nach Hause gebracht.»

«Da danke ich Ihnen recht herzlich dafür, weil die Traudl, die ist ja meine beste Freundin. Also ...», sie verzog das Gesicht, «mittlerweile muss man ja leider sagen: war. Manchmal erkennt sie mich ja noch, da ist sie fast wie früher. Aber meistens halt nicht mehr.»

«An den Willi Forst kann sie sich jedenfalls noch erinnern. Bei dem seiner Ruinenvilla hab ich sie gefunden.»

«Ja! Der war immer schon ihr ein und alles, schon als junges Mädl. Sie wäre ja auch so viel gern Schauspielerin geworden oder Soubrette. Die leichte Muse, von der hat sie geträumt. Aber ihre Eltern haben es nicht zugelassen. Stenotypistin hat sie werden müssen ... Und dann hat sie auch noch einen schrecklichen Mann geheiratet, die Arme.»

«Haben Sie sich denn schon damals gekannt?»

«Nein, das nicht. Wir haben uns erst hier kennengelernt. Aber sie hat mir alles erzählt. Wir haben uns ja auf Anhieb verstanden, wissen Sie, so eine gute Freundin hab ich vorher noch nie gehabt. Über alles hat man mit ihr reden können. Das war so schön, die ersten Jahre ... Aber in unserem Alter dauert halt nichts mehr lang.»

Suchanek schwieg betreten. Und dann sagte Frau Bergmann: «Bis auf die Sitzungen am Klo. Die dauern immer länger. Oder das Zehennägelschneiden. Ich sag Ihnen!»

Für so eine alte Gretel hatte sie ein wirklich entzückendes Mädchenlachen.

«Ah, da kommt ja endlich mein Enkel!»

Suchanek drehte sich um, sah den Mann, der auf den Tisch zusteuerte, und das Gesicht fiel ihm runter. Das konnte jetzt aber nicht wirklich wahr sein. Der? Bitte nicht der! Der andere erkannte Suchanek auch sofort und zog die Augenbrauen hoch.

«Suchanek? Das gibt's ja nicht. Was machst du denn hier?»

«Äh, hallo. Ich ... Also ich ...» Was ging das den überhaupt an?

Frau Bergmann schaute zu Suchanek, dann zu ihrem Enkel.

«Was, ihr kennt euch? Woher denn?»

«Über die Susi», sagte der Enkel.

Über die Susi. Ja. Das stimmte. Einerseits. Andererseits unterschlug dieser Satz in seiner Kürze die zweitwesentlichste Information. Dieser Typ hier, mit seinem unangebracht frischen Gesicht, den dynamisch mit Gel aufgestrubbelten blonden Haaren, der gebügelten Stoffhose, dem weißen Hemd und dem über die Schultern geworfenen Spießerpulli, mit dem gekünstelten Zahnpastalächeln, das ihn sofort als das entlarvte, was die meisten anderen Sonntagsbesucher auch waren, nämlich als einen nur von seiner Verlogenheit und Falschheit zusammengehaltenen Erbschleicher – der war nichts weniger als sein Nachfolger.

Nicht dass Susi, nachdem sie Suchanek abserviert hatte, um Gottes willen nicht das Recht gehabt hätte, sich einen Neuen anzulachen. Das war ja das Normalste auf der Welt, dass eine immer noch junge Witwe nicht allein bleiben wollte, und es gab auch überhaupt keinen Grund, warum Suchanek da eifersüchtig sein hätte sollen oder was, das entsprach weder seinem Naturell noch seiner modernen und abgeklärten Einstellung zu Liebesdingen, und außerdem hatte Susi ihn ja überhaupt nicht wegen dem Idioten da stehen gelassen, sondern Stefan war erst nachher gekommen, und es war ihr an sich ja von Herzen zu gönnen, dass sie nach dem zähen Intermezzo mit ihm jetzt endlich eine funktionierende Beziehung ...

Aber doch nicht mit dem!

«Na, so was!», sagte Frau Bergmann. «Was für ein netter Zufall! Weißt du, Stefan, der Herr Suchanek arbeitet jetzt hier. Und er hat mir ein bisschen die Zeit vertrieben, während ich auf dich gewartet habe.»

«Verstehe», sagte Stefan und setzte sich. «Und wie geht es sonst so, Suchanek?»

«Eh. Und dir?»

«Gut, danke. Gerade vom Urlaub zurück, wir waren in den Weihnachtsferien in Thailand mit den Kindern.»

Thailand, soso. Na ja, wer's brauchte. Und wer sich's leisten konnte.

«Die Susi wird vielleicht schauen, wenn ich ihr erzähle, dass ich dich hier getroffen hab.»

Gut. Jetzt wäre an sich der passende Moment gewesen, um zu fragen, wie es denn Susi gehe. Dass er es nicht tat, mochte mit seiner eisernen Disziplin in Sachen Zurückhaltung zusammenhängen. Aber möglicherweise noch viel mehr damit, dass er die Antwort nicht hören wollte. Wenn es Susi schlechtging, dann hätte ihn das natürlich nicht gefreut. Das Gegenteil aber in der Tiefe seines Herzens auch nicht so wirklich.

«Aber jetzt sag einmal, Oma, wie geht es denn dir?», fragte Stefan und legte seine Hand auf ihre. «Kümmern sie sich eh gut um euch, nach diesem unglaublichen Schock? Habt ihr da psychologische Betreuung und alles?»

«Aber ja. Schau, dein Freund hier, der hat sogar mit mir getanzt.»

Stefans Blick auf Suchanek war von leichter Irritation umrahmt. «Getanzt? Da passiert ein Mord, und ihr ... tanzt?»

«Das war schon davor», sagte Suchanek schnell.

«Ah, okay. Und weiß die Polizei schon was?»

«Nicht, dass wir wüssten», antwortete Frau Bergmann. «Aber wir sind sicher auch die Letzten, denen sie etwas sagen.»

Sie sprachen noch eine Weile über das schreckliche Geschehen. Suchanek beteiligte sich nicht an der Unterhaltung, sondern beobachtete Stefan die ganze Zeit. Er versuchte dahinterzukommen, was Susi an ihm fand. Es gelang ihm nicht. Bald hatte er dann das ganz dringende Gefühl, der Höflichkeit, derer er sich ansonsten aus gutem Grund nicht immer befleißigte, nun wirklich Genüge getan zu haben. Er stand auf und sagte:

«Gut, ich lasse Sie dann allein. Das ist ja ein Familientreffen, da störe ich nur.»

«Aber nein!», rief Frau Bergmann theatralisch. «Jetzt hab ich grad so eine Freude, dass ich gleich zwei junge Männer da sitzen hab. Und noch dazu kennt ihr euch, das ist doch herrlich. Wisst ihr was? Lasst uns was spielen!»

«Aber nein, Oma, ich glaub nicht, dass der Suchanek da jetzt ...»

«Doch, doch, doch! Ich bestehe darauf! Herr Suchanek, bitte!»

Zögerlich setzte sich Suchanek wieder. Frau Bergmann

lächelte breit, bückte sich nach ihrer Tasche und zog einen Packen Holzstäbchen heraus.

«Nicht schon wieder Mikado, Oma», stöhnte Stefan und gewann dadurch zumindest ein Prozent Sympathie bei Suchanek zurück. An sich wäre ja ein Spiel, bei dem es darum geht, dass sich etwas nicht bewegt, genau seines gewesen. Aber er ahnte, dass sich das jetzt wieder einmal zu einer Peinlichkeit entwickeln konnte, die er in die Top Ten des Jahres eintragen konnte – obwohl die Konkurrenz da wirklich nicht von schlechten Eltern war.

«Das ist aber das einzige Spiel, in dem du eine Chance hast», häkelte die Alte ihren Enkel. «Beim Schnapsen wirst du regelmäßig Schneider.»

Mit großer Geste stellte sie die Stäbchen auf und ließ sie dann auseinanderfallen. «Sie beginnen», sagte sie zu Suchanek. Der sammelte zuerst die Stäbe ein, die frei lagen. Dann kam er zu dem ersten, der auf einem anderen ruhte, holte ihn aber mit einer veritablen Meisterleistung an Konzentration und Ruhe astrein runter.

«Das hat sich bewegt», sagte Stefan.

«Das hat sich nicht bewegt.»

«Ich hab's genau gesehen. Ich bin dran.» Nun gut. Der Klügere gab ja angeblich immer nach. Und es bestand kein Zweifel, wer das hier war. Stefans Zungenspitze arbeitete sich durch seine zusammengepressten Lippen ein Stück nach draußen, als er ans Werk ging. Dieselbe Zungenspitze, mit der er bei Susi ...

«Das hat sich bewegt.»

«Das hat sich nicht bewegt.»

«Jetzt hab's aber ich genau gesehen!»

«Blödsinn! Oma? Hast du was gesehen?»

Frau Bergmann begann zu ahnen, dass die Freundschaft vielleicht doch nicht so eine tiefe war.

10

Die Karriereleiter war ja eigentlich nur für Suchanek erfunden worden. Wann immer sich in seinem bisherigen Leben zumindest schemenhaft eine vor ihm aufgebaut hatte, war das für ihn eine willkommene Möglichkeit gewesen zu beweisen, dass er nicht abergläubisch war und problemlos drunter durchgehen konnte. Aber jetzt hatte er es einmal anders gemacht. Er kletterte hoch. Und zwar ohne jegliche Anstrengung.

«Du, zu Mittag kommt die Frau Weißensteiner, das ist die Rührigste von unseren Ehrenamtlichen», eröffnete ihm Robert. «Und der Ewald auch, weißt eh, der DJ vom Tanznachmittag. Die setzen sich mit dem Obermüller vom Bewohnerbeirat im Speisesaal zusammen, weil sie gemeinsam überlegen wollen, wie man die Nachmittagsgestaltung in der nächsten Zeit organisiert. Angesichts der Ereignisse sollten wir hier die Schlagzahl ein bisschen erhöhen. Je mehr Ablenkung die Leute haben, desto besser. Sei so gut und vertritt mich da. Ich kann leider nicht, ich hab am Nachmittag eine Fortbildung.»

«Okay. Was lernst du denn?»

«Gehirnjogging 80plus.»

Das fand Suchanek sehr löblich, wenngleich er sich auch Initiativen in Richtung Gehirnnordicwalking und Gehirnbrustschwimmen gewünscht hätte.

«Selbstverteidigung», sagte Obermüller, und Suchanek glaubte zu erkennen, wie sich auf der Brille des großen Vorsitzenden ein leichter, von freudiger Erregung gespeister Dunstfilm bildete. «Ein Selbstverteidigungskurs! Das bringt nicht nur Ablenkung, sondern würde auch das Sicherheitsgefühl stärken.»

Ewald zog eine Grimasse, die wohl eher nicht als Zustimmung zu deuten war. Er trug heute leider kein geiles Paillettenhemd, sondern eine beige Strickweste mit einem grünlichen Saucenfleck auf der linken Kragenseite. Zugegeben, es waren schwere Zeiten im Haus Sonne, aber musste man sich deshalb modisch gleich dermaßen gehenlassen? Blieb noch die Rührigste unter allen Ehrenamtlichen, Frau Eveline Weißensteiner. Eine Anfangsfünfzigerin, die aufgrund ihres reichen Ehemanns nie gearbeitet hatte und sich jetzt, da die Kinder aus dem Haus waren und der reiche Ehemann unter Zurücklassung der Hälfte seines Geldes mit einer hochbeinigen Cocktail-Kellnerin im Whirlpool, jemand anderen gesucht hatte, dem sie auf die Nerven gehen konnte – und der vor allem nicht einfach wegrennen konnte.

«Also, ich weiß nicht», sagte die Florence Nightingale des bunten Nachmittags. «Ist das nicht viel zu anstrengend? Und erst die Verletzungsgefahr!»

Suchanek hingegen fand die Idee ganz formidabel. Er träumte im Stillen von der Aufstellung einer schnellen Kung-Fu-Einsatztruppe, mit selbstgestrickten Kampfhemden, Stirnbändern aus Venenbandagen und kunstvoll kalligraphierten Kriegserklärungen in Mandarin auf den Stützstrümpfen. Einmal pro Woche würde es zu Abschreckungszwecken ein für die Öffentlichkeit zugängliches Showtraining geben, auf dessen Höhepunkt Graham Hill aus seinem Rollstuhl fiel und dabei mit seinem schiefen Schädel zwanzig aufgetürmte Ziegel entzweischlug. Jeder Mörder, dem sein Leben lieb war, würde angesichts einer solchen Demonstration der Stärke sicherlich sofort seinen ruchlosen Plänen abschwören.

«Ich finde, wir sollten bei altersadäquaten Aktivitäten bleiben. Ich bin für ein Domino-Turnier. Das kann man bei einem entsprechenden Teilnehmerfeld auch durchaus über mehrere Tage ziehen», sagte Florence. «Und als Hauptpreis spende ich aus eigener Tasche einen Wellness-Tag in Oberlaa.»

Obermüller schien damit nicht wirklich glücklich. «So was machen wir doch sowieso die ganze Zeit. Domino, Uno, Bingo. Der Forstinger Hermann hat schon seine Reader's-Digest-Sammlung weggeben müssen, weil er sonst auf seiner Schrankwand keinen Platz mehr für die ganzen Pokale vom Preisschnapsen gehabt hätte. Das hat ihn ordentlich hergebeutelt, weil als belesener Mann will man eine solche Entscheidung nicht treffen müssen.»

«Aber Selbstverteidigung, Franz?», sagte Ewald. «Ganz ehrlich jetzt: Nicht einmal ich würde mir noch zutrauen, den Mörder mit körperlicher Gewalt zu stoppen. Was sollte ich denn machen? Ihm mit dem Finger ins Auge stechen?»

«Wenn er jünger und kräftiger als du ist, dann wird das vielleicht nichts bringen, das gebe ich zu. Aber: Woher weißt du denn, dass er das ist?», antwortete Obermüller trotzig.

Nightingale schaute indigniert. «Wenn Sie jetzt hier eine Bürgerwehr aufstellen wollen, dann sollte man vielleicht überhaupt überlegen, alle mit Pistolen auszustatten. Dann wäre ja gleich alles noch viel sicherer.»

«Falls es Sie interessiert, gnädige Frau», sagte Obermüller schnippisch, «ich zum Beispiel hab eh eine. Und ich bin nicht der Einzige.»

Das stärkte jetzt zum Beispiel Suchaneks subjektives Sicherheitsgefühl ungemein. Wenn er demnächst wieder einen Einkauf zu einer Wohnung zu bringen hatte, war es wohl angebracht, beim SOS-Klopfen seitlich neben der Tür zu stehen.

«Sagen Sie, was passiert jetzt eigentlich mit dieser Beiratswahl?», hörte sich Suchanek plötzlich fragen.

«Was meinen Sie damit?»

Obermüllers Augen, die hinter den massiven Brillengläsern ohnehin immer grotesk riesig aus dem Schädel sprangen, wurden noch ein Stück größer. Teller, Hauptgang, die Größe ungefähr.

«Na ja, er war doch Ihr Gegenkandidat. Gibt es da jetzt einen neuen oder nur mehr Sie?»

Der Vorsitzende räusperte sich. «Ich ... Das müsste man die anderen Leute von der Liste ‹Gestorben wird erst morgen› fragen. Aber was ich so gehört habe, will sich da keiner den Spitzenkandidaten antun.»

«Die Liste heißt ‹Gestorben wird erst morgen›?»

«Ja, das klingt jetzt wohl ... nun ja. Ziemlich morbide, nicht wahr? Aber das habe ich ehrlich gesagt auch schon vorher gefunden, und ich habe mit meiner Meinung nicht hinter den Berg gehalten. Die Arbeit im Bewohnerbeirat ist viel zu verantwortungsvoll, um sie dermaßen zu verblödeln.»

«Wie heißt denn Ihre Liste, wenn ich fragen darf?»

«Liste Franz Obermüller.»

«Entschuldigung, Herr ...», sagte jetzt Florence Nightingale. «Herr ... wie war Ihr Name?»

«Suchanek.»

«Ja. Natürlich. Müssen wir diese unwichtige Beiratssache jetzt unbedingt aufs Tapet bringen? Das ist ein Arbeitsessen hier.»

Ach ja. Das stimmte natürlich. Suchanek hatte bei Arbeitsessen nicht so die Routine. Genau genommen war es sein erstes. Er hätte sich unter dem Begriff allerdings immer etwas ein wenig Glamouröseres vorgestellt. Soignierte Herren, die schon beim Amuse Gueule festhielten, dass der Küchenstandard hier schon einmal besser gewesen sei, beim Steak fragten, ob es vom zu Tode gestreichelten Kobe-Rind käme, und schließlich, nachdem sie den zweiten Cognac aus einem kürbisgroßen Schwenker heruntergestürzt hatten, sagten: «Also, heute zahlt es sich auch nicht mehr aus.» Da war Knoblauchsuppe gefolgt von Augsburgern mit Rösti zuzüglich der Gesellschaft, in der sich Suchanek befand, doch eine zarte Enttäuschung. Wie es halt oft so war mit Entjungferungen.

«Tut mir leid», sagte er. «Hat mich halt interessiert. Es wird ja nicht alle Tage passieren, dass ein Kandidat so knapp vor der Wahl ermordet wird.»

Obermüller runzelte die Stirn. «Wollen Sie damit irgendetwas andeuten?»

«Ich? Nein. Wie kommen Sie denn darauf?»

«Ich bin da nämlich ziemlich allergisch. Ich hab schon läuten gehört, was da im Haus wieder alles getratscht wird. Ich hab mir sogar schon überlegt, dass ich zurücktrete, wenn das so weitergeht. Ich meine, ich erwarte ja keinen großartigen Dank dafür, dass ich meine Freizeit für die Allgemeinheit opfere. Aber das Gegenteil hab ich nun wirklich nicht verdient. Dann soll es halt wer anderer machen.»

«Jetzt beruhig dich», sagte Ewald und tätschelte dem aufgeregten kleinen Mann die Hand. «Du trittst nicht zurück, so ein Blödsinn. Die würden alle schön schauen, wie sie ohne dich dastünden.»

«Gut. Können wir uns jetzt bitte wieder wichtigeren Dingen zuwenden?» Frau Weißensteiner klopfte ungnädig mit dem Zeigefinger auf den Tisch. «Also, wie gesagt: Domino ...»

Das Arbeitsessen wurde schließlich mit Topfenknödeln mit Zwetschkenröster und einer Vertagung beendet. Suchanek hatte sich außerstande gesehen, bei einer dermaßen diffizilen Themenlage seinen verhinderten Chef zu präjudizieren. Als die Schreckschraube und Obermüller endlich weg waren, fragte Ewald:

«Du bist jetzt öfter beim Herrn Renner, hab ich gehört?»

«Glaub mir, ich hab mich nicht freiwillig gemeldet.»

«Und wie ist es so?»

«Sagen wir so: Wenn ich nach meiner Zeit hier auf Erholung fahre, werde ich ihm eher keine Ansichtskarte schicken.»

Geringer nickte versonnen. «Also, ich bin ja eigentlich mit allen ausgekommen, die ich bisher hier betreut habe. Nur mit ihm nicht. Ich hab ja Verständnis, wenn man mit dem eigenen Verfall nicht zurechtkommt. Aber das an allen anderen auszulassen, das kann es auch nicht sein.»

«Wie lang warst du bei ihm?»

«Vielleicht zwei, drei Monate. Ich hab mir gedacht, es wird besser, wenn wir uns länger kennen. Aber es ist eigentlich nur immer noch ärger geworden.»

«Weißt du eigentlich, was er früher gemacht hat?»

Egon lachte heiser auf. «Ich hab ihn einmal gefragt. Da hat er gesagt: Kannibale.»

«Man würde es ihm durchaus zutrauen.»

«Ja, womöglich. Aber die Frau Direktor hat es mir dann gesagt: Er war Universitätsprofessor.»

«Echt?», prustete Suchanek los. «Den hat man auf Studenten losgelassen? Wusste die Heinze auch, wie viele von denen sich aufgehängt haben? Welches Fach denn?»

«Irgendwas mit Anthropologie.»

«Das ist so was wie die Lehre vom Menschen, oder?»

«Ja, grob gesagt.»

«Jemand, der eigentlich jeden Menschen hasst, befasst sich wissenschaftlich mit ihm? Wieso?»

«Vielleicht gerade deshalb. Er war wohl auch sehr viel auf Reisen, überall auf der Welt. Ich kann mir schon vorstellen, dass man da Sachen sieht, die einem alle Illusionen über die Natur des Menschen nehmen.»

«Dazu muss man doch nicht reisen. Dazu reicht ja meistens schon der Nachbar.»

Egon kratzte sich an seinem Saucenfleck. «Stimmt auch

wieder. Oft sind die, die einem am nächsten sind, die Schlimmsten.»

Das Nachmittagsprogramm für diesen Tag war ein der Not gehorchendes, und die Not erwies sich als sehr groß. Beim Morgenplenum war es zuerst vor allem um die Frage gegangen, ob es denn wirklich nötig sei, noch weiterhin jeden Tag eines abzuhalten. Also mehr eine Geschäftsordnungsdebatte. Und wie in allen Institutionen, die eine Geschäftsordnung hatten – auch wenn die hiesige eine ungeschriebene war, aber die waren ja meistens noch unverrückbarer –, konnte man sich gerade der Diskussion, *wie* etwas abzuwickeln war, noch viel hingebungsvoller widmen, als der Frage nach dem *was*. Die Direktorin, die von den Zumutungen der letzten Woche auch schon leicht gezeichnet war, hatte der Meute versichert, sie werde jede neue Entwicklung, von der sie erfahre, sofort weiterleiten – aber dazu brauche es eigentlich kein tägliches Sit-in am Morgen, bei dem man sich eh nur im Kreis bewege, denn es gebe jetzt schon länger keine neue Entwicklung. Herr Obermüller hatte sofort Informationsunterdrückung gewittert, Frau Smutek sowieso:

«Sie wollen uns doch nur blöd sterben lassen!»

Darauf hätte man jetzt natürlich sagen können, dass es längst zu spät sei, daran auch nur ein Jota zu ändern, aber mit der Wahrheit kam man halt oft einmal auch nicht weiter. Noch wesentlich heißer wurde aber über die Entscheidung der Direktorin diskutiert, den Tanznachmittag heute abzusagen. Aus Pietätsgründen. Das hatten beileibe nicht alle eingesehen.

«Aus Pietätsgründen? Was soll das denn?», hatte eine Frau gerufen. «So viele, wie jede Woche bei uns abbankeln – wenn wir da immer so pietätvoll wären, dann kämen wir ja überhaupt nicht mehr zum Tanzen.»

«Aber das kann man ja wohl nicht vergleichen», hatte Heinze kopfschüttelnd geantwortet.

«Wieso nicht? Im Endeffekt macht es doch keinen Unterschied, wie einer den Löffel abgegeben hat. Tot ist tot.»

Dann hatte sich noch Frau Schmidleitner gemeldet und etwas sehr Grundlegendes vorgetragen: «Wir dürfen vor dem Terror nicht zurückweichen! Wenn wir unsere Art zu leben ändern, dann hat dieser feige Mörder schon gewonnen!» Das hatte sie in den Nachrichten gehört. Schon oft. Und es hatte ihr gefallen. Nicht so sehr wie die Texte von Peter-Alexander-Schlagern, aber doch.

Trotz dieses flammenden Appells, die Freiheit auf dem Tanzparkett zu verteidigen, war die Direktorin aber enttäuschenderweise bei ihrer Haltung geblieben, dem Terror doch zu weichen. Außerdem hatte sie den Taxitänzern schon abgesagt, und sie hätte wohl auf die Schnelle keinen anderen dazu bewegen können, in die Schunkelhölle hinabzusteigen. Nicht einmal Suchanek. Auf der Suche nach einem schnellen Ersatz für die Tanzerei war es nun Frau Dr. Schneider gewesen, die etwas auf die Beine gestellt hatte. Sie hatte eine ihr bekannte Vertreterin der Firma «Dropstop» angerufen, und die war so wahnsinnig froh gewesen, einmal freiwillig bei der Tür hereingelassen zu werden, dass sie auch kurzfristig bereit gewesen war, über das

«Tabuthema Inkontinenz» zu sprechen. Und auch gleich die neuesten Produktentwicklungen auf dem Vorlagen- und Einlagensektor vorzustellen. Das war ein erster, mutiger Schritt zur «Erhöhung der Schlagzahl», von der Robert gesprochen hatte. Suchanek half der vom Leben im Allgemeinen und der kontinuierlichen Rückentwicklung auf dem Provisionssektor im Besonderen schwer gezeichneten Blondine die Kisten aus dem Auto zu holen und mischte sich dann beim Vortrag ganz hinten unter die Zuschauer, womit deren Zahl in die Zweistelligkeit sprang. Die Alten gingen offenbar nicht ganz zu Unrecht davon aus, dass man hinter dem Wunsch, einen solchen spannenden Vortrag zu besuchen und interessiert eine Unterflak mit praktischem Einschubfach für den Nässeschutz zu betasten, eher nicht allgemeinen Forscherdrang, sondern vielmehr konkreten Harndrang vermuten könnte. Wahrscheinlich war ja eh jeder Zweite im Haus undicht. Aber es war eminent wichtig, dass keiner wusste, welcher der Zweite war. Huschi war auch dazu eingeteilt, diese markerschütternde Veranstaltung zu betreuen, und setzte sich neben Suchanek.

«Und? Wie geht es dir?», fragte sie bedeutungsschwanger.

«Na ja. Den Umständen entsprechend.»

«Ja. Same here. Noch dazu ist die Frau Mittermeier gerade gestorben.»

«Was? Schon wieder ein Mord?»

«Schlaganfall.»

«Na, Gott sei Dank.» Manchmal konnte eben auch ein tödlicher Schlaganfall eine gute Nachricht sein. Damit war der Höhepunkt ihrer Konversation aber auch schon erreicht; anscheinend wussten weder Huschi noch Suchanek, worüber sie miteinander reden sollten. Diese Frau war ja noch langweiliger als er. Das war echt eine Kunst. Und zu schweigen, das hielt Suchanek ewig aus, er hätte bei der Schweige-WM diesen einen buddhistischen Mönch, der seit 13 Jahren wortlos auf einem Gingko-Baum saß, ohne jede Anstrengung in die bedingungslose Kapitulation getrieben. Mit Huschi kam es aber nicht so weit, denn Lore betrat den Saal. Wahrscheinlich musste sie kontrollieren, wer denn im Haus alles garantiert inkontent war, damit das Thema für das morgige Frühstück gesichert war. Als sie Suchanek sah, walzte sie sofort heran.

«Schon die Geschichte von Herrn und Frau Zuschau gehört?»

«Nein.»

Lore kniff die Augen zusammen. «Die Steiningers! Sie ist so eine Gachblonde, ziemlich dick aufgetragen für ihr Alter, aber bitte. Und er schaut ein bissl aus wie der Luciano Pavarotti, nur ohne gefärbte Haare. Ich glaub, er war früher auch irgendwas Kulturelles.»

«Ich dachte, die heißen Zuschau.»

«Also, bei Ihnen muss man echt bei Pontius und Pilatus anfangen! Das ist doch nur der Spitzname. Er hat ja Prosta ta gehabt, schon vor Jahren. Und seitdem geht halt nichts mehr bei ihm. Sie ist aber noch sehr fidel – in jeder Beziehung. Und er hat auch angeblich nichts dagegen gehabt, dass sie sich mit dem Valentin vergnügt. Einzige Bedingung: Er wollte zuschauen. Also heißen sie jetzt Herr und Frau Zuschau.»

Sodom und Gomorrha? Bingo und Domino!

«Also ich hab ja hier mit vielem gerechnet», platzte es aus Suchanek heraus. «Aber sicher nicht mit einem Cuckold-Pärchen!»

«Womit?»

«Einem Cuckold-Pärchen.»

Lore runzelte die Stirn. «Kackolt? Was ist das?»

«Ja, das würde mich auch interessieren», sagte Huschi.

«Das ist ... äh, also das ist so ein Fachausdruck. Für das, was Sie da beschrieben haben.»

Huschi schüttelte den Kopf. «Für so etwas gibt es einen Fachausdruck? Wo lernt man denn so was, bitte?»

Suchanek spürte, wie seine Wangen die Farbe eines Taxitänzerhosenträgers annahmen.

«Das ist ... englisch.» Ja. Das erklärte natürlich alles.

Lore verschwand wieder, denn sicher gab es im Haus noch ein paar Unbedarfte, die die wichtige Nachricht auch noch nicht gehört hatten. Man glaubt es ja oft nicht, wie ahnungslos manche Menschen durchs Leben gehen.

«Also, dieser Vilimsky hat es ja offenbar echt wild getrieben», sagte Suchanek.

«Na ja. Jede Frau hier im Haus wusste das im Prinzip», antwortete Huschi.

«Ja, wie man so hört, hat er viele alte Damen beglückt.»

«Nicht nur alte.»

«Was?»

«Ich würde es bei den Jüngeren allerdings nicht unbedingt ‹beglückt› nennen.»

«Du meinst ...»

«Ja. Sexuelle Belästigung. Handgreifliche. Und nicht nur einmal. Ständig.»

Suchanek schaute Huschi groß an. «Bei dir auch?»

Der Vortrag erreichte seinen Höhepunkt. Die Blonde stellte die Frage:

«Wissen Sie, wie viele Prozent aller Frauen über 35 an Inkontinenzproblemen leiden?»

Sie beantwortete sie auch gleich selbst, und zwar in ob der Unglaublichkeit der Zahl deutlich erhöhter Lautstärke:

«25!!!»

Da schrak eine Zuhörerin hoch, die wohl kurz eingenickt war, und rief: «Bingo!»

11

Suchanek hatte noch nie einen Dekubitus gesehen. Und er hätte auch deutlich bevorzugt, das wäre so geblieben. Er war gerade einmal zwei Minuten bei Renner im Zimmer gewesen, als Elfi und Imelda reinkamen. Sie wollten Suchanek auch rausschicken, während sie Renner Windel, Katheter und Verband wechselten, aber der Alte hatte, wie es halt so seine Art war, energisch darauf bestanden, dass er bleiben solle.

«Nur für den Fall, dass Sie sich vielleicht mit dem Gedanken tragen sollten, nach Ihrem kleinen Praktikum hier ganz in die Altenpflege zu wechseln. Schauen Sie sich das jetzt gut!»

Natürlich wusste Renner genau, dass Suchanek keineswegs solche Absichten hegte. Wahrscheinlich wollte er ihn mit diesem Anblick nur wieder ein bisschen quälen. Oder wollte er gar Mitleid schinden? Ein Dekubitus war jedenfalls keine lateinische Grammatikfalle, sondern ein Druckgeschwür, wie es bei lange bettlägrigen Patienten öfter vorkommt. Das von Renner befand sich in der Gegend der Lendenwirbelsäule, und es war riesig, zog sich in einer Breite von 15 Zentimetern quer über den ganzen Rücken. Rohes Fleisch, mit gelben und schwärzlichen Intarsien. An einer Stelle meinte Suchanek sogar deutlich den Beckenknochen sehen zu können.

«Schauta besssa auss heite!», sagte Imelda aufmunternd, nachdem sie den großen rechteckigen Mullpolster von diesem Eiterkrater abgezogen hatte. Wie um alles in der Welt hatte es dann vorher ausgesehen?

«Tut das eigentlich sehr weh?», fragte Suchanek, als die Schwestern wieder gegangen waren.

«Was denken Sie denn? Aber man muss das positiv sehen: Wie oft greifen Ihnen zwei Frauen gleichzeitig auf den Arsch? Also mir passiert das jeden Tag.»

Nein, der hatte nicht Mitleid schinden wollen. Er betrachtete seine eigene Situation mit derselben zynischen Distanz wie alles andere.

«Man könnte fast meinen, Gott hat Sinn für Ironie», sagte er dann. «Wenn man denn dämlich genug wäre, an Gott zu glauben.»

«Wieso?»

«Wie heiße ich?»

«Hä?»

«Nicht der Vorname. Wobei Gottfried natürlich auch einen kaum zu übersehenden Hinweis auf die geistige Umnachtung meiner Eltern gibt. Aber ich meine den Familiennamen.»

«Na, Renner.»

«Und mit so einem Namen liege ich seit einem Jahr hier

und kann mich nicht rühren.» Er lachte heiser auf. «Großartig! Das ist genau mein Humor! Aber nun zu Wichtigerem: Wo waren wir stehengeblieben, vor meinem versauten Dreier? Ach ja: Bei dem Beiratskomiker.»

«Mit dem habe ich mich gestern unterhalten. Er ist natürlich empört darüber, dass jemand auf die Idee kommen kann, er hätte etwas mit dem Mord zu tun. Und er ist bewaffnet.»

«Was heißt das?»

«Er hat eine Pistole in der Wohnung. Und er meinte, er sei keinesfalls der Einzige.»

«Schau an. Mehr der wehrhafte Typ also. Schießen und dann erst fragen. Gab es vielleicht eine Auseinandersetzung mit dem Vilimsky, die überliefert wäre?»

Suchanek schüttelte den Kopf. «Keine akute. Das Ganze war mehr ein chronischer Konflikt.»

«Gut, aber jedenfalls dranbleiben an dem. Sonst noch was? Was ist mit dem Herumgeficke?»

«Nun ja, da hätten einmal wir die beiden Damen vom Tanznachmittag, die Frau Ströck und die Frau Schober.»

«Die Schober ... das ist diese Dürre, oder? Schreckliches Weib.»

«Die allgemeine Meinung ist eher, dass die Ströck ein schreckliches Weib ist. Außerdem hat die Krebs, also nicht mehr viel zu verlieren.»

«Das ist ein Argument.»

«Und der Vilimsky hat offenbar auch das weibliche Personal sexuell belästigt.»

«Der wird ja immer sympathischer. Warum hat die Direktion da nichts unternommen?»

«Weiß ich nicht. Und ach ja: Es gibt sogar ein Paar, bei dem sich die Dame mit dem Vilimsky vergnügt haben soll. Angeblich mit Billigung und im Beisein des Gatten», sagte Suchanek.

«Was, ein Cuckold-Pärchen? Ist ja unglaublich!» Na schau. Endlich einmal ein Gesprächspartner, der genauso weltgewandt und gebildet war wie Suchanek.

«Offenbar ist es in dieser Sauna-Runde ganz schön rundgegangen.»

«Offenbar, ja», sagte Renner. «Das heißt also, es gibt morgen einen Termin, bei dem man die Augen aufhalten sollte.» Er schob die Unterlippe nach vorn und blies Luft über sein Gesicht. Dann grinste er: «Also ich weiß nicht: Ist Ihnen auch so heiß?»

Suchanek brauchte ein paar Augenblicke, um das zu kapieren. Und als es doch gesickert war, sagte er schwach – und sich der Sinnlosigkeit seines Flehens schmerzlichst bewusst: «Bitte nicht!»

—

Am nächsten Abend stellte Suchanek fest, dass Herr Zuschau mit einiger Phantasie tatsächlich leichte Ähnlichkeit mit einem Luciano Pavarotti ohne getönte Haare aufwies. Und das bei seiner Farbe Ersparte hatte seine Frau in die Lage versetzt, mehr in die ihre investieren zu können. Sie war wie angekündigt von einem Blond, das Jayne Mansfield zur Feldmaus degradiert hätte. Und sie war *überall* blond. Nicht, dass sich das bei den vielleicht vier Schamhaaren, die sich noch tapfer an ihrem eingestürzten Venushügel festkrallten, groß ausgezahlt hätte. Aber sie hatte diese sogar noch, wie moderne Frauen das nun einmal taten, akkurat gestutzt. Und Suchanek hatte das Privileg, diese Pracht aus nächster Nähe genießen zu dürfen, als nämlich Frau Zuschau auf den Saunabänken an ihm vorbei in noch heißere Regionen hochklettern wollte und dabei kurz ins Straucheln geriet. Beinahe wäre es dabei zu einer Berührung gekommen, nach der er nie wieder derselbe gewesen wäre.

«Uups!», sagte Frau Zuschau. «Jetzt hätten sich fast unsere Lippen gefunden! Hihi!»

Die Schwierigkeiten dabei, als völlig ungeübter Schwitzer eine Liebe zum Saunieren vorzutäuschen, die dermaßen ausgeprägt war, dass man sogar die Chance nützte, bei einer Runde dabei zu sein, deren Altersschnitt man selbst als 36-Jähriger nicht unter 80 zu drücken vermochte, waren zahlreich. Womöglich die größte war, nicht zu kollabieren, wenn der Krakowitsch Gustl seinen berühmten Slibowitz-Aufguss zelebrierte – der ihn im Übrigen zum Hauptverdächtigen im nach wie vor ungeklärten Zyklamenmord im fünften Stock machte. Wie er mit eindrucksvoll wogenden Hängetitten (ja, der Gustl war ein Mann; warum die Frage?) und bis unter halbe Oberschenkelhöhe pendelndem Skrotum den schneidenden Alkoholdampf mit dem Handtuch auf einen herunterprügelte – das konnte nicht gesund sein. Man wusste ja, dass die Finnen das Saunieren erfunden hatten. Sahen die vielleicht gesund aus? Bleiche, stumpfhaarige Melancholiker, die einmal im Jahr einen Halbsatz von sich gaben, viel zu viel Wodka tranken und sich, wenn er ihnen ausging, überdurchschnittlich oft selbst in die ewigen Schwitzgründe beförderten. Andererseits war kein aufs Saunieren zurückzuführender Todesfall im Haus Sonne aktenkundig. Und die Mitglieder der Mittwochs-Saunarunde waren zweifellos gestählt, jeder Einzelne von ihnen hatte in den letzten sieben Jahrzehnten so viel Schweiß vergossen, dass man damit einen Stausee anlegen hätte können. Unnötig zu erwähnen, dass Suchanek dieses Hobby für reichlich absonderlich hielt. Wenn es denn eine triebgesteuerte Komponente gehabt hätte, sich nackt in einem hundert Grad heißen Holzwürfel zusammenzudrängen, das hätte er ja noch verstanden. Aber diese wiesen die regelmäßigen Saunageher ja immer weit von sich, es war nämlich alles nur wegen der Entschlackung und den Immunkräften. Wobei – hier im Haus Sonne ja dann offenbar doch nicht ausschließlich.

Als Suchanek nach Renners Marschbefehl am Vortag den Horstmann Felix, der ihm von Robert als Ansprechpartner der Saunierer genannt worden war, gefragt hatte, ob er denn wohl zu der Runde dazustoßen dürfe, hatte der geantwortet:

«Kein Problem! Uns ist schon lang nichts mehr peinlich.»

Denen vielleicht nicht. Aber Suchanek kannte einen im Ruheraum, bei dem das schon unter normalen Umständen deutlich anders war. Und heute erst! Es machte ihm im Prinzip ja nichts aus, nackt zu sein. FKK in der Lobau, kein Problem. Da konnte man sich die neun alten Weiber und drei Männer, mit denen er gerade saunierte, nur zum Vorbild nehmen, denn die hatten den gesundestmöglichen Zugang zu ihren von den Jahren devastierten Körpern:

Muss ja keiner herschauen. Aber zu Suchanek schauten sie natürlich schon hin. Dass der einmal wo den Adonis gab, das war auch eine Premiere. Suchanek versuchte sich zumindest insoweit der Konkurrenz anzupassen, als dass er aufgrund seiner Nervosität genau so einen verkümmerten Schrumpelschwanz zu Markte trug wie die anderen anwesenden Herren. Es stand allerdings zu befürchten, dass das so ziemlich der einzige Teil seiner Tarnung war, der funktionierte.

Vor dem körperlichen Verfall, vor dem ganzen schlaffen Fleisch, mit Altenflecken, Krampfadern und was seine Saunarunde sonst noch so zu bieten hatte, hatte er am Nachmittag auch wieder den geistigen aus nächster Nähe miterlebt: Da hatte er nämlich erneut ausrücken müssen, um die Zillinger zu suchen. Ein rundum gelungener Tag also.

Er hatte bei seinem Jagdausflug immerhin die gemachten Erfahrungen verarbeitet und einen astrein logischen Schluss daraus gezogen. Und also dieses Mal dort angefangen, wo er das letzte Mal aufgehört hatte. Laborratten wurden für solch eminente Lernfähigkeit belohnt. Suchanek nicht. Der Winter hatte eine kurze Pause eingelegt, die Temperatur für diesen einen Tag sogar ins Plus gedreht. Allerdings nur, weil es der blöde Föhn, der sie in Tirol regelmäßig noch wahnsinniger macht, als sie es dort ohnehin schon sind, dieses Mal bis ins Flachland geschafft hatte. Wie die halbe Stadt hatte auch Suchanek Kopfweh. Wenigstens schien der Mörder vom Vilimsky nicht wetterfühlig zu sein, denn sonst hätte es heute am Ende noch einen Toten gegeben.

Die dünne und durch ihren langen Stadtaufenthalt schon graue Schneedecke war durch den warmen Wind weich und patzig geworden. Das hatte den Weg zur Ruinenvilla vom Willi Forst nicht unbedingt leichter gemacht. Auf Matsch ließ es sich ja fast noch besser ausrutschen als auf verkrustetem Schnee. Und der nasse Gatsch hatte sich an Suchaneks immer noch nur bedingt querfeldeintauglichem Schuhwerk so lange beharrlich abgearbeitet, bis er es hineingeschafft und Suchaneks klamme Zehen spürbar befeuchtet hatte. Und dann war das Gemäuer des Filmbeaus auch noch leer gewesen. Kaum eineinhalb wundervolle Stunden später hatte er die Zillinger aber dann doch noch gefunden. Er war alle ihre Plätze abgegangen, den Bankomaten, den Baumarkt. Als er eigentlich schon aufgegeben hatte und auf dem Rückweg ins Heim gewesen war, um dort sein Scheitern kundzutun, war er noch beim kulinarischen Hotspot dieser Gegend vorbeigegangen, und der Wurstmann hatte gleich aus seinem Kabäuschen heraus gefuchtelt.

«He! Sie! Sie arbeiten doch im Altersheim, oder? Dann sollten Sie die da vielleicht mitnehmen. Sie redet lauter Blödsinn, und ich hab nicht den Eindruck, dass sie alleine wieder heimfindet. Warum lasst ihr die Schlagler überhaupt alleine herumrennen, wenn sie nicht einmal mehr wissen, wie sie heißen? Was ist denn das für eine Betreuung?»

Frau Zillinger war in dem kleinen Zelt von «Iss mir Wurscht!» gesessen, bei einem Bier, wie die abgenudelten Trankler neben ihr auch.

«Frau Zillinger, ich suche Sie schon seit zwei Stunden. Was machen Sie denn hier?»

Sie hatte ihn leer angesehen und dann feierlich geantwortet: «Der Herr Forst ist nicht zu Hause.»

«Ich weiß. Ich war bei ihm. Aber vielleicht ist er ja im Haus Sonne, was meinen Sie? Wollen wir nachsehen?»

Da hatte sie selig gelächelt und sich von ihm hochhelfen lassen. Und als sie gerade im Gehen gewesen waren, hatte der Standler gerufen: «So schnell schießen die Preußen nicht! Wer zahlt mir jetzt das Bier?»

Na, wer schon.

—

«Also», schickte sich der Krakowitsch Gustl wie befürchtet an, Suchaneks wahre Absichten zutage zu fördern, «jetzt sagen Sie einmal: Wer hat Sie geschickt?»

«Mich? Niemand. Wieso?» Suchanek mimte das Unschuldslamm ähnlich überzeugend, wie Uschi Glas die Desdemona hingekriegt hätte.

«Ja. Eh. Ich bin mir sicher, Sie wüssten sich jetzt nichts Besseres, als den Abend mit einem Haufen nackerter alter Knacker zu verbringen.»

«Oder ist es am Ende gar wegen mir?», säuselte Frau Zuschau und zwirbelte ein wenig die Warze ihrer linken Brust, die man aufgrund ihrer Ausrichtung problemlos als Lot verwenden hätte können. «Aber ich sag's Ihnen gleich, damit Sie dann nicht enttäuscht sind: Mehr als zwei-, dreimal hintereinander kann ich nicht mehr. Dann brauch ich eine Pause.»

Die Runde brach in heftiges Gelächter aus. Auch die dürre Schoberin lachte entzückt mit. Suchanek hatte sich ja schon gewundert, dass sie überhaupt da war, nur eine Woche nach dem letzten, so böse ausgegangenen Saunaabend. Aber sie war auch noch bester Laune. Wie alle anderen auch.

«Jetzt geben Sie's schon zu», wiederholte Krakowitsch. «Die Direktorin? Will Sie uns ein bisschen ausspionieren? Oder gar die Polizei?»

«Nein, niemand. Ehrlich!»

«Wer immer es war», mischte sich der mächtige Herr Zuschau ein, «sagen Sie ihm, wir haben nichts zu verbergen. Sie fragen sich ja sicherlich, warum hier keine Staatstrauer herrscht, oder?»

«Ich ... Na ja. Natürlich, wenn ein Freund stirbt, dann könnte man meinen ...»

«Schauen Sie, Herr Suchanek, das ist ganz einfach: Wir wissen alle, dass wir bald sterben werden. Aber im Gegensatz zu vielen anderen in diesem Haus haben wir halt einfach beschlossen, das Beste daraus zu machen. Solange wir können, genießen wir die Zeit. Irgendwann geht es sowieso nicht mehr, weil man zu siech dazu ist. Oder im günstigen Fall, weil man im Schlaf gestorben ist. Und der Vili war da überhaupt der Kompromissloseste von uns.»

«Darum hat er seine Liste also auch ‹Gestorben wird erst morgen› genannt?», fragte Suchanek.

«Ach, die Liste!», winkte der Gustl ab. «Das war in Wirklichkeit nur eine besoffene Geschichte. Die haben wir nur gemacht, damit sich der Obermüller und seine ganzen verkniffenen Trockenraucher ärgern. Aber irgendwann konnten wir dann nicht mehr zurück.»

«Aus Spaß wurde Ernst und Ernst kann schon laufen», sagte die Schoberin.

«Jedenfalls», fuhr Herr Zuschau fort, «gerade der Vili hat uns immer darauf eingeschworen: Wenn ich ein Bankl reiß, dann scheißt's nur nicht lang herum mit Traurigsein. Weil, ich sag's gleich: Wenn es euch zuerst erwischt – ich würde auf euren Gräbern tanzen.»

«Aber macht die Art, wie der Herr Vilimsky zu Tode gekommen ist, nicht einen ziemlichen Unterschied?»

Herr Zuschau nickte bedächtig. «Dass der Valentin ermordet wurde, das ist natürlich schon dramatisch. Und glauben Sie mir, niemand wüsste lieber, wer das getan hat, als wir hier.»

«Aber Sie sind ja wohl eher deswegen hier, weil wir verdächtig sind.», sagte die Schoberin lächelnd. «Vor allem ich, oder?»

Das musste Suchanek allerdings einräumen. «Na ja, Ihr Auftritt beim Tanznachmittag hat da nicht gerade geholfen.»

«Ja. Ich weiß.» Die Schoberin klopfte sich mit der Faust auf die Brust über den beiden leeren Hautsäcken. «Mea culpa. Aber die Leute zerreißen sich sowieso immer über uns das Maul. Warum sollte mich das jetzt kümmern?»

«Wissen Sie, was ich glaube? Die Direktion will nur davon ablenken, dass es auch einige Verdachtsmomente gegen Teile des Personals gibt», sagte Herr Zuschau. «Da ist es natürlich praktischer, man konzentriert sich auf uns und schickt uns Spione.»

«Ich bin aber wirklich kein ...»

«Jaja, schon gut. Sie müssen halt machen, was man Ihnen sagt. Aber warum schaut man sich nicht zum Beispiel stattdessen unsere Ärztin genauer an?»

«Die Frau Doktor Schneider? Wieso?»

«Die war ja nicht immer Ärztin in einem Altersheim. Die hatte durchaus höhere Ambitionen und war so was wie ein Jungstar in der Chirurgie. Aber dann sind ihr im Wilhelminenspital ungewöhnlich viele Patienten auf dem Tisch gestorben. Anscheinend hat sie es mit noch nicht völlig erprobten Operationsmethoden ein wenig übertrieben. Oder ... es war was anderes.»

«Woher wissen Sie das?»

Herr Zuschau zeigte auf seinen Pimmel. «Ich war einer ihrer Patienten. Prostata-OP. Und bin damals auch befragt worden. Aber man konnte ihr nichts strafrechtlich Relevantes nachweisen. Es hat nur für ein Disziplinarverfahren gereicht. Und seitdem darf sie nicht mehr operieren.»

Dr. Schneider verbarg also auch etwas hinter ihrer großbürgerlichen Tapete. Das wunderte Suchanek nicht nur nicht, es machte ihn auch nicht besonders traurig.

«Aber ... das musste die Direktorin doch wissen, bevor sie sie hier eingestellt hat, oder?»

«Davon gehe ich aus.»

«Warum hat sie es dann gemacht?»

«Das würde mich auch interessieren.»

«Na, und was ist mit unserem famosen Chefpfleger, diesem Michael?», warf jetzt die Schoberin ein. «Da regen sich alle auf wegen den Einbrüchen und der mangelnden Sicherheit, aber sein Fall ist damals fein säuberlich unter den Teppich gekehrt worden.»

«Was hat er denn angestellt?», fragte Suchanek.

«Einer Frau haben die Goldmünzen gefehlt, die sie für die Taufe von ihrem Enkelkind gekauft hatte. Und zwar nachdem der Michael in ihrem Zimmer gewesen ist. Aber da ist dann auch nichts rausgekommen, weil die Gassner dann zugeben musste, dass sie nachher auch noch vergessen hat abzusperren und das Zimmer den halben Tag offen war.»

«Gassner? Die Lore Gassner?»

«Ja, die.»

Das wurde jetzt alles doch langsam ein bisschen verwirrend. Zum Glück wusste der Krakowitsch Gustl genau, wie man den Kopf wieder klar bekam.

«So. Aber jetzt machen wir noch einen Slibowitz-Aufguss, oder was sagen Sie, Herr Suchanek?»

So ein Angebot konnte man natürlich schwer ablehnen.

12

Suchanek hatte eigentlich wie beim letzten Mal mit einem einzigen tollkühnen Speed-Junkie gerechnet. Als er aber am Morgen nach der Sauna zum Gartenausgang kam, musste er erkennen, dass das Starterfeld deutlich angewachsen war. Er sah sich jetzt drei Rollstühlen gegenüber. Juan Manuel Fangio und Jack Brabham hatten sich zu dem schiefköpfigen Graham Hill gesellt und erwarteten, ebenfalls durch den Garten gekarrt zu werden, und zwar ordentlich: Fangio hatte eine Stoppuhr dabei. Hill pochte sofort darauf, aufgrund seiner älteren Rechte ja wohl einen unbestreitbaren Anspruch auf die Pole-Position zu haben. Er habe den da zuerst gesehen. Und ohne ihn, Hill, wären die beiden Mitstreiter schließlich gar nicht hier.

Das möge ja durchaus zutreffen, räumte Brabham ein. Er appelliere allerdings eindringlich an die sportliche

Fairness der Konkurrenz. Durch die an seinem Boliden angebrachte Sauerstoffflasche – von der ein Schlauch unter seine Nase führte – sei sein Fahrzeug schließlich um einige Kilo schwerer als die anderen. Und wenn man diesen Umstand dann auch noch damit kombiniere, dass Suchanek, so wie er aussehe, wahrscheinlich schon nach der ersten Runde Konditionsprobleme bekomme, sei es ihm nicht zuzumuten, als Zweiter oder gar Dritter ins Rennen gehen zu müssen.

Fangio wiederum stellte zwar nicht in Abrede, dass die Flasche zweifellos ein bisschen was wiege, allerdings vermöge er nicht, hierin einen entscheidenden Nachteil zu erkennen, da er ja von gänzlich anderer Statur als Brabham sei, der aufgrund seiner fortschreitenden Auszehrung vielleicht gerade noch 60 Kilo auf die Waage bringe. So betrachtet – und es gebe ja wohl unter vernünftigen Menschen nur diese eine Möglichkeit, die Sache zu betrachten – sei die Flasche bestenfalls eine kleine ausgleichende Gerechtigkeit, denn um wirklich Waffengleichheit herzustellen, müsste Fangio eigentlich drei oder vier Flaschen mit sich führen. Und Hill am besten auch. Aber er, Brabham, sei schließlich weithin bekannt für seine Generosität und deshalb geneigt, wieder einmal fünf gerade sein zu lassen und darauf zu verzichten – wenn er denn dafür als Erster starten dürfe.

Hill hatte die Vorbringungen der Gegnerschaft mit gerunzelter Stirn und immer schiefer werdendem Kopf verfolgt, was Suchanek nicht zu Unrecht als Missbilligung deutete. Es komme überhaupt nicht in Frage, dass sich die werten Herren da einen unlauteren Wettbewerbsvorteil verschafften, wenn er, Hill, gewusst hätte, mit welchen Methoden da gearbeitet werde, hätte er sich die Erteilung der Startberechtigung an sie zweimal überlegt. Jetzt sei diese Milch allerdings aber leider schon vergossen. Und zum Zeichen seines guten Willens schlage er – obwohl natürlich er im Recht sei – vor, das Los entscheiden zu lassen, am besten per Münzwurf. Er trage immer seinen Glücksschilling bei sich, und zwar ohne Unterbrechung seit dem 8. Juli 1961. Es sei dies der Tag des Begräbnisses seiner Mutter gewesen, und eigentlich habe er die Münze schon in der Hand gehalten und sei im Begriff gewesen, sie dem Totengräber im Ausgleich für das Schäufelchen Erde, das der ihm beim letzten Blick ins Grab hinhielt, als Trinkgeld zu geben, habe sich aber dann in letzter Sekunde eines Besseren besonnen und sie behalten.

Brabham wandte ein, dass der Wurf einer Münze, die bekanntlich gewohnheitsmäßig über zwei Seiten verfüge, angesichts dreier Kandidaten ein nur mäßig taugliches Mittel zur Entscheidungsfindung sei. Am besten wäre es, Streichhölzer zu ziehen, aber die kommunistische Diktatur, die in diesem Heim herrsche, verbiete ja jegliches offene Feuer in den Zimmern, wodurch praktisch niemand über Streichhölzer verfüge. Fangio sprach sich daraufhin für «Schere, Stein, Papier» aus, das seien drei Begriffe, also für jeden einen. Dem wurde von den anderen beiden zugestimmt, allerdings machte sich schon nach der ersten Runde eine gewisse Ernüchterung breit, da sich Hill für Schere, Brabham für Stein und Fangio für Papier entschieden hatte und man erkennen musste, dass es auch auf diese Art schwierig werden würde, einen Gewinner zu küren.

Suchanek hörte dem Disput schweigend zu, zu schwach, um einzugreifen. Der vergangene Tag hatte ihn doch einigermaßen hergenommen, und obwohl er eh schon todmüde nach Hause gekommen war und dann auch noch einige Joints nachgelegt hatte, war seine Nachtruhe schon einmal geruhsamer gewesen. Aufgewühlt, wie er war, hatte er eher geschlafen wie nach sechs großen Braunen oder wie im Fieber, in einem steten Wechsel aus Verfolgungsträumen und verschwitztem Aufwachen. Dementsprechend war er heute beieinander.

Mittlerweile waren die drei Stooges zwar prinzipiell übereingekommen, die Startliste nach Alter zu reihen, aber auch dieses Unterfangen scheiterte – aufgrund der Befürchtung, derjenige, der seines als Letzter nenne, würde lügen. Also schnappte sich Suchanek endlich einfach den nächststehenden Rollstuhl – es war der mit Fangio – und öffnete die Tür zum Garten.

«Wir fangen jetzt an. Ich habe nicht ewig Zeit», beschied er den anderen beiden.

Nach einer kurzen Schrecksekunde akzeptierten das die beiden anderen schließlich. Aber dann äußerten Fangio und Brabham ein gewisses Misstrauen den zu erwartenden Rennverlauf betreffend. Schließlich kannten Hill und Suchanek einander ja schon vom letzten Mal, und man könne und wolle nicht ausschließen, dass Hill diesen Vorteil nicht regelkonform genutzt und zum Beispiel irgendwelche Absprachen getroffen habe. Brabham brachte gar eine mögliche Bestechung ins Spiel, die Suchanek dazu motivieren könnte, seine Runde mit Hill in deutlich schnellerem Schritt zu absolvieren. Hill wies diese Anschuldigung als empörende Unsportlichkeit zurück, verschloss sich aber dann nicht dem Vorschlag von Fangio nach verstärkter Überwachung der Läufe. Und zwar dahingehend, dass sich alle trotz der nach dem Föhn wieder zurückgekehrten Kälte draußen postierten, von wo aus sie ein wesentlich wachsameres Auge auf das Renngeschehen haben und überprüfen konnten, ob Suchaneks Einsatzfreude auch wirklich eine mit gleicher Liebe ausgestaltete war.

Suchanek war das wurscht, er wollte die drei Kindsköpfe bloß so schnell wie möglich wieder loswerden, und wenn sie sich da draußen ihre faltigen Ärsche abfrieren wollten, sollte es ihm recht sein. Womit er allerdings nicht gerechnet hatte, war das Dissenspotenzial die Wahl des richtigen Aussichtsplatzes betreffend. Gleich rechts neben der Tür war im Garten eine kleine gepflasterte Fläche, eigentlich genau zu dem Zweck angelegt, um ein paar Rollstühle hier hinparken zu können, auf dass deren Insassen dick eingemummt ein bisschen in der ersten Frühlingssonne dösen konnten. Folgerichtig stellte Suchanek Brabham und Hill hier ab, denn Fangio hatte ja quasi Nummer eins gezogen. Allerdings tat sich hier wiederum umgehend ein botanisches Problem auf. Suchanek wollte gerade starten, als Hill ein gewohnt herrisch gefisteltes «Halt!» erschallen ließ. Ziemlich genau im Zentrum des Gartens stand nämlich eine Gruppe von Sträuchern herum, weitgehend sinnlos, wie Hill auch sofort anmerkte. Darüber hinaus hatte man bei der Pflanzung leider nicht darauf geachtet, schöne heimische Laubgehölze wie Spiere, Hartriegel oder aber auch Schneeball zu verwenden, die nicht nur den Vorteil hatten, im Frühling reizende Blüten zur Schau zu tragen, sondern, was beim heutigen Anlass wesentlich schwerer wog, im Winter unbelaubt zu sein. Stattdessen standen da Eiben, Wacholder und andere Nadelträger und versperrten die Sicht auf einen Teil des Rundkurses.

«Das ist doch jetzt aber wirklich egal!», raunzte Suchanek. «Mir ist kalt. Können wir das bitte endlich hinter uns bringen?»

Beinahe unnötig zu erwähnen, dass man das natürlich nicht konnte. Hill kündigte eine sofortige Beschwerde bei der Rennleitung in der Direktion an, wenn er nicht auf die andere Seite gebracht werde. Er bezahle schließlich ein kleines Vermögen für das Zimmer und die Betreuung hier und lasse sich nicht behandeln wie ein Schulbub. Also packte Suchanek mit zusammengebissenen Zähnen den Rollstuhl und ratterte mit ihm über die hartgefrorene Rasenfläche abseits des Weges nach links, bis Hill befand, hier sei es gut. Suchanek fixierte die Bremse und schaute gartenwärts. Von hier aus betrachtet standen die Sträucher genauso im Blickfeld wie von der anderen Seite. Aber Hill sagte zufrieden: «Viel besser!» Dann rief er: «Helmut! Helmut, ich sag dir, du musst da auch rüberkommen. Das ist gleich ganz was anderes!»

Nach der aufsteigenden Atemwolke zu schließen, antwortete Brabham offensichtlich etwas, es war aber aufgrund seiner Lungeninsuffizienz zu leise, um es auch zu hören. Suchanek ging zu ihm zurück, und ja, er wollte tatsächlich auch zu Hills Platz gebracht werden. Seufzend schob ihn Suchanek hin, wobei sie unterwegs aufgrund der Erschütterungen durch den unebenen Boden einmal die Sauerstoffflasche verloren. Kaum dort angekommen, warf

Brabham einen prüfenden Blick auf die Strecke und schüttelte missbilligend den Kopf.

«Das soll besser sein?», hauchte er Hill an.

«Das sieht doch ein Blinder, dass das besser ist.»

«Auf keinen Fall. Ich finde, wir sollten wieder zurück.»

«Nein, wir bleiben.»

«Der Platz ist aber Mist. Wir fahren wieder rüber.»

«Warum muss eigentlich alles immer nach deinem Kopf gehen?»

«Weil ich recht habe.»

«Dass ich nicht lache!»

«Dann bleib halt. Wirst schon sehen, was du davon hast.»

«Ja, werd ich! Auf Wiederschauen!»

Brabham bedeutete Suchanek, dass es nach diesem unerquicklichen Gespräch nun Zeit zum Aufbruch sei. Also ging es wieder zurück, über Stock und Stein, genau dorthin, wo Brabham hergekommen war. Jetzt konnte sich Suchanek endlich daranmachen, mit Fangio, der die ganze Zeit still auf dem Weg gestanden war, die erste Runde zu drehen.

Den Körper, der in diesem Moment wie ein riesiger Raubvogel aus dem gar nicht heiteren Himmel auf seine ahnungslose Beute herabstürzte, nahm er nur aus dem Augenwinkel wahr. Der Aufprall war hart und wurde von Hill und seinem Rollstuhl nur unwesentlich gedämpft. Einen kurzen Moment lang blieben die beiden Leiber zusammen, dann rutschte der obere langsam zur Seite und plumpste endgültig auf den Boden.

Hills Kopf war so schief wie noch nie, weil er sich jetzt, da das vorher nur verwachsene Genick gebrochen war, damit doch wesentlich leichter tat. Und aus jenem von Frau Bergmann troff dampfendes Blut auf die eisige Erde. Suchanek wandte sich entsetzt zu den beiden anderen um. Fangio saß starr, mit weit aufgerissenen Augen. Und Brabham hauchte:

«Ich hab's doch gesagt!»

13

Suchanek raste in die Pflegestation. «Hilfe! Die Ärztin! Schnell!»

Elfi war allein in der Schwesternkoje. Und sie verstand den Ernst der Situation nicht wirklich. «No, so dringend? Wo tut's denn weh? Soll ich vielleicht einmal nachschauen?»

«Das ist kein Spaß! Die Bergmann ist vom Balkon auf den Graham Hill gefallen!»

«Was? Wer ist Graham Hill?»

«Na der ... Gott, wie heißt der schnell wirklich? Mann im Rollstuhl, schiefer Kopf.»

«Der ... Pilowsky?»

«Ja, der. Der ist tot. Bei ihr bin ich mir nicht sicher, aber es schaut auch nicht gut aus. Wo ist denn jetzt verdammt noch einmal die Ärztin?»

«Irgendwo im Wohntrakt, Hausbesuche machen. Ich piepse sie an.»

«Ruf auch gleich die Rettung. Und dann geh wenigstens du einmal raus und kümmer dich um die zwei, du kennst dich besser aus als ich. Und ich schau, ob ich die Doktorin irgendwo finde! Welcher Stock?»

«Zuerst wollte sie zum Obermüller. Der ist im vierten.»

Suchanek machte kehrt, lief in die Halle und zum Lift.

Mittlerweile hatten einige der Alten mitbekommen, dass da im Garten etwas Herausragendes passiert war, bei der Tür bildete sich schon eine Rollatorentraube. Der Lift kam und kam nicht daher. Vielleicht hatte ihn eine der Schwestern oben mit dem Wäschewagen blockiert, oder irgendein Fußlahmer legte ausgerechnet in der Lichtschranke eine Entspannungseinheit vor den letzten beiden Schritten ein. Suchanek donnerte hektisch gegen die Tür, um die Dringlichkeit seines Anliegens auch weiter oben kundzutun. Endlich leuchtete der nach unten zeigende Pfeil auf, nach einer weiteren gefühlten Endlosigkeit glitt die Tür auf, und vor Suchanek stand – Stefan!

«Ja, hallo!», sagte er. «Zuerst sehen wir uns ewig nicht, und jetzt laufen wir uns schon wieder über den Weg. Zufälle gibt's!»

Suchanek starrte ihn entgeistert an. Ja. Zwei Minuten nachdem die Großmutter aus dem fünften Stock kommend auf Graham Hill gelandet ist, kommt der Enkel im Lift runter. Zufälle gibt's! Oder? Suchanek, der ja ansonsten strikt der Standbildfraktion zugerechnet werden musste, entschied sich adrenalinbeeinträchtigt, wie es in dieser Situation sogar er war, blitzartig für: oder. Er stürzte sich auf den Erbschleicher wie ein bengalischer Tiger auf die arglose Gazelle. Okay, vielleicht eher wie eine rollige Katze auf den Kratzbaum. Das war aber egal, denn der Kratzbaum war so überrascht, dass er ohne Gegenwehr sofort zu Boden ging. Erst im Liegen leistete er heftig schimpfend Widerstand.

«Spinnst du? Was soll denn das, du Arschloch? Lass mich sofort los!»

Aber Suchanek hatte seinen Überrumpelungsvorteil

bestens genützt, saß jetzt auf seinem Kontrahenten und nagelte dessen Hände am Boden fest. Die Alten, die die Szene beobachteten, wussten gar nicht, wohin sie sich in dieser Reizüberflutung wenden sollten. Draußen lag die Bergmann neben Hill und ging gerade daran, mit ihrem Blut den zweiten Quadratmeter eiskristallweißen Bodens umzufärben. Und hier drinnen rauften zwei Burschen in der offenen Lifttür, die ihrer ewig gleichen, langweiligen Bestimmung folgend immer wieder zuzugehen versuchte.

«Wolltest schnell abhauen, nachdem du deine Oma umgebracht hast, was? Aber daraus wird nichts, mein Freund!», schrie Suchanek.

«Ich habe ... was? Was ist mit meiner Oma?»

«Jetzt tu nicht so! Gerade eben ist sie vom Balkon gefallen, und dann kommst du von oben runter und willst mir einreden, dass das Zufall ist?»

«Oh mein Gott! Wo ist sie? Lass mich sofort zu ihr oder ...» Stefan wand sich heftig unter Suchanek. Es gelang ihm eine Hand freizubekommen – und er knallte seine Faust mit aller Kraft in Suchaneks Gesicht. Der sackte zur Seite und sah für ein paar Augenblicke schwarz. Dann spürte er, wie Blut aus seiner Nase schoss. Stefan rappelte sich hoch und wollte gerade darangehen, seinen neugewonnenen Vorteil für noch ein paar weitere Watschen zu nützen, als sich zwei mächtige Arme von hinten um ihn schlossen und ihn hochhoben. Strampelnd und zappelnd hing er an Ivo, der ihn ein paar Schritte wegtrug, ihn dann gegen die Wand drückte und ihm einen Arm auf den Rücken drehte, als wäre er ein Grashalm.

«Alles gut, Chef», sagte er ruhig. «Hab ich ihn.» Er wies

auf Suchanek und dann auf seine eigene Nase. «Muss ma schauen.»

Suchanek bemühte sich tatsächlich redlich, Frau Bergmann Konkurrenz zu machen, und blutete hurtig den Lift voll. Er versuchte auf die Beine zu kommen, aber die damit verbundene Anstrengung ließ ihm einen schneidenden Schmerz durch den Schädel fahren. Stöhnend sank er wieder zurück und schloss die Augen. Als er sie wieder öffnete, kniete Dr. Schneider vor ihm.

«Draußen», sagte er gurgelnd. «Im Garten. Die brauchen Sie dringender.»

«Da war ich schon. Die brauchen mich leider nicht mehr», antwortete die Ärztin. Sie betastete vorsichtig seine Nase. «Die ist wohl gebrochen.» Dann holte sie Mull aus ihrer Tasche und rollte daraus zwei kleine Pfropfen. «Das wird jetzt ein bisschen weh tun. Aber ich muss das tamponieren, um die Blutung zu stoppen.»

Ein bisschen? EIN BISSCHEN?? Suchaneks Schrei überschnitt sich mit dem der Direktorin, die jetzt hinter der Ärztin aufgetaucht war.

«Was zur Hölle ist hier los?»

«Wir haben zwei Tote im Garten», sagte Dr. Schneider, während sie ungerührt den zweiten Pfropfen tiefer in Suchaneks rapide zuschwellende Nase trieb. «Die Bergmann ist vom Balkon gefallen und hat den Pilowsky erschlagen.»

«Um Gottes willen! Das darf doch nicht wahr sein!»

«Leider doch. Ein unglaublicher Freak Accident.»

«Ein Unfall?», ächzte Suchanek durch seinen Schmerz hindurch. «Und unmittelbar danach kommt ihr Enkel aus dem Lift? Der war's.»

«So ein Schwachsinn! Ich wollte meine Oma besuchen, aber sie hat nicht aufgemacht», schrie Stefan. Ivo hielt ihn immer noch im Polizeigriff an die Wand getackert. «Also bin ich wieder runtergefahren, um zu schauen, ob sie hier irgendwo ist. Dieser hirnweiche Kiffer beschuldigt mich doch nur, weil ich ihm die Freundin ausgespannt habe! Sagen Sie dem Gorilla hier, er soll mich loslassen!»

Heinze runzelte die Stirn. «Vielleicht warten wir damit lieber, bis die Polizei da ist. Hat sie schon jemand alarmiert?»

«Ja. Sie sind gleich hier», sagte Robert, der sich in der Zwischenzeit ebenso wie alle Schwestern vor dem Lift eingefunden hatte. Und auch dieser Ehrenamtliche, der Marcel, stand auf einmal da.

«Gut», sagte die Direktorin. «Dann schau ich mir den Schlamassel da draußen einmal an. Robert, Sie sorgen dafür, dass niemand von den Bewohnern rausgeht. Die müssen das nicht sehen. Und irgendwer sollte vielleicht auch in den fünften Stock rauffahren.»

«Also ich geh da sicher nicht rauf», maulte Hanni. «Was ist, wenn es der da gar nicht war und der Mörder noch oben ist?»

Die Direktorin schaute irritiert. «Ja gut, dann ... dann vielleicht besser ein Mann. Der Ivo ... ist beschäftigt. Robert?»

Der feige Dutt schüttelte mit großen Augen den Kopf und ließ eine erwartbar bescheuerte Ansage vom Stapel. «Nicht böse sein, aber ich bin Pazifist.» Und dann fragte er: «Wo ist eigentlich der Mike?»

Niemand wusste es. Suchanek richtete sich auf und grunzte: «*Ich* gehe!»

«Alter, reicht dir eine gebrochene Nase nicht?», fragte Marcel.

«Jetzt ist sie ja schon gebrochen. Viel mehr kann ihr nicht mehr passieren.»

«Sie haben aber noch ein paar andere Körperteile», wandte Dr. Schneider nicht ganz unrichtig ein.

«Wir haben den Mörder ja eh schon», insistierte Suchanek. «Ich will nur sehen, was da oben los ist. Oder war.»

«Nichts da. Das lassen Sie schön bleiben», sagte die Doktorin und drückte Suchaneks Schultern zurück an die Liftwand. «Und wenn die Rettung kommt, dann fahren sie mit denen mit. Die Nase muss geröntgt werden. Außerdem könnten Sie nach so einem Schlag auch eine Gehirnerschütterung haben. Hanni, Elfi – bringt ihn auf die Station und legt ihn ins Bett. Aber holt einen Rollstuhl. Wenn er jetzt geht, kollabiert er uns vielleicht noch. Und hängt ihn dann an einen Schmerztropf. Den wird er brauchen.»

Als die Schwestern mit ihrem bei weitem jüngsten Patienten die Pflegestation erreicht hatten, sagte Hanni:

«Was machen wir jetzt mit ihm? Wir haben doch gar kein Bett frei.»

«Ach so, stimmt», antwortete Elfi. «Obwohl ... warte einmal.»

Sie drehte um und ging den Gang wieder nach hinten. Suchanek konnte hören, wie sie eine Tür öffnete. «Hier geht's!»

«Aber nein», sagte Hanni. «Wir können ihn doch nicht ...»

«Weißt du was Besseres?»

—

So fühlte es sich also an, wenn man tot war.

Das Licht war angenehm gedämpft, das wirkte sich natürlich günstig auf Suchaneks Brummschädel aus. Zu beiden Seiten seines Kopfes mühten sich die elektrischen Kerzenimitate, mit ihrem Flackern so etwas wie sakrale Atmosphäre zu erzeugen. Wenn Suchanek im Moment nicht eine leichte Riechbeeinträchtigung gehabt hätte, dann wäre ihm auch aufgefallen, dass es nach Wald duftete. Es war der Putzfrau nicht auszureden, am Ende ihrer Arbeit den Verabschiedungsraum jedes Mal noch kräftig mit Tannennadelspray einzunebeln. Sie fürchtete, es könnte ansonsten nach Verwesung riechen. Und ein bisschen kalt war es vielleicht. Wobei: Unter der Decke ging es eh. Hoffentlich war die nach dem letzten Gast gewechselt worden. Wobei: wahrscheinlich nicht. Aber alles in allem musste man trotzdem sagen, dass das sicher das angenehmste Zimmer auf der Pflegestation war. Schade nur für seine Benützer, dass sie selten länger bleiben konnten. Von Herrn Grubmüller einmal abgesehen, der buchte sich ja immer wieder einmal ein. In dieser Ruhe und unter dem Einfluss des ziemlich mächtigen Schmerzzeugs, das in seine Vene träufelte, dämmerte Suchanek schließlich kurz weg. Das Klopfen an der Tür hörte er nicht. Erst als Inspektor Prskawetz seine Hand berührte, kehrte er aus dem Halbschlaf zurück.

«Na, Sie sehen ja vielleicht aus», sagte der Polizist kopfschüttelnd. «Ich habe zwar geahnt, dass Sie hier wieder so eine Mike-Hammer-Nummer abziehen könnten – aber dass das gleich so ausartet.»

Suchanek schob sich mühsam ein Stück hoch und versuchte durch heftiges Blinzeln ein nicht verschwommenes Bild von Prskawetz zu bekommen. Klappte nicht.

«Geahnt? Wieso?»

«Der Oberst Wimmer hat mich gewarnt. Ich soll Sie übrigens von ihm grüßen lassen. Warum haben Sie mir nicht gleich gesagt, woher Sie ihn kennen?»

«Sie haben mich nicht wirklich dazu kommen lassen.»

«Gut, ja. Sie haben recht, ich war vielleicht ein wenig harsch, und dafür möchte ich mich entschuldigen. Aber ich hatte ja keine Ahnung.»

«Und Sie sind sicher, dass das jetzt anders ist?»

Prskawetz schluckte und schien kurz zu überlegen, ob er den eben subtil angebotenen Waffenstillstand gleich wieder beenden sollte. Dann sagte er aber: «Ich würde sagen, das hab ich verdient. Sind wir jetzt quitt?»

«Von mir aus. Was hat denn der Wimmer alles erzählt?»

«So ziemlich alles, was er mit Ihnen erlebt hat, nehme ich an. Es war durchaus ein längeres Gespräch. Und er hat eben auch gesagt, Sie hätten eine leichte Tendenz, sich selbst in Gefahr zu bringen.» Er sah sich in dem Zimmer um. «Schön haben Sie es hier übrigens.»

«Ich fühle mich auch schon ganz wie zu Hause.»

«Sind Sie fit genug, um mir zu erzählen, was passiert ist?»

Suchanek erzählte es ihm. Stockend zwar, aber so lang war die Geschichte ja auch nicht. Als er fertig war, nickte der Inspektor nachdenklich.

«Gut. Kommen wir zur wichtigsten Frage: Als die Frau heruntergestürzt ist – haben Sie da oben am Balkon etwas gesehen? Oder besser gesagt: jemanden?»

«Nein. Da hab ich nicht hingeschaut.»

Prskawetz nickte wieder so anhaltend wie ein Wackeldackel auf der Autohutablage.

«Und warum waren Sie sich dann gleich so sicher, dass es der Enkel gewesen sein muss?»

«Jetzt kommen Sie schon. Er war zur Tatzeit am Tatort. Das soll ein Zufall sein?»

«Und etwaige persönliche Gründe haben da keine Rolle gespielt?»

Suchanek verdrehte die Augen. Aber nur einmal, denn das tat trotz des Schmerzmittels höllisch weh.

«Sie kennen die Geschichte also schon.»

«Das war das Erste, was er mir erzählt hat.»

«Und Sie glauben ihm? Dass er einfach seine Großmutter besuchen wollte und vor verschlossener Tür gestanden ist?»

«Ich gebe zu, das wäre schon ein eigenartiger Zufall. Aber Sie wissen da etwas Entscheidendes noch nicht: Wir sind auch vor verschlossener Tür gestanden.»

«Wie meinen Sie das?»

«Die Wohnungstür von Frau Bergmann war zugesperrt. Ihr eigener Schlüssel steckte innen.»

«Und was beweist das? Man wird doch die Wohnungstüren auch von außen aufsperren können, wenn der Schlüssel innen steckt. Sonst müsste man in einem Altersheim doch ständig Türen aufbrechen, wenn da drin jemand ein gesundheitliches Problem hat. Oder überhaupt in der Nacht gestorben ist. Und der Enkel wird ja wohl einen Schlüssel haben.»

«Wir haben ihn natürlich durchsucht. Er hatte keinen bei sich.»

Das war jetzt doch ein herber Rückschlag. Aber man

konnte sich eine an sich dermaßen wasserdichte Theorie nicht durch das erste Gegenlüfterl falsifizieren lassen.

«Und wenn er ihn verschwinden hat lassen?»

«Viel Zeit hätte er dazu nicht gehabt. Und wo denn, am Weg von der Wohnung zum Lift? Da ist nur nackter Gang.»

«Könnte er ihn nicht beim Fenster rausgeworfen haben oder was?»

«Ich kann Sie beruhigen: Alles, was Ihnen jetzt einfällt, ist uns auch schon eingefallen. Und ich verspreche Ihnen auch, wir suchen alles ganz genau ab.» Prskawetz hob zwei Finger und fügte nicht gänzlich unsarkastisch hinzu: «Pfadfinderehrenwort!»

Suchanek seufzte tiefer als jeder Delinquent, der jemals in Venedig die einschlägige Brücke zwischen Dogenpalast und Gefängnis überquert hatte.

«Das heißt also, er war es nicht.»

«Ich will nicht ausschließen, dass er es war. Aber im Moment hat er jedenfalls ziemlich gute Karten. Und in der Wohnung sind auch keinerlei Spuren, die darauf hindeuten, dass jemand die Frau auf den Balkon gezerrt und dann runtergeworfen hat. So, wie sich die Sachlage im Moment darstellt, ist es sogar am wahrscheinlichsten, dass das Ganze ohne Fremdverschulden passiert ist.»

«Selbst, wenn sie ausgerutscht wäre: Diese Geländer auf dem Balkon sind doch ziemlich hoch, oder? Da wäre sie doch nur mit Anlauf drübergekommen. Und ich habe meine Zweifel, dass sie den noch hingekriegt hätte.»

«Das meinte ich auch nicht. Aber alte Leute sind oft einmal depressiv.»

«Selbstmord?» Suchanek schüttelte den Kopf ein wenig

zu heftig, sodass sich umgehend das Gefühl einstellte, seine Nase würde sich gleich von ihm abkoppeln und schon einmal ohne ihn auf die Unfallstation fliegen. «Ich hab mich erst vor ein paar Tagen länger mit ihr unterhalten. Keine Spur von Depression.»

«Na gut. Aber wenn das tatsächlich ein Mord gewesen sein sollte, dann vergessen Sie eines: Es ist nicht der erste. Wie wahrscheinlich wäre es dann, dass wir zwei verschiedene Täter haben? Und der Enkel von der Frau Bergmann kannte den Herrn Vilimsky offenbar gar nicht. Wo wäre da also das Motiv?»

Wieso musste sich der jetzt solche Mühe geben, einen ohnehin schon bescheidenen Tag noch beschissener zu machen?

«Haben Sie denn dann schon einen besseren Kandidaten?», grunzte Suchanek beleidigt. «Ist bei der Untersuchung des Vilimsky-Mordes denn *irgendwas* weitergegangen?»

«Ja, doch.»

«Was denn?»

«Das kann ich Ihnen nicht sagen.»

«Jetzt kommen Sie schon. Tun Sie es für meine Nase. Und für Oberst Wimmer.»

Der Inspektor zögerte. «Na gut», sagte er schließlich. «In Anerkennung Ihrer früheren Verdienste. Wir haben bei der Durchsuchung der Wohnung des Toten ziemlich viele Wertgegenstände gefunden. Und Gold. Und ein Sparbuch.»

«Er war also vermögend. Na und? Wenn es wirklich ein Raubmord gewesen wäre, dann wäre das Zeug doch jetzt wohl weg.»

«Der springende Punkt ist: Die Sachen gehörten nicht ihm. Vieles davon haben wir schon den Diebstählen bei anderen Bewohnern zuordnen können, die hier im Heim passiert sind.»

«Was? Das gibt's doch nicht! Die ganzen Einbrüche – das war der Vilimsky?»

«Wir sind noch bei der Aufarbeitung. Aber zumindest bei einem Teil davon scheint es so zu sein.»

Das erweiterte den Kreis derer, die vielleicht eine Rechnung zu begleichen hatten, allerdings ganz ordentlich.

«Haben Sie da auch Namen? Wen hat er beklaut?»

«Wie gesagt, wir sind noch bei der Aufarbeitung. Da will ich nicht zu viel über ungelegte Eier gackern. Und jetzt ist auch einmal was anderes wichtig.» Der Inspektor legte eine Hand auf die Lehne des Rollstuhls neben dem Bett. «Bevor Sie mir ins Krankenhaus verschwinden und dann vielleicht sogar dort bleiben müssen, möchte ich noch gerne einen Lokalaugenschein mit Ihnen unternehmen. Schaffen Sie das?»

Suchanek war in seiner Kindheit einmal in Lourdes gewesen. Am besten war ihm eine abendliche Lichterprozession in Erinnerung geblieben. Kranke, Sieche, Behinderte, die zu der Grotte gezogen waren, in der sich einst ein entweder nicht ganz dichtes oder leicht geltungssüchtiges Kind öfter einmal mit der Gottesmutter auf ein Plauscherl getroffen haben wollte. Der Weg zur Grotte war damals von Hunderten Hinfälligen gesäumt gewesen, die den anderen Hinfälligen dabei zugesehen hatten, wie sie sich so dahinschleppten oder -rollten. So ähnlich kam sich Suchanek jetzt vor, nur ohne Kerzerl in den Händen. Vielleicht hätte er eine elektrische aus dem Verabschiedungsraum mitgehen lassen sollen. Er saß jedenfalls im Rollwagerl, ein Bild des Jammers, und wurde durch eine Gasse aus gaffenden und flüsternden Alten geschoben. Beim Gartenausgang warteten schon Brabham und Fangio, die ja ebenfalls Zeugen waren. Brabham war ganz in sich zusammengesunken und trug jetzt statt des Schlauchs unter der Nase überhaupt eine Sauerstoffmaske, damit der Schock nicht dafür sorgte, dass heute gleich noch einer den Löffel abgab. Fangio hingegen war ganz aufgeregt.

«Sind Sie da zuständig?», quengelte er den Inspektor an.

«Ja. Inspektor Prskawetz, guten Tag.»

«Ich hab nämlich was gesehen!»

«Was denn?»

«Da war einer!»

Suchanek konnte in den Blick, den er Prskawetz jetzt schenkte, gar nicht genug Triumph hineinlegen. «Das war es dann wohl mit der Selbstmord-Theorie», flüsterte er.

«Abwarten. Gehen wir einmal raus.»

Draußen wurden die beiden Alten auf den Plätzen geparkt, auf denen sie Suchanek auch vorhin abgestellt hatte. Die Leichen hatte man schon weggebracht, nur die Blutlache, die Frau Bergmann hinterlassen hatte, war noch da.

«Also, meine Herren», sagte Prskawetz. «Was haben Sie gesehen?»

«Ich hab nur den Schepperer gehört», hauchte Brabham. «Und dann sind die zwei da gelegen.»

«Bei mir war es genauso», sagte Suchanek.

«Gut. Und Sie?», wandte sich der Inspektor an Fangio.

«Ich hab nach dem Kracher gleich hinaufgeschaut, zum Balkon von der Cilly», sagte Fangio. «Und da hab ich eine Hand auf dem Geländer gesehen.»

«Eine Hand? Sind Sie sicher?»

«Ja. Ganz kurz nur, dann war sie wieder weg.»

«Gut. Stehen Sie jetzt ganz genau da, wo Sie vorhin waren?»

«Ich glaube schon.»

«Herr Suchanek?»

«Ich denke, das passt.»

Der Inspektor hockte sich neben ihn. «Also, da oben ... auf welchem Balkon haben Sie die Hand gesehen?»

«Auf dem neben dem mit diesen grünen Blumenkisten.»

Suchanek sah hoch. Das musste tatsächlich der von Frau Bergmann sein. Aber in den Blumenkisten, an denen Fangio aufgrund seines ziemlich schrägen Blickwinkels vorbeigeschaut haben musste, stand irgendein hellbraunes Gestrüpp. Es wiegte sich sanft im Wind.

«Was ist das für ein Zeug, das da wächst?», fragte er.

Der Inspektor stand wieder auf. «Ich würde sagen, das sind Hortensien. An sich winterhart, aber jetzt natürlich dürr. Ziemlich große Blütendolden. Und von der Farbe her Haut nicht ganz unähnlich. Wenn ich fragen darf: Wie viele Dioptrien haben Sie denn, Herr Polsterer?»

Ah. Das war also Fangios Künstlername.

«Fünf oder sechs, was weiß ich. Ich war schon eine Weile nicht beim Augenarzt.»

Jetzt war der Blick des Inspektors in Richtung Suchanek nicht ohne doppelten Boden.

«Wollen Sie darauf hinaus, dass ich ein blinder alter Trottel bin, der nicht weiß, was er gesehen hat?», keifte Fangio, dem das nicht entgangen war, empört.

«Das habe ich nicht gesagt, Herr Polsterer. Aber wenn Sie da jetzt noch einmal hinschauen, dann müssen Sie zugeben, dass diese wackelnden Pflanzen schon dazu führen könnten, dass man sich täuscht.»

Fangio schaute noch einmal hinauf. Dann machte er ein beleidigtes Gesicht und schwieg.

«Gut. Ich denke, wir sind hier einmal fertig», sagte der Inspektor. «Und jetzt fahren Sie ins Spital, Herr Suchanek. Wir wollen doch nicht, dass Ihre Schönheit am Ende noch dauerhaft leidet.»

14

Suchanek war in einem Turnsaal. Es war nicht der aus seiner Schulzeit, in dem er so große Erfolge gefeiert hatte, wie auf der Kletterstange 30 Zentimeter über dem Boden zu hängen und nicht weiterzukommen – aber immerhin ohne Sauerstoff. Dieser Turnsaal sah eher aus wie eine Straßenbahn-Remise, trotz der hohen Fenster düster und mit einem blauen, quietschenden Sportboden, der allerdings keine Linien hatte, weshalb das Spielfeld mit Kleidungsstücken abgegrenzt worden war. Und zwar, obwohl viele Leute mitspielten, ausschließlich mit Kleidungsstücken Suchaneks, dem nur mehr eine der abgelegten Baumwollstrumpfhosen seiner Schwester geblieben war, die er schon als Volksschüler tragen hatte müssen. Dankenswerterweise war sie wenigstens mit ihm mitgewachsen. Allerdings auch das Loch, das seine Mutter immer in den Schritt geschnitten hatte, in der hochgradig seltsamen

Annahme, dies würde ihm im Pinkelfall rascheren Zugang zu seinem Penis ermöglichen.

Dass das Ganze ein Traum war, ließ sich vor allem daran erkennen, dass Völkerball gespielt wurde. Suchanek war der Letzte aus seiner Mannschaft, der noch nicht abgeschossen worden war. Die andere Seite hingegen war quasi noch komplett. In ihren Reihen konnte Suchanek den Portier und Imelda erkennen. Und den Benkovic Manfred, den Fleischhauer, bei dem er als Kind manchmal Wurstsemmeln gekauft hatte. Der hatte sich eigentlich gut gehalten, dafür, dass das schon so lange her war. Suchanek hatte sich damals immer ein wenig vor ihm gefürchtet, weil der Benkovic einmal beim unvorsichtigen Hantieren mit einem Schlachtschussapparat einerseits das Glück gehabt hatte, nicht den Weg der Schweine zu gehen, bei denen er ihn normalerweise verwendete, andererseits aber das Pech, dass seine Stirn dabei eine mächtige Delle davongetragen hatte. Wäre der Benkovic ein Auto gewesen, hätte man die sicher rausklopfen können, aber so. Die Schwierigkeit, vor der Suchanek nun stand, war, keinen Ball auf die Nase zu bekommen, denn die war auch im Traum gebrochen. Blöderweise trafen sie ihn aber jedes Mal. Und er schied deswegen auch nicht aus, sie bewarfen ihn einfach immer weiter.

«He, Alter!» Grasel rüttelte sanft an Suchaneks Brustkasten. «Nimm die Hand da runter, du tust dir doch selber weh. Zumindest machst du Geräusche, die so klingen, als ob.»

Suchanek war schon wieder eingeschlafen und hatte nach einer Zeitlang seine übliche Position eingenommen: auf dem Rücken, mit einem Unterarm über den Augen. In Ermangelung von Vorhängen oder eines Vampir-Sarges brauchte er das zur Verdunkelung. Aber heute war das tatsächlich ziemlich kontraproduktiv. Er hob ächzend den Arm, nahm das darunterliegende, jetzt schon warm gewordene Cool-Pack herunter, setzte sich dann langsam auf, ließ seine Beine von der Couch gleiten und starrte belämmert ins Leere.

«Bleib doch liegen», sagte der in einem erstaunlichen Bemutterungsmodus laufende Grasel. Dann dachte er kurz nach, was man dem ramponierten Freund noch Gutes tun könnte und besann sich augenblicklich auf das Universalheilmittel. «Oder willst du noch einen rauchen?»

Suchaneks Aussehen als erbärmlich zu beschreiben, hätte der Wirklichkeit drastisch gespottet. Seine Nase war auf die doppelte Größe angeschwollen, und kein noch so ambitionierter Säufer hätte ihm in puncto Farbgebung dieses Kolbens auch nur annähernd das Wasser reichen können. Und um das Bild stilgerecht abzurunden, hatten sich auch noch zwei mächtige Veilchen dazugesellt. Eigentlich waren es mehr zwei schwarze Dahlien. Wenigstens hatte die Untersuchung der Nase im Spital ergeben, dass es ein glatter Bruch war, der nicht operiert werden musste. Als Therapie war nur erforderlich, sich vor allem einmal nicht wieder eins auf die Nase geben zu lassen, dann Eis gegen die Schwellung und den Bluterguss, zwei, drei Tage absolute Ruhe und sechs Wochen zumindest keine schweren Anstrengungen. Und Schmerzmittel. Davon hatten sie ihm zur Genüge mitgegeben, aber er hatte ja auch noch Dr. pharm. Grasel.

«Ich hab jetzt vielleicht einen Scheiß geträumt», murmelte Suchanek.

«Na ja, dein Unterbewusstsein muss erst verarbeiten, dass sich deine Senioren solche Mühe geben. Der Kochwaschgang war ja eigentlich schon nicht mehr zu toppen. Aber dann kommt Geier Sturzflug und setzt noch einen drauf. Du bist echt zu beneiden!»

«Ach ja?», sagte Suchanek und wies auf das, was einmal sein Gesicht gewesen war. «Findest du wirklich?»

Durchaus. Grasel fand das wirklich. Grasel war immer der, der gerne in die Situationen geraten wäre, die Suchanek das Leben vergällten. So ein Nasenbeinbruch wäre für ihn dabei nicht mehr gewesen als eine kleine, ein bisschen lästige, aber eben doch kleine Kollateralschadensfliege.

«Entschuldige, aber was willst du denn noch?», sagte er. «Viel cooler geht es ja nun wirklich nicht mehr. Sämtlichen Zeitungen sind heute die Superlative ausgegangen. Und die Synonyme für ‹tragisch›. Und du bist da direkt danebengestanden!»

Ja, genau. Das war Suchanek erst heute früh so richtig eingeschossen. Wenn die Bergmann ihren Abflug nur ein bisschen früher gemacht hätte, wäre er an ihrem Landeplatz gestanden. Voll cool.

«Was ich will? Hmm, lass mich kurz nachdenken ... Ach ja! Ich würde zum Beispiel jetzt ganz gern nicht aussehen wie ein Panda mit einer Melanzani zwischen den Augen.»

«Schmückt dich aber ungemein, ehrlich. Ein Mann mit frischen Kampfspuren im Gesicht! Mit dieser Aura der Verwegenheit konfrontiert werden die Damen reihenweise willenlos zu Boden sinken.»

In diesem Moment läutete Suchaneks Handy. Er grub es unter dem Haufen brüllender Schlagzeilen hervor, die Grasel mitgebracht hatte – und wünschte sich nach einem Blick auf das Display ganz woandershin. Gern auch zurück in seine Lochhose und den Turnsaal. Denn da stand ein Name, der da schon ziemlich lang nicht mehr gestanden war.

«Nicht alle», sagte er und hielt Grasel das Handy hin. Der las den Namen und sagte nur:

«Jetzt wird's unschön.»

Suchanek bekam einen schlimmen Krampf im Daumen, der eine totale Wischblockade zur Folge hatte. Rangehen war also körperlich unmöglich. Fünf Mal klingeln, sechs, sieben. Dann wieder Stille.

«Das wird dir auch nichts nützen», sagte Grasel. «Irgendwann kriegt sie dich. Und wäre es dir lieber, sie steht vor deiner Tür?»

Nein. Auf keinen Fall. Vorgestern vielleicht. Jetzt nicht mehr. Der Briefumschlag leuchtete auf dem Display auf. Suchaneks Daumen funktionierte wieder.

«Ich weiß genau, dass du meinen Anruf gesehen hast», sagte Susi auf seiner Box. «Ich rufe in zwei Minuten noch einmal an. Heb gefälligst ab, du Feigling!»

«Was sagt sie?», fragte Grasel.

«Dass sie mich immer noch liebt und heilfroh ist, dass ich ihr mit meinem tapferen Eingreifen die Augen über meinen Nachfolger geöffnet habe. Was denn sonst?»

Zwei Minuten können ganz schön lang sein. Unter Wasser zum Beispiel. Oder mit dem Hintern in einem Feuerameisenhaufen. Zwei Minuten zwischen zwei Anrufen von Susi hingegen waren die kürzesten zwei Minuten weltweit. Schwupp – und um. Na gut. Grasel hatte ja recht. Also nahm Suchanek all seinen Mut zusammen – es wäre recht praktisch gewesen, wenn er dafür einen Fingerhut zur Hand gehabt hätte – und meldete sich. Susi eröffnete grußlos mit einer möglicherweise nicht ganz unberechtigten Frage.

«Sag einmal, bist du jetzt *vollkommen* verrückt geworden?»

Angriff, Suchanek. Angriff ist angeblich die beste Verteidigung. Darum sind ja die italienischen Mauerbauer auch schon so oft Fußballweltmeister geworden.

«Er hat mir die Nase gebrochen!»

«Aber doch nur, weil er sich gewehrt hat, nachdem du auf ihn los bist wie ein wilder Stier!»

«Versetz dich einmal in meine Lage: Gerade habe ich gesehen, wie eine Frau aus dem fünften Stock zu Tode stürzt und dabei auch noch den Mann erschlägt, den ich gerade mit dem Rollstuhl dorthingestellt habe. Und auf einmal kommt der Enkel dieser Frau aus dem Lift.»

«Er wollte sie besuchen. Und sie hat nicht aufgemacht.»

«Das behauptet er.»

«Und er hatte keinen Schlüssel!»

«Den könnte er weggeworfen haben.»

«Ich will das jetzt alles überhaupt nicht diskutieren. Die Polizei hat ihn vernommen und wieder gehen lassen. Punkt. Und überhaupt: Ich kenne den Stefan. Glaubst du nicht, ich kann beurteilen, ob er zu so etwas fähig wäre?»

Was für eine Frage! Natürlich nicht!

«Ich verstehe ja, dass du für ihn Partei ergreifen musst», sagte Suchanek. «Aber vielleicht täuschst du dich doch in ihm.»

«Ich glaube eher, ich habe mich in jemand anderem getäuscht. Ich weiß genau, warum du das gemacht hast.»

«Das hat damit überhaupt nichts zu tun.»

«Ach nein? Womit sonst? Einzig und allein mit deinem kriminalistischen Scharfsinn? Na gut, du Superhirn: Warum hätte Stefan das denn tun sollen?»

«Na ja. Warten wir doch einmal ab, was im Testament steht.»

«Das kann ich dir sagen, du mein lieber alter Freund aus Kindheitstagen und mein Ex-Liebhaber, wobei das vielleicht ein etwas großes ... na, egal: Da wird drinstehen, dass sie ihre Strickweste, ihren Kuschelpolster und das Fotoalbum der Mutter vom Stefan vermacht, weil die nämlich ihr einziges Kind ist. Und mehr zum Vererben ist da nicht.»

«Wer sagt das?»

«Na, der Stefan.»

«Da sagt's auch schon wer.»

«Arschloch!»

Und mit diesem nicht allzu viele verschiedene Auslegungsmöglichkeiten zulassenden Schlusswort legte Susi auf. Jemand muss dich doch vor dem Mistkerl beschützen, schoss es Suchanek noch durch den Kopf. Aber gesagt hätte er das sowieso nicht.

Grasel zog die Mundwinkel nach unten. «Das hat jetzt aber nicht so furchtbar lang gedauert.»

«Ich glaube, sie ist so ziemlich alles losgeworden, was sie sagen wollte.»

«Und jetzt?»

«Wie und jetzt?»

«Na ja, was machst du jetzt?»

Suchanek zuckte mit den Achseln. «Ich glaube immer noch, dass es der Stefan war.»

«Weil du es glauben willst. Aber an der Sache mit dem Schlüssel kommst du nicht vorbei.»

«Trotzdem. Er war da. Und die Familie ist der lebensgefährlichste Ort auf der Welt, das weiß man doch.»

«Ich sag dir was», setzte Grasel nach. «Tür versperrt, Schlüssel innen – also am ehesten ist sie wirklich freiwillig gesprungen.»

«Und die Hand, die der Alte am Balkon gesehen hat?»

«Der scheint mir kein wahnsinnig verlässlicher Zeuge zu sein, oder?»

«Am Sonntag war sie jedenfalls noch bester Dinge. Der Stefan und ich haben Mikado mit ihr gespielt.»

Grasels Kinnlade verreiste in den Süden, seine Augenbrauen in die Gegenrichtung. «Ihr habt was? Das hast du mir ja gar nicht erzählt!»

«Aus gutem Grund.»

Plötzlich schnippte Grasel mit den Fingern wie Wickie und riss die Augen weit auf. «Oder», rief er sichtlich begeistert von seiner eigenen Originalität, «oder es war überhaupt völlig anders und sie war gar nicht das eigentliche Opfer! Sondern der Alte unten im Rollstuhl!»

«Hä? Versuchst du mir gerade einzureden, dass sich eine uralte Frau wie ein japanischer Kamikazeflieger vom Balkon stürzt, weil sie einen Rollstuhlopa umbringen will?»

«Was weiß man. Dann müssten wir nur noch herausfinden, warum. Und auch, was sie gegen den Typen in der Waschmaschine gehabt haben könnte. Ah, ich weiß es: Vielleicht hat er ja ihr auch was geklaut!»

«So ein Schas.»

«Jaja. Deine Theorie ist ja viel famoser. Hauptsache, du

kannst damit deinen Nachfolger eintunken. Ich stehe da ausnahmsweise einmal auf Seiten der Exekutive, so schwer mir das schon aus prinzipiellen Erwägungen fällt. Warum hätte denn der Stefan diesen Valentin umbringen sollen, hä? Wo er ihn doch gar nicht kannte.»

Der Grasel konnte sich noch so anstrengen. So richtig vielleicht sein mochte, was er da sagte, Suchanek wusste immer die richtige Antwort darauf. So auch jetzt.

«Weißt du was? Bau noch einen.»

—

In den nächsten beiden Tagen erholte sich Suchanek ziemlich gut. Seine Nase bewegte sich langsam wieder in Richtung Normalgröße, der schwarze Unterbau seiner Augen wurde ein bisschen heller. Schmerzen hatte er schon noch, aber sie waren nicht mehr wirklich schlimm. Und natürlich hätte er noch länger im Krankenstand bleiben können. Unter normalen Umständen hätte er das selbstverständlich auch mit Freuden getan. Aber am Sonntagabend wurde seine Unruhe so groß, dass er am liebsten sofort ins Haus Sonne gefahren wäre. So schnell konnte es manchmal gehen.

Als er am nächsten Morgen zum Dienst erschien, gab es natürlich ein großes Hallo. Niemand hatte damit gerechnet, dass er diese Nase so schnell wieder bei der Tür hereinstecken würde. Die Direktorin wollte ihn sogar gleich wieder heimschicken. Vielleicht auch, weil er ihr nicht mehr ganz geheuer war und sie sich nicht entscheiden konnte, ob er eher zu bravouröser Zivilcourage neigte oder doch mehr zu testosterongetriebener Gewalttätigkeit. Aber nachdem er sich mit der Erklärung geweigert hatte, er wolle einfach rasch seine 200 Stunden beisammen haben, um dann in sein altes Leben weit weg von einer derart hohen und auch nicht unbedingt auf natürlichem Weg zusammengekommenen Mortalitätsrate zurückkehren zu können, hatte sie beschlossen, ihn wenigstens so gut wie möglich zu verstecken. Denn natürlich gab es auch vier Tage danach unter den Alten kein anderes Gesprächsthema als den actionreichsten Donnerstag in der Hausgeschichte. Und wenn dann auch noch Suchanek mit seinem etwas auffälligen Gesicht herumspaziert wäre, hätte es wahrscheinlich Wasserwerfer gebraucht, um den dadurch hervorgerufenen Auflauf wieder zu zerstreuen. Also schickte sie ihn einmal auf die Pflegestation, irgendetwas würde er dort schon tun können, ohne Schaden anzurichten. Das traf sich ganz gut, denn dort hatte Suchanek ohnehin hingewollt.

«Stehe gleich zu Diensten!», rief er Hanni zu, die auf dem Pult der Schwesternstation saß und dabei ganz viel Bein zeigte.

«So, wie du aussiehst? Vergiss es!», sagte sie und zwinkerte. Und als sie sah, wie er bei Renners Tür anhielt, meinte sie verwundert: «Was? Freiwillig? Bist du sicher, dass nur deine Nase kaputt ist?»

Suchanek betrat das Zimmer, ohne anzuklopfen. Langsam hatte er sich ja auf den Kotzbrocken eingestellt. Der lag mit geschlossenen Augen da und hatte Kopfhörer auf. Suchanek zog ihn herunter.

«Hier spielt die Musik!»

Renner öffnete die Augen. «Um Himmels willen! Sollten Sie nicht eher im Krankenhaus sein?»

Suchanek ließ sich auf den Sessel neben dem Bett fallen. «Beeindruckend, oder? Also gut, bringen wir es hinter uns: Machen Sie Ihre Witze über meine Nase. Und wenn Sie damit fertig sind, muss ich Sie was fragen.»

Renner sah ihn ernst an. «Hören Sie: Es tut mir leid. Wenn ich geahnt hätte, dass unser kleines Detektivspiel so ausartet, hätte ich Sie nie dazu gezwungen. Abgesehen davon hätte ich sowieso nichts gegen Ihre Diversion unternommen, selbst wenn Sie sich geweigert hätten. Das war nur ein Bluff.»

«Ach so? Der war dann aber recht überzeugend.»

«Sie sollten einmal Texas Hold'em gegen mich spielen. Aber lassen wir das jetzt. Passen Sie auf: Keine Mörderjagd mehr. Gehen Sie nach Hause, kurieren Sie sich aus. Und dann schauen Sie, dass Sie Ihre restliche Zeit hier möglichst schmerzfrei herunterreißen. Sie müssen auch nicht mehr zu mir kommen. Und lassen Sie sich in Zukunft von denen nicht noch einmal erwischen. Alles Gute und auf Wiedersehen.»

Damit hatte Suchanek nun nicht gerechnet. Nicht, dass er sich auf seine Menschenkenntnis wahnsinnig viel einbildete. Um die zu erwerben, sollte man ja wohl mit der zu studierenden Spezies zumindest ab und an in Kontakt kommen. Aber diesen Umschwung hätte wohl nicht einmal eine Koryphäe wie der Dutt vorausgeahnt. Suchanek stand auf und nahm die Infusionsflasche in die Hand, die neben dem Bett auf einem Gestell hing.

«Was machen Sie da?», fragte Renner.

«Ich wollte nur nachsehen, welche Drogen die Ihnen geben.»

«Leider keine», lächelte der Alte. «Obwohl ich schon so oft freundlichst darum gebeten habe. Und Sie lassen mich ja diesbezüglich auch im Stich. Aber spätestens jetzt kann ich Ihnen das wirklich nicht mehr verübeln.»

Suchanek setzte sich wieder und betastete vorsichtig sein Gesicht. «Na ja», sagte er, «diese Eskalation war ja nicht einmal wirklich Ihre Schuld. Das wäre in der Situation wohl auch ohne Sie passiert.»

«Nett, dass Sie das sagen. Aber jetzt sollten Sie darauf achten, dass nicht noch mehr passiert. Und das geht ja wohl am sichersten, wenn Sie sich aus dieser Sache hier raushalten.»

«Dazu ist es jetzt leider ein bisschen spät. Ich meine, ich habe immerhin den Freund meiner Ex angefallen und ihn lauthals des Mordes beschuldigt. Jetzt bin ich wohl so oder so mittendrin.»

«Moment: Der Kerl ist der Neue von Ihrer Exfreundin?»

«Ja. Die Frau Bergmann war seine Großmutter. Ich halte ihn für einen Erbschleicher.»

«Ihre Ex hat einen Kiffer gegen einen Erbschleicher eingetauscht? Manche Frauen haben echt ein Händchen. Aber ich hoffe doch, Ihre zweifellos wild unter dieser teilnahmslosen Maske brodelnde Eifersucht hat Ihren professionellen Blick nicht getrübt.»

«Die beiden sind erst zusammengekommen, als ich schon Geschichte war. Warum sollte ich eifersüchtig sein?»

«‹Warum› ist bei Eifersucht immer die falsche Frage. So halt. Was sagt denn die Polizei?»

«Die haben ihn wieder laufenlassen, weil Sie nichts gegen ihn in der Hand haben. Die Tür von der Bergmann war versperrt, er hatte keinen Schlüssel bei sich, und dort, wo er ihn weggeworfen haben könnte, haben sie nichts gefunden.»

Renner nickte. «Das ist in der Tat unbefriedigend. Ich fürchte, Sie werden sich mit der Möglichkeit anfreunden müssen, dass er es doch nicht war. Vielleicht war ja Frau Bergmann klüger als ich und hat sich selber rechtzeitig weggeräumt?»

Suchanek erzählte ihm von Fangios Beobachtung, deren Richtigkeit er beim Augenlicht seines Kanarienvogels beschworen hatte.

«Also gut», sagte Renner. «Nehmen wir einmal an, der alte Depp hat tatsächlich eine Hand gesehen. Und nehmen wir weiters an, es war nicht die, von der Sie gerne hätten, dass sie es war. Wohin führt uns das?»

«Na, zu jemand anderem.»

Renner lächelte. «No shit, Sherlock? Aber zu wem?»

«Sind die Indizien für eine solche Festlegung nicht noch ein bisschen mager?»

«Ich hab ja auch niemand Bestimmten gemeint. Aber denken Sie doch noch einmal an den ersten Mord: eine Industriewaschmaschine. Man muss zwar kein Nobelpreisträger sein, um die zu bedienen, aber die meisten der alten Dumpfgummis hier drin würden dennoch daran scheitern. Und jetzt bei diesem Mord, so es einer war, läuft alles bei einer Frage zusammen: Wer hatte einen Schlüssel? Oder besser gesagt: Wer muss zwingend einen haben?»

Ja. Natürlich.

«Das Personal.»

15

Irgendwie sah Suchanek Hanni heute mit anderen Augen. Und dies nicht nur wegen deren Umrahmung. Und auch nicht, weil ihr dienstlich vorgeschriebener Transparenzlook heute weniger sexy gewesen wäre. Und sie flirtete sogar mit ihm. Das war schon bemerkenswert. Hanni war ja nun, wenn sich Suchanek im Normalzustand befand, wirklich nicht seine Kragenweite. Er hatte sich zwar schon öfter vorgenommen, jetzt mit seinen 36 langsam besser auf sich zu achten. Aber irgendwie war er noch nicht dazu gekommen. Bei ihm wurde nach wie vor sogar die Nivea ranzig. Andererseits: Elf von zehn Frauen hätten angesichts seines Äußeren sowieso gefunden, dass die paar Falten noch das geringste Problem waren. Mit den Augenringen und seinem Styling hätte er bei «The Walking Dead» weder in der Maske noch beim Kostümbildner den Zeitrahmen arg strapaziert. Susi hatte eine Zeitlang versucht, eine Änderung zum Besseren herbeizuführen. Aber seit sie weg war, lag die Akte Suchanek in ihrer Gesamtheit wieder genauso im Argen wie früher.

Aber kaum sah er aus, als hätte er ein paar Runden lang den Sandsack beider Klitschkos gleichzeitig gegeben, machte Hanni auch schon eine Bemerkung darüber, wie ungeheuer männlich sie nicht Suchaneks Attacke auf den vermeintlichen Mörder gefunden hätte, und solch ungebremste, auf ihren rohen Kern reduzierte Männlichkeit sei, Emanzipation hin, Emanzipation her, immer noch etwas, das ein Mädchen ordentlich wurlert machen könne. Grasel hätte seine Freude gehabt ob der Bestätigung seiner wissenschaftlichen These. Darum würde Suchanek ihm davon auch nichts erzählen. Und außerdem kümmerte ihn das jetzt sowieso nicht, denn heute war Hanni für Suchanek vor allem eines: verdächtig.

Sie versuchte, Lassie zu füttern, die bissige Seniorin, wahrlich kein leichtes Unterfangen. Vermutlich wäre der statt des Gemüsebreis, den ihr Hanni mit viel gutem Zureden und einer Eselsgeduld einträufelte, rohes Fleisch lieber gewesen.

«Ich bin immer noch total fertig», sagte Hanni. «Dass ich einmal so etwas erlebe wie in den letzten zwei Wochen ... Ich meine, dass dauernd Leute sterben, na gut. Das gehört zum Job. Aber das jetzt geht mir schon an die Nieren.»

«Hast du Angst?», fragte Suchanek und wischte achtlos die graugrüne Sauce weg, die ihm Lassie eben als Zeichen ihrer Ablehnung der herrschenden Machtverhältnisse auf die Hand gespuckt hatte.

«Na klar. Es ist ja nicht gesagt, dass das jetzt alle waren, die der umbringen wollte. Und es ist auch nicht gesagt, dass er es nur auf Bewohner abgesehen hat.»

Das war eine ziemlich, eigentlich eine ziemlich entwaffnend ehrliche Logik. Wenn sich der Mörder wenigstens per Notariatsakt verpflichten würde, nur Alte zu killen, dann wär's ja wurscht.

«Kanntest du die Bergmann eigentlich näher?»

«Näher wäre übertrieben. Aber ein bisschen halt, ja.»

«Wie war die denn so?»

«Eine Nette. Eigentlich immer freundlich. Hat nie genervt mit irgendwelchen blöden Sonderwünschen.»

«Also keine, bei der dir gleich ein paar Kandidaten einfallen würden, die einen Grund gehabt hätten, sie umzubringen.»

«Nein, auf keinen Fall.»

«Und sie und der Vilimsky? Gab es da irgendeine Verbindung?»

«Weiß ich nicht. Aber eigentlich war der Vilimsky immer mit seiner Blase von der Sauna zusammen. Da war die Bergmann nie dabei.»

«Aber er hat ja zum Beispiel auch Frauen beglückt, die da nicht dabei waren. Diese Pepi zum Beispiel.»

«Du denkst immer nur an das eine», sagte Hanni und gab ihm einen Klaps. «Typisch Mann! Nein, die Bergmann und er, das kann ich mir nicht vorstellen. Aber weißt du, wen du das fragen kannst?»

«Ja. Die Lore.»

«Das alte Schandmaul natürlich auch. Aber vor allem die Nachbarin von der Bergmann, die Schmidtleitner. Mit der war sie glaub ich ziemlich gut.»

Das war tatsächlich eine gute Idee. Seit seiner Rosennummer war Suchanek dort noch dazu sehr gern gesehen. Aber in Wirklichkeit waren alle seine Fragen bis jetzt trotzdem nur ein Scheingefecht gewesen. Kleines Ermittler-Einmaleins. Das machten die Profis manchmal so. Das Wichtige kam jetzt – und zwar so beiläufig wie möglich.

«Sag, was ich noch fragen wollte: Wenn ihr in eine Wohnung hineinmüsst, weil etwas passiert ist oder so – habt ihr da alle einen Generalschlüssel?»

Diese Frage schien jetzt Lassie irgendwie zu motivieren. Suchanek hörte sie nämlich zum allerersten Mal reden. Sie sagte, trotz des entschiedenen Nachteils, über keine bei der

Buchstabenformung behilfliche Zähne zu verfügen, klar verständlich:

«Johann Sebastian Bach. 1685 bis 1750.»

Suchanek sah Hanni erstaunt an.

«Frag mich nicht», sagte die. «Manchmal kommen da Sachen raus ... Stimmen die Jahreszahlen?»

«Keine Ahnung.»

«Na toll. Wir zwei sind also depperter als eine Neunzigjährige mit Alzheimer.»

«Was mich betrifft, überrascht mich das nicht sonderlich. Aber wie ist das jetzt mit dem Schlüssel?»

«Nein, wir haben nicht alle einen. Das wäre gegen die Sicherheitsregeln.»

«Sicherheitsregeln?»

«Na ja, wenn 30 oder 40 Leute den auf ihrem Schlüsselbund hätten, dann würden garantiert ein paar pro Jahr verlorengehen. Und das wäre bei einem Generalschlüssel für 300 Wohnungen nicht so günstig. Nein, die Direktorin hat natürlich einen. Und die Isabella.»

Dr. Schneider. Schau an.

«Warum die?»

«Wenn wir einen Notfall haben, dann sollte sie keine Zeit verplempern. Also nicht erst ins Sekretariat gehen müssen, sich in die Liste eintragen und einen von den allgemeinen Schlüsseln nehmen.»

«Aha. Wie viele gibt es denn dort?»

«Drei», sagte Hanni. Dann zog sie plötzlich die Augenbrauen zusammen und produzierte eine kleine senkrechte Falte über ihrer Nase. «Sag einmal, warum fragst du mich das eigentlich? Du glaubst doch nicht am Ende ...»

Suchanek hob in einer hoch überzeugenden Unschuldsgeste die Hände. «Nein. Also ... nicht wirklich. Aber es ist nun einmal eine Tatsache, dass der Mörder einen Schlüssel gehabt haben muss.»

Interessanterweise wurde gerade jetzt, da es Suchanek eigentlich recht spannend fand, Lassie dieses ganze Gewäsch zu fad. Mit einer blitzartigen Handbewegung wischte sie den Napf vom Tisch, und die Pampe verteilte sich großzügig über den Boden.

«Na geh!», rief Hanni. «Jetzt hab ich nicht aufgepasst, weil du mich abgelenkt hast, Suchanek. Gott, wie ich Putzen hasse!»

Suchanek hätte schwören können, dass ein ganz kurzes, aber sehr zufriedenes Lächeln über Lassies Gesicht huschte. Vielleicht war es ja gar nicht so furchtbar, dement zu werden. Endlich musste man sich absolut nichts mehr scheißen.

«Ich mache dir einen Vorschlag: Ich putze das hier weg. Aber dafür tust du mir einen Gefallen», sagte er.

«Einen unanständigen?»

«Nein.»

«Schade eigentlich.»

—

Als Hanni weg war, machte Suchanek zuerst den Boden sauber und versuchte dann alleine sein Glück mit Lassie und neuem Brei. Zuerst sperrte sie den Mund nicht auf, egal wie beruhigend, aufmunternd oder auch streng er auf sie einredete. Aber dann entdeckte er, dass ihr Blick seiner löffelfreien Hand folgte, wenn er damit in der Luft Klavier spielte. Tat er dies über ihrem Kopf, dann schaute sie steil nach oben, ihr Unterkiefer klappte herunter, und Suchanek nützte seine Chance erbarmungslos. Als Hanni zurückkam, war die ganze Portion dort, wo sie sein sollte. Sie machte große Augen.

«Wie hast du das angestellt?»

«Artisten, Tiere, Attraktionen», sagte Suchanek. «Und? Warst du erfolgreich?»

«Ja.»

Hanni war im Sekretariat gewesen und hatte sich unter einem Vorwand einen der Generalschlüssel geholt. Der eigentliche Zweck der Übung war aber gewesen, einen Blick auf die Liste werfen zu können.

«Also: Am Donnerstag um 10 Uhr war einer der drei Schlüssel unterwegs.»

Suchanek nickte gespannt. «Und mit wem?»

Sie sagte es ihm. Er war nicht sehr überrascht.

«Danke für deine Hilfe.» Plötzlich hatte er es eilig.

«Suchanek, warte! Wo willst du hin?»

«Ich muss was erledigen.»

«Du machst jetzt keinen Blödsinn, oder?»

«Wenn ich dazu tendieren würde, Blödsinn zu machen, dann wäre ich zum Beispiel von einem Gericht sicher schon einmal zu gemeinnützigen Tätigkeiten verpflichtet worden.»

Hanni runzelte die Stirn. «Aber ... das bist du doch!»

«Dir kann man echt kein X für ein U vormachen.»

Der Weg vom Lift zum Zimmer von Frau Bergmann war nicht sehr lang. Aussteigen, nach rechts, dann ein paar

Meter geradeaus, dann links, noch einmal zehn Meter, und man stand vor Nummer 518. Nackter Gang, hatte der Inspektor gesagt. Das traf es ziemlich genau. Man hatte bei der Ausgestaltung auf Funktionalität geachtet und darauf, ja keine Hindernisse für Rollstühle, Wäschecontainer oder sonstige Fahrzeuge, die hier so unterwegs waren, einzubauen. Außerdem nützten diese alten Hinker ja ganz gerne einmal jede noch so winzige Chance, über irgendwas zu stolpern und dann die Krankenversicherung noch mehr bluten zu lassen, als sie es im Alltagsbetrieb sowieso schon taten. Also war hier alles weiß und glatt. Suchanek versuchte ein Fenster zu öffnen. Es ließ sich nur kippen, wohl aus Sicherheitsgründen, damit niemand runterfiel. Das war auch sehr ökonomisch gedacht, denn zu diesem Zweck hatten sie ja eh ihre Balkone. Jetzt konnte man natürlich auch bei einem gekippten Fenster einen Schlüssel rauswerfen. Aber das hatte die Polizei ja hoffentlich gecheckt.

An der Tür von Frau Bergmann klebte schwarz-gelb gestreiftes Klebeband über dem Schlüsselloch und die Warnung «Amtlich versiegelt». Und auf dem Fensterbrett neben ihrem Zimmer stand, ein bisschen verloren, eine rosa Zyklame. Suchanek sah sich um. Er war allein auf dem Gang. Jetzt oder nie. Er hob den Blumentopf hoch. Überraschenderweise lag nichts darunter. Auch an der Unterseite des Topfes klebte nichts. Also Phase zwei. Suchanek bohrte zwei Finger in die Erde und begann, den Topf systematisch durchzustochern. Das wäre doch was, wenn der Schlüssel vom Stefan vielleicht ...

«Was treiben Sie denn da?»

Er fuhr herum. Die Ströck Pepi war um die Kurve gebogen und kam mit zusammengekniffenen Augen näher.

«Das ist meine!»

«Ja, eh. So eine schöne Blume! Ich wollte sie mir nur genauer anschauen.»

Pepis Mundwinkel verschmolzen mit dem Linoleum. «Mit den Fingern in der Erde? Das können Sie Ihrer Großmutter erzählen. Und da hab ich immer geglaubt, die da macht mir meine Blume hin.» Sie wies mit dem Kopf auf Bergmanns Tür. «Dabei waren Sie das!»

«Nein! Schauen Sie, es ist ihr nichts passiert. Außerdem: So lang bin ich noch gar nicht hier, dass ich Ihnen schon drei Zyklamen hinmachen hätte können. Und ...», Suchanek stellte die Pflanze ostentativ vorsichtig wieder an ihren Platz, hob beide Hände und lächelte schief, «... ich hab gar keinen Slibowitz bei mir.»

Ströck musterte Suchanek mit einem Gesichtsausdruck, der ein Rudel Hyänen in die Flucht geschlagen hätte.

«Na, Sie schauen vielleicht aus. Ist das von der Geschichte, wie Sie versucht haben, den Enkel von der Bergmann zu verhaften?»

«Das haben Sie also gehört.»

«Wer hat das nicht gehört? Der muss Ihnen ja eine ordentliche geschmiert haben.»

«Ja, doch.»

«Und? War er's jetzt?»

«Angeblich nicht. Er sagt, er ist vor verschlossener Tür gestanden.» Suchanek machte ein Pause. «Haben Sie ihn vielleicht gesehen an dem Morgen?»

«Nein. Den nicht.»

«Den nicht? Wen denn sonst?»

«Na, nur Leute, die hierhergehören.»

«Also Bewohner.»

«Und Personal.» Jetzt wurde es interessant.

«Wen vom Personal?»

Auch, wenn es kaum noch möglich war: Die Alte zog jetzt eine noch grantigere Grimasse als vorher. «Sagen Sie, was wird das hier? Sie sind doch kein Polizist, was fragen Sie mich da aus?»

«Schauen Sie: Ich habe mir eine gebrochene Nase eingehandelt, weil ich zur falschen Zeit am falschen Ort war und dann auch noch das Falsche gemacht habe. Und jetzt würde ich halt gerne wissen, was da wirklich passiert ist.»

«Und Sie glauben, dass es wer vom Personal war? Na ja. Zuzutrauen ist euch ja alles. Man bekommt ja heutzutage keine gescheiten Leute mehr. Bei mir im Geschäft hättet ihr früher alle miteinander keinen Job bekommen. Ich hab da nämlich ein Antiquitätengeschäft gehabt und ...»

«Wen haben Sie gesehen, Frau Strock?»

«Na die Doktorin, weil die war ja bei mir. Meinem Blutdruck geht's nicht so gut, mit diesen ganzen Figuren da rundherum. Und dann war da noch dieser Pfleger.»

«Der Mike?»

«Haben wir denn einen anderen?» Sie kramte einen Schlüssel aus der Tasche. «So. Und jetzt schauen Sie, dass Sie weiterkommen.»

«Bitte?»

«Na, glauben Sie, ich sperre da jetzt meine Tür auf, während Sie hinter mir stehen, damit Sie sich vielleicht in die Wohnung reindrängen und mir dann weiß Gott was antun?

Hier draußen kann ich wenigstens noch um Hilfe schreien.»

«Also, das ist doch absurd!»

«In diesem Irrenhaus ist gar nichts mehr absurd. Auf Wiederschauen!»

Nun ja. So erquicklich war die Unterhaltung ohnehin nicht gewesen, dass man da jetzt unbedingt lebenserhaltende Maßnahmen einleiten musste. Suchanek ging kopfschüttelnd Richtung Lift, hinter ihm fiel eine Tür rasant ins Schloss. Doch unmittelbar danach wurde sie wieder geöffnet. Und Suchanek hörte, leise, aber doch: «Psst!»

Er drehte sich um. Frau Schmidtleitner, die andere Nachbarin der spektakulär Verschiedenen, stand in ihrer Tür und bedeutete Suchanek, er solle zurückkommen. Als er vor ihr stand, zog sie ihn am Arm in ihre Wohnung hinein.

«Ich habe Sie mit der Hexe streiten gehört. Worum ging's denn?»

«Na ja, schwer zu sagen eigentlich. Vor allem um die Zyklame.»

«Was, bei Ihnen auch? Na, kommen Sie, setzen Sie sich. Kann ich Ihnen was anbieten?» Sie lächelte. «Einen Slibowitz vielleicht?»

«Nein danke. Vor zehn Uhr vormittags trinke ich eigentlich immer nur Wodka.»

Die Wohnung von Frau Schmidtleitner war eigentlich sehr hübsch. Nicht besonders groß, vielleicht 35 Quadratmeter, aber größer musste es auch nicht sein, wenn man schon so eine Minute von einem Ende des Zimmers zum anderen brauchte? Es wirkte hell, vielleicht ein wenig zu pastellig, aber wirklich gemütlich. Gleich nach der Tür war ein kleines Vorzimmer mit Kästen, einem eingebauten Kühlschrank und einer kleinen Nische, in der ein Wasserkocher stand. Vom Wohnzimmer zweigte rechts, abgetrennt durch einen luftigen Vorhang, ein Schlafkabinett ab, gerade groß genug für das Bett. Im Wohnzimmer selbst gab es einen Esstisch und eine Couch, ausgerichtet auf den Fernseher. Auf den Regalen standen einige grässliche Vasen, sonstige Staubfänger, die ihren Zweck, der Zierde zu dienen, deutlich verfehlten, und mehrere gerahmte Fotos. Ein schwarz-weißes Hochzeitsbild, offenbar das von Frau Schmidtleitner. Sie war einmal wirklich hübsch gewesen. Dann welche von Kindern, manche davon schon mit ordentlich Patina. Auf einem hielt Frau Schmidtleitner, schon mit grauen Haaren, stolz ein Baby hoch. Ein Leben in zehn Bildern.

«Geht es Ihnen schon besser?», fragte Frau Schmidtleitner.

«Schaut ärger aus, als es ist. Und Ihnen?»

Sie schüttelte den Kopf. «Wirklich erfangen hab ich mich noch nicht. Wenn gleich neben einem so etwas passiert.»

«Und Sie waren ja auch mit Frau Bergmann befreundet, hab ich gehört.»

Die Augen der kleinen, verhutzelten Frau füllten sich mit Tränen. Nicht das erste Mal in den letzten Tagen, so verquollen, wie sie waren. «Ja, wir haben uns recht gut verstanden.»

Suchanek zeigte auf sein Gesicht. «Sie wissen ja, von wem ich das habe. Kennen Sie ihren Enkel denn auch?»

«Ja, natürlich. Netter Bursch, der Stefan. Sie hat auch immer nur in den höchsten Tönen von ihm gesprochen. Sie hätten ihn nicht so attackieren dürfen.»

«Ja. Es tut mir auch leid.» Tat es das wirklich? Ehrlich gesagt nicht. Aber wenn er wollte, dass Susi mit ihm je wieder ein Wort wechselte, dann würde er nicht umhinkommen, sich irgendwann zu entschuldigen. Und zwar besser nicht zwischen den zusammengepressten Zähnen hindurch.

«Sagen Sie, Frau Schmidtleitner, an dem Morgen, an dem das passiert ist – haben Sie da irgendetwas mitbekommen?»

«Nein. Ich war bei der Gymnastik unten im Turnsaal.»

«Verstehe. Aber jetzt unter uns: Haben Sie denn einen Verdacht? Hatte die Frau Bergmann vielleicht mit irgendwem im Haus besondere Probleme?»

«Na ja ... die ausgesprochen nette Nachbarin haben Sie ja kennengelernt.»

«Und da ging es wirklich nur um diese blöde Blume?»

«Es war immer was anderes. Man weiß ja: Es kann der Frömmste nicht in Frieden leben, wenn es dem bösen Nachbarn nicht gefällt, nicht wahr? Entweder hat sie sie verdächtigt, dass sie die Blume kaputt macht, oder es war der Fernseher zu laut oder sonst irgendwas.»

«Wenn man einen Grund zum Streiten finden will, dann findet man ihn auch.»

«Genau. Dabei konnte man mit der Frau Bergmann gar nicht wirklich streiten. Wenn, dann haben die anderen angefangen. Denken Sie nur an die Smutek bei der Versammlung. Wie sie auf die arme Frau Zillinger losgegangen ist.»

Soweit das Suchanek erinnerlich war, hatte allerdings damals Frau Bergmann die Smutek ein böses Weib genannt. Aber gut.

«Eines frage ich mich auch schon die ganze Zeit: Jetzt haben wir schon zwei Mordopfer. Hatten die Frau Bergmann und der Vilimsky eigentlich irgendetwas miteinander zu tun?»

Schmidtleitner schüttelte entschieden den Kopf. «Nichts. Gar nichts. Im Gegenteil. Sie konnte den überhaupt nicht ausstehen. Sie hat ihn nicht einmal gegrüßt und ist ihm richtig aus dem Weg gegangen.»

«Warum? War da einmal irgendwas?»

«Nicht, dass ich wüsste. Der Vilimsky war halt wirklich nicht jedermanns Sache. Sagen wir so: Der hatte seine Freunde, ja. Und vor allem Freundinnen. Aber es hat auch viele im Haus gegeben, die ihn überhaupt nicht gemocht haben, wegen seiner Art. Wie er immer angegeben hat mit seinen Eroberungen und wie gut er nicht ist.»

Suchanek verabschiedete sich, nicht ohne vorher zu dem Versprechen genötigt worden zu sein, Frau Schmidtleitner bald wieder einmal zu besuchen. Aber jetzt hatte er keine Zeit mehr. Da war nämlich noch jemand, mit dem er sich dringend einmal unterhalten musste.

16

Suchanek hatte seine Prominenz entschieden unterschätzt. Das passierte ihm auch nicht so oft. Was so eine Nase alles ausmachte. Wahrscheinlich war es Nicole Kidman und Melanie Griffith ähnlich ergangen, nachdem die auch plötzlich eine neue gehabt hatten. Aber für einen, der die Unauffälligkeit, die normalerweise das Auffallendste an ihm war, ausgesprochen schätzte, konnte das schon ein wenig lästig sein. Nur Kleinkinder schafften es, einen ähnlich unverblümt anzuglotzen wie Alte. Schon wieder eine Parallele, nach den Windeln, dem Sabbern und dem Brabbeln. Vielleicht wäre es am besten gewesen, einfach einmal eine ausgedehnte Runde durch das ganze Haus zu machen, damit dann endlich einmal alle sein Gesicht gesehen hatten und wieder eine Ruhe war. Am besten im Laufschritt, dann war es schneller vorbei. Aber eigentlich war er ja ursprünglich einmal zum Arbeiten hier gewesen, auch wenn das mehr und mehr ins Hintertreffen geriet. Also sollte er sich jetzt wohl einmal bei seinem sogenannten Chef melden, den er noch nicht gesehen hatte, seit er in der Früh wieder hier eingeritten war, um sich irgendwelche Aufträge erteilen zu lassen. Zumindest pro forma. Denn eigentlich wollte er ja Mike suchen.

Im Büro der Hausbetreuung war nur Huschi. Und das war jetzt interessant: Auch, wenn sie erschrocken aus großen Augen schaute, änderte das an ihrem Schlafzimmerblick kaum etwas.

«Ja, ich weiß», sagte Suchanek, um ihr den Einstieg zu erleichtern. «Mir geht es seit ein paar Tagen wie einem Vampir: Wenn ich bei einem Spiegel vorbeigehe, sehe ich mich nicht. Wo ist der Robert?»

«Im Turnsaal. Er richtet ihn her für ein Bewegungsspiel, das wir am Nachmittag machen wollen.»

«Aber heute ist doch Montag. Was ist mit dem Tanzen?»

«Abgesagt.»

Schon wieder. Die Direktorin begab sich da aber auf sehr dünnes Eis. Revolutionen waren schon wegen weniger losgebrochen. Wenn die Armee der Knorrigen im Wechselschritt losmarschierte, wer würde sie dann stoppen? Und wie? Ja, okay. Mit einer Reihe Bierkisten vielleicht. Denn wie sollten sie da drüberkommen?

Suchanek beschloss, lieber nicht den Weg durch den Speisesaal zu nehmen, und steuerte auf den Abgang auf der anderen Seite zu. Seine Hoffnung, dort einigermaßen unentdeckt zu bleiben, erfüllte sich allerdings nicht. Denn vor dem Fernsehraum standen fünf Leute in einer kleinen Schlange. Ganz vorne war die Schoberin. Und ganz hinten – Lore.

«Ja, grüß Sie, Herr Suchanek! Sie Ärmster! Das muss ja schrecklich weh getan haben, so wie das aussieht. Und dann war Ihr Mut auch noch umsonst.»

«Mut und Blödheit liegen ja, wie man weiß, oft ziemlich nah beisammen», sagte Suchanek. «Was ist denn da los? Braucht man jetzt schon Platzkarten für ‹Reich und schön›?»

«Nein. Aber der frühe Vogel fängt den Wurm.»

«Was?»

«Wir melden uns hier an. Für eine Wohnung.»

«Aber Sie haben doch eh eine.»

«Schon. Aber wenn eine bessere frei geworden ist ...»

Jetzt verstand Suchanek. Das hier war nichts weniger als die Leichenfledderer-Abordnung. Noch war die Wohnung von Frau Bergmann ja von der Polizei gesperrt, aber wenn sie dann einmal freigegeben und von den Verwandten geräumt war, konnte es nicht schaden, wenn man vorher schon seine Hausaufgaben erledigt hatte. Weil: fünfter Stock, Fernblick und alles. Aber wäre für dieses sympathische Unterfangen nicht die Direktion der richtige Ansprechpartner gewesen? Suchanek ging zum Beginn der Schlange und begrüßte die Schoberin. Sie nickte nur kurz zurück und schien irgendwie verlegen, als sei es ihr peinlich, dass er sie hier sah. Und als er um die Ecke in den Fernsehraum lugte, wusste er auch, dass dies nicht nur an der moralisch möglicherweise diskutablen Tatsache lag, dass sie überhaupt hier stand. Sondern noch mehr daran, wer da drin saß. Es war Obermüller. Er notierte sich gerade mit blasierter Miene etwas, vor ihm ein Mann in leicht gebeugter Demutshaltung. So wie früher, als die Welt noch in Ordnung war, man also seitens der Politik noch nicht die autoritätszersetzende Parole ausgegeben hatte, dass Ämter Servicestellen zu sein hätten. Zu der Zeit also, als Amtsrat Obermüller noch persönlich dafür gesorgt hatte, dass sich am Pass- und Meldeamt Rudolfsheim-Fünfhaus sicherlich keiner einzubilden brauchte, er sei hier mehr als ein gerade noch geduldeter Bittsteller.

Suchanek ging zurück zu Lore. «Der Obermüller entscheidet, wer welche Wohnung bekommt?»

«Das nicht. Aber der Beirat gibt der Direktion eine Empfehlung. Und meistens folgt sie der.»

Suchanek senkte seine Stimme. «Das heißt also, man muss dem Obermüller in den Arsch kriechen. Und da machen Sie mit?»

«Manchmal muss man Opfer bringen», flüsterte Lore zurück, öffnete die Tasche, die sie umgehängt hatte, und ließ Suchanek hineinschauen. Drinnen steckten eine Bonbonniere und eine Flasche Wein.

«Bestechung auch noch? Sie schrecken ja vor nichts zurück.»

«Na und?» Lore schloss die Tasche wieder und zuckte

mit den Achseln. «Andere verzichten dafür sogar auf die Kandidatur für den Beirat.» Sie wies mit dem Kopf nach vorne. Zur Schoberin. «Sie wäre ja die Spitzenkandidatin der Gegenliste gewesen, jetzt, wo der Vilimsky nicht mehr ist. Und wissen Sie, wer das jetzt macht? Na? Der Herr Zuschau!»

Hatten die in der Saunarunde nicht gesagt, die Gegenliste wäre eh nur eine besoffene Geschichte gewesen? Und jetzt, ohne Valentin, für sie alle vollkommen uninteressant? Gut, zumindest für die Schoberin galt das ja wirklich. Und die hatte auch gleich eine zumindest potenziell lohnendere Alternative gefunden. Aber jetzt hatte Suchanek seinerseits auch noch eine kleine Überraschung für die Lore.

«Ich wollte Sie noch was fragen, Lore. Die Goldmünzen, die man beim Vilimsky in der Wohnung gefunden hat: Das waren doch Ihre oder nicht?»

Lore riss die Augen auf. «Das wissen Sie?»

«Ja. Manchmal weiß ich auch etwas, obwohl Sie es mir nicht erzählt haben.» Blieb nur die Frage: Warum hatte sie eigentlich nicht?

—

Suchanek war seit dem verhängnisvollen Vilimsky-Abend nicht mehr im Keller gewesen. Und er verlief sich wieder. Der prächtige Orientierungssinn musste irgendwie mit seiner Jugend auf dem sehr flachen Lande zu tun haben. Dort hatte es ja eigentlich nur oben und unten gegeben. Nach oben konnte man eh nicht, und unten sah man sowieso 30 Kilometer weit, konnte sich mithin also kaum verirren. Suchanek kam aufgrund dieser seiner schweren Kindheit also auf dem Weg zum Gymnastikraum auch an der Waschküche vorbei, obwohl das keineswegs nötig gewesen wäre. Die Tür stand offen. Er zögerte kurz und machte zwei unentschlossene Schritte hinein. Dunja und Gordana waren gerade dabei, im Teamwork Leintücher zu falten. Dass die beiden da unten weiterarbeiten mussten, war schon eine ungeheure Zumutung, aber was blieb ihnen denn übrig? Der Platz, an dem der Valentin sein Leben ausgehaucht hatte, war jetzt leer. Wo die Maschine gestanden hatte, war nur ein Viereck aus rohem Beton, das wie eine Narbe aus dem ansonsten glänzend gestrichenen Boden heraussprang.

«Hallo», sagte Suchanek eloquent. Weiter fiel ihm nichts ein. Den Frauen allerdings nicht einmal das. Sie blieben stumm und sahen ihn an wie einen Alien, der gerade vor ihren Augen aus seinem havarierten Raumschiff geklettert war und sie nun fragte, wie spät es sei.

«Ah, Leintücher.» Er machte eine unbeholfene Geste in Richtung der, richtig, Leintücher.

«Ja», antwortete Gordana. Damit war dann eigentlich alles gesagt.

Suchanek trollte sich wieder und fand dann zum Glück den Turnsaal, bevor man einen Suchtrupp nach ihm losschicken musste. Robert war aber nicht da. Und sonst auch niemand. Es roch ziemlich bedenklich, und eine Menge Bälle lagen herum, auch bunte Bänder und Sprungseile (zum Springen wohl kaum. Für Fesselspiele?), aber fertig hergerichtet wirkte das nicht. Suchanek wartete also eine Weile und vertrieb sich die Zeit damit, mit den Bällen Fußkarambol zu spielen. Nach zehn Minuten hatte sich der Reiz aber doch ein wenig erschöpft, und er ging wieder. Knapp vor der Küche traf er auf Ivo, der gerade mit einem anderen Hausarbeiter ein riesiges silbriges Spülbecken schleppte und in einer der engeren Kurven damit stecken geblieben war.

«Ivo, was wird das hier?»

«Muss ma schauen!»

«Du hättest besser vorher schauen sollen. Hast du den Robert gesehen?»

«Ist unten», presste der schwitzende Riese hervor.

«Wir sind doch selbst unten!»

«Mein ich ganz unten.»

In den Katakomben? Was hatte der Dutt denn dort verloren? Dort gab es ganz sicher keine Alten zu bespaßen. Und es war nichts für Zartbesaitete, da war es dunkel, stickig, dreckig, und da war ... Moment. Suchanek schlüpfte unter dem Spülbecken durch, das ihn garantiert erschlagen hätte, wenn es Ivo in diesem Moment aus den Pranken geglitten wäre, und machte sich rasch auf den Weg. Einmal bog er auch im zweiten Keller in einen falschen Gang ab, aber dann fand er doch zu Mikes privatem Kühlraum. Er wollte gerade die Tür öffnen, als er dahinter Stimmen hörte. Männerstimmen. Zwei. Sie klangen aufgeregt. War das ein Streit? Suchanek presste sich dicht an die Tür, aber sie war leider so massiv, dass er nur Fetzen verstehen konnte.

«... aufhören ...»

«... Hannover ...» (okay; da lag möglicherweise eine zarte akustische Fehlleistung vor)

«... Arschloch ...»

«... gehe jetzt ...»

Gehe jetzt? Hmm, welche Interpretation ließ das bloß zu? War das unter Umständen in dem Sinn zu verstehen, dass ... jetzt einer von den beiden ging? Und zwar: jetzt?

Suchanek wirbelte herum, wie vor ihm in der Geschichte dieses Kellers nur der Valentin beim Schleudern. Nach rechts ging es zur Stiege und damit hinauf und in Sicherheit. Also bog Suchanek instinktiv nach links ab, stellte aber nach etwa drei rasend schnell zurückgelegten Metern mit Kennerblick fest, dass der Gang nach weiteren drei Metern zu Ende war. In dem Moment, in dem er kehrtmachte, um doch lieber in die andere Richtung zu flüchten, wurde die Tür des Pisselagers aufgerissen. Suchanek machte einen Satz zur Seite und presste sich in den Sturz einer Tür. Er war nicht tief genug, dass er zur Gänze reinpasste. Es galt also das Prinzip Hoffnung.

«Jetzt warte doch!» Das war Mikes Stimme.

«Nein!», antwortete Robert. Er ging schnell Richtung Stiege, Mike folgte ihm.

«Es muss doch eine Lösung geben! Eine, von der wir beide etwas haben.»

«Ich hab dir schon gesagt, was die Lösung ist. Du hörst damit auf. Oder du trägst die Konsequenzen.»

Die Stimmen entfernten sich und bogen um die nächste Ecke. Das Letzte, das Suchanek hörte, war noch einmal von Mike.

«Jetzt sei halt nicht päpstlicher als der Papst!» Dann wurde es still.

Suchanek verharrte noch zehn Sekunden in seiner Hochkant-Flunderstellung. Dann erst traute er sich, wieder auszuatmen, und schob vorsichtig den Kopf vor. Der Gang war leer. Die beiden hatten ihn nur deshalb nicht gesehen, weil sie in die andere Richtung geschaut hatten. Wenn auch nur einer zurückkam, würde sich das ändern. Also musste er rasch weg von hier.

Die Tür, aus der Mike und Robert gekommen waren, stand offen. Suchanek warf einen kurzen Blick hinein. Da war genau so ein Durcheinander, wie bei seinem ersten Besuch. Jede Menge alter Krempel, in der Ecke der Kühlschrank ... Der Kühlschrank! Die Kette, die an sich Mikes Allerheiligstes sicherte, war nicht drauf! Suchanek zögerte kurz. Dann ging er hinein und öffnete den Schrank. Auf den ersten Blick war da drin alles so, wie er es kannte. Übereinandergestapelte Bierflaschen, hinter denen man die an der Rückwand hängenden Urinbeutel nicht gleich sah. Sonst nichts. Nur noch ein geschlossenes Gefrierfach. Er öffnete es. Da lag ein großes orangefarbenes Kuvert. Es war nicht zugeklebt. Suchanek schaute noch einmal hastig über seine Schulter. Dann nahm er es und schaute hinein. Und wie sollte man sagen: Wenn er an seinem nächsten Geburtstag nach Hause gekommen wäre und sich nach dem Betätigen des Lichtschalters 100 Menschen mit Pappnasen und Sektgläsern gegenübergesehen hätte, die im Chor «Überraschung!» riefen – seine Verblüffung wäre deutlich geringer ausgefallen. Er stopfte den Umschlag wieder zurück, warf die Türe zu und trabte los. Im Gang war immer noch niemand. Suchanek bog in den nächsten links ab, lief Richtung Stiege, bog wieder ab, um sie hinaufzusteigen – und prallte mit dem Mann zusammen, der gerade genauso eilig in die Gegenrichtung unterwegs war. Mit einem der für ihn neuerdings so typischen raubkatzengleichen Reflexe gelang es ihm gerade noch, seine Nase aus dem Schussfeld zu bekommen.

«Oha!», rief Mike erschrocken. Ja. Das konnte man wohl sagen. «Was machst du denn hier?»

«Ich suche den Robert», sagte Suchanek. Sein Tonfall war nur minimal ungekünstelter als der vom Fernseh-Bergdoktor bei der Bekanntgabe einer Krebsdiagnose, für die als Regieanweisung im Drehbuch stand: «Betroffenheit!»

«Hier unten?»

«Der Ivo hat mir gesagt, dass er hier ist. Aber ich kann ihn nicht finden.»

Argwohn umwölkte die Stirn des Chefpflegers. Stand ihm gar nicht. «Seit wann rennst du denn hier schon herum?»

«Ich? Ach, noch nicht lange. Bin eigentlich gerade erst runtergekommen.»

«Das ist aber komisch. Weil ich bin gerade erst hier rauf.»

«Ach so? Na, da müssen wir uns knapp verpasst haben.»

Mike kratzte sich mit allen Fingern seiner rechten Hand am Bauch. War wohl ein Zeichen dafür, dass er nachdachte.

«Wieso bist du denn überhaupt im Haus? Solltest du nicht im Krankenstand sein?»

«Nein. Geht schon wieder so halbwegs.»

«Schaut aber übel aus.»

«Ich hab dich an dem Tag, an dem das mit der Bergmann passiert ist, gar nicht gesehen.»

«Ja.» Mike zuckte mit den Achseln. «Und?»

«Wo warst du denn?»

«Keine Ahnung. Irgendwo im Haus unterwegs.»

«Nicht zufällig im fünften Stock?» Suchanek rang sich ein schales Lächeln ab und wies auf sein Gesicht. «Ich bräuchte einen Zeugen, der vielleicht den Verdacht untermauern könnte, der mir das hier eingebracht hat.»

«Nein. Ich war nur im zweiten und im dritten.»

«Ach so. Na ja, es gibt halt immer was zu tun. Apropos: Weißt du vielleicht, wo der Robert ist?»

«Im Speisesaal, glaub ich. Der trifft sich da mit irgendeinem neuen Ehrenamtlichen, wegen der Einschulung oder so.»

«Ah, okay. Na, dann schau ich mal dort vorbei.»

Beim Hinaufgehen konnte Suchanek spüren, wie Mikes Blick ihn verfolgte. Oben drehte er links um und lehnte sich dann erschöpft an die Wand. Sein Herz versuchte, mit aller Gewalt neben seinem Kehlkopf einen prächtigen Blut-Springbrunnen zu eröffnen, scheiterte aber gerade noch am hinhaltenden Widerstand seiner Schlagaderwand. Das war jetzt doch einigermaßen knapp gewesen. Und Mike hatte ihn belogen. Er war im fünften Stock gewesen, das hatte die Ströck gesagt. Und eigentlich konnte es nur einen Grund geben, warum er das leugnete.

Suchanek musste die neue Sachlage dringend mit dem Kommissar besprechen. Nicht mit Prskawetz. Mit Renner. Diesmal nahm er den anderen Weg hinaus, weil der näher lag. Er hatte aber kaum den Speisesaal betreten, der sich schon füllte, da um elf ja die Essenszeit begann und viele nicht riskieren wollten, dass die besten Stücke des Bratens schon weg waren, wenn sie um zehn nach elf kamen, als ihm schon Robert aus einer Ecke zuwinkte. An seinem

Tisch saß ein Mann, mit dem Rücken zu Suchanek. Trotzdem bestätigte sich die Ahnung, die ihn gleich beim ersten Blick beschlichen hatte, beim Näherkommen sofort.

Dieser Neue war nämlich keine gute Idee. Suchanek bildete sich nicht viel ein auf seinen Instinkt oder auf irgendein Gespür, das ihm schon im Vorhinein verriet, ob aus einer Sache etwas wurde oder nicht. Aber in diesem Fall war er sich absolut sicher. Robert war natürlich heilfroh, wenn irgendwer freiwillig durch die Pforte kam und Sätze wie «Ich möchte der Gesellschaft etwas zurückgeben» oder einen sonstigen Tran absonderte. Dem Dutt konnte man mit so etwas Tränen der Rührung in die Augen treiben, aber Suchanek war da überhaupt nicht korrumpierbar. Da sah er glasklar. Und was er sah, war Folgendes: ein hagerer Mann mit Achtziger-Jahre-Frisur, in einem Anzug, den er sich angezogen hatte, um damit eine Seriosität zu vermitteln, die er natürlich nicht besaß. Schon allein deshalb, weil man dem Anzug deutlich anmerkte, dass er mindestens zehn Jahre in einem muffigen Kasten verbracht hatte. Und dann erst diese Krawatte! Der Breite nach zu schließen war die in den späten siebziger Jahren geboren. Und dann auch noch so lang gebunden, dass sie dem Mann als blaugrün gestreiftes Textilsuspensorium bis weit zwischen die Schenkel herunterreichte.

«Gut, dass du hier bist!», lächelte Robert. «Ich hab da nämlich einen neuen Ehrenamtlichen und nicht wirklich die Zeit, dass ich ihm alles zeige. Kannst du das machen?»

«Ja, klar.»

«Sehr schön. Also, darf ich vorstellen: Das ist der Herr Suchanek», sagte Robert feierlich. Suchanek streckte artig seine Pfote aus. Grasel stand auf, umschloss sie mit beiden Händen und schüttelte sie ergriffen.

«Freut mich sehr! Wimberger. Alex Wimberger. Ich hab ja schon so viel von Ihnen gehört!»

17

«Was machst du hier, du Idiot?»

«Ich dachte, du könntest mich brauchen.»

«Das denkst du irgendwie immer.»

«Und? Stimmt's vielleicht nicht?»

«Bist du schon einmal auf die Idee gekommen, dass ich in einem solchen Fall möglicherweise so etwas sagen würde wie ... Moment, lass mich kurz nachdenken ... ja, jetzt hab ich's. So etwas wie: ‹Grasel, ich brauche dich?›»

«Du bist halt nicht so der Typ, der das Herz auf der Zunge trägt. Außerdem hast du mich doch überhaupt erst auf die Idee gebracht, schon vergessen?»

Suchanek hob die Arme zu einer ausladenden Verzweiflungsgeste. Grasel grinste nur blöd. Auf Haustour, also in aller Öffentlichkeit ließ sich diese Sache schwer ausdiskutieren. Der mit der Nase und dazu noch ein Neuer – wenn man Aufmerksamkeit vermeiden wollte, war das eine reichlich ungeschickte Kombination. Auf der Suche nach einem Ausweg linste Suchanek durch die Glastür in die Pflegestation. Der Gang und der Schwesternkobel waren leer.

«Komm!»

Er zerrte Grasel in die gewünschte Richtung, sie schlüpften schnell durch die Tür, Suchanek öffnete dann sofort die nächste rechts und schubste Grasel hinein.

«So. Jetzt sag: Wie hast du das überhaupt angestellt?»

«Warte einmal.» Grasel sah sich in dem Raum um. Und dann schaute er auf das Bett. «Scheiße! Da liegt ja einer!»

«Ja. Da liegt fast immer einer. Manchmal sogar ich.»

«Aber ... Ist der tot?»

«Ja. Das ist das Verabschiedungszimmer.»

«Und da schleppst du mich zur Begrüßung rein? Originell.»

«Mir ist auf die Schnelle nichts Besseres eingefallen. Hier stört uns keiner. Am wenigsten der da. Also noch einmal: Wie hast du das gemacht?»

«Ich hab einfach angerufen. Und die waren gleich ganz begeistert.»

«Wann hast du angerufen?»

Grasel ließ die Augen nicht von der Leiche. «Schon nach dem ersten Mord. Sie haben gemeint, ich muss irgendeinen Kurs machen. Aber bis dahin könnte ich schon reinschnuppern.»

«Und warum hast du mir nichts gesagt?»

«Ach, es ist doch immer das Gleiche mit dir. Wenn ich dir so etwas sage, dann hast du auf einmal hundert Gründe, warum das nicht geht.»

«Vielleicht sind es ja gute.»

«Ansichtssache. Jedenfalls hab ich das Café für eine Woche zugesperrt. Das heißt, ich hab jetzt Zeit. Ach so, ja: Kann ich bei dir schlafen?»

«Nein.»

«Danke. Darf ich das Bett haben? Deine Couch ist echt schon voll am Sand.»

Suchanek hätte jetzt gerne die Hände vorm Gesicht zusammengeschlagen. Aber nicht einmal das war ihm heute vergönnt.

«Und warum hast du so getan, als würden wir uns nicht kennen?»

«Na, wenn ein Freund von dir kommt, um Ehrenamtlicher zu werden, dann hättest du das denen ja wohl schon vorher erzählt, oder? Außerdem finde ich es aus ermittlungstaktischen Gründen besser.»

«Aus ermi... *Warum?*»

«Du hast ja schon ganz schön viel verbrannte Erde hinterlassen. Und ich sehe im Moment außerdem eindeutig vertrauenswürdiger aus. Vielleicht erzählen die Alten mir ja mehr als dir.»

«Grasel! Weniger vertrauenswürdig als du sieht für die hier drin nur noch ein Typ mit einem schwarzen Umhang und einer Sense aus.»

«Also, das finde ich nicht», sagte die Leiche.

Grasel machte einen Sprung vom Bett weg und donnerte mit der Schulter an die Wand. Suchanek war auch erschrocken, erkannte aber nach dem ersten Blick auf den Toten, den er vorher unterlassen hatte, was hier los war.

«Herr Grubmüller! War nicht ausgemacht, dass Sie das bleiben lassen?»

Der Probelieger setzte sich auf. «Es wäre Ihnen gar nicht aufgefallen. Aber jetzt muss ich leider dringend austreten.»

Jetzt hatte der Spinner das alles mit angehört. Suchanek konnte wirklich nicht brauchen, dass der mit einer Räubersgeschichte hausieren ging, die von einem Undercover-Agenten handelte, der zu dem Hascher mit der gebrochenen Nase gehörte, aber so tat, als kenne er ihn nicht.

«Ich mache Ihnen einen Vorschlag, Herr Grubmüller», sagte Suchanek mit drohendem Unterton. «Ich gehe jetzt *nicht* in die Direktion, um denen zu erzählen, was ich hier schon wieder gesehen habe. Dann erklärt man sie auch *nicht* endgültig für unzurechnungsfähig und stellt Sie *nicht* unter Kuratel. Und zum Ausgleich für meine Nettigkeit erzählen *Sie* nicht, was Sie gerade gehört haben.»

«Das scheint mir eine für beide Seiten gewinnbringende Vereinbarung. Aber jetzt muss ich wirklich hier raus, sonst passiert ein Unglück.»

Er schlüpfte aus dem Bett, was Grasel zu noch weiterem, wenn diesmal auch kontrolliertem Zurückweichen veranlasste. Er schien sich noch nicht ganz sicher zu sein, ob der Typ nicht doch ein Zombie war, der ihm einen Happen aus der Wange beißen würde, wenn er nicht auf der Hut war. Aber Grubmüller tat anständigerweise nichts dergleichen, sondern machte das Bett wieder schön zurecht. Das konnten die Alten ja auch alle: Bettenmachen wie die Einser. So verrückt konnten sie gar nicht sein, dass sie das vergaßen. Als ob das früher ein Schulfach gewesen wäre. Suchanek öffnete leise die Tür und spähte durch den Spalt.

«Okay, die Luft ist rein. Schnell, raus! Du auch, Grasel!»

«Wo gehen wir denn hin?»

«Zum Nachbarn. Da du nun einmal hier bist, solltest du den auch gleich kennenlernen. Außerdem hab ich Neuigkeiten. Und was für welche!»

Renners Mund war leicht geöffnet. Die Wangen tief eingefallen. Auf der Stirn und an den Schläfen schimmerte ein Netz aus blauen Adern durch die wächserne Haut. Sie wirkten leer.

«Stellt sich der auch nur tot – oder ist er es?», flüsterte Grasel.

«Fragen wir ihn doch einfach», sagte Suchanek forsch, ging zum Bett und zwickte Renner in den Handrücken. «He! Sind sie tot?»

Renner blinzelte verwirrt. «Was?»

«Jetzt wird nicht geschlafen. Wir müssen etwas besprechen.»

Der Alte machte mit dem Mund ein paar schmatzende Bewegungen wie ein eben gefangener Karpfen. «Ich bin ganz ausgetrocknet. Geben Sie mir bitte was zu trinken.»

Suchanek sah sich um. «Was?»

«Na da, das Schnabelhäferl. Oder glauben Sie, ich hab irgendwo eine Flasche Guinness?»

«Was ist da drin?»

«Kuhfladen-Tee. Zumindest schmeckt es so.»

Renner saugte an dem Schnabel, Suchanek beobachtete ihn seltsam berührt. Er hatte so etwas noch nie gemacht. Die meisten Menschen bekamen ja irgendwann Babys und hatten dann ihre Premiere. Aber Suchanek war nun einmal nicht die meisten Menschen.

«Wer ist denn der?» fragte Renner, nachdem er den Becher leergetrunken hatte. Ein dünnes Tee-Rinnsal lief von seinem Mundwinkel bis zum Hals. Suchanek wischte es mit bloßer Hand ab und trocknete diese dann an Renners Bettdecke.

«Ein Freund von mir, der Grasel. Der sollte an sich genau ihr Typ sein, weil er spielt auch wahnsinnig gern Detektiv. Und dafür hat er sogar eine Tarnidentität als Ehrenamtlicher angenommen.»

Grasel trat ans Bett und streckte Renner die Hand hin. Renner sah sie lange an. Dann sagte er:

«Wenn Sie immer so eine Kombinationsgabe haben, dann bin ich sehr zuversichtlich, dass wir den Mörder binnen Stundenfrist kriegen.»

Grasel ließ die Hand wieder sinken und machte kurz Anstalten, sie hinter dem Rücken zu verstecken. «Ach so, Sie ... Tut mir leid.»

«Der Herr Suchanek hat Sie also einberufen», sagte Renner.

«Nein, hat er nicht. Das war meine Idee», antwortete Grasel.

«Allerliebst. Und wo ist der andere?»

«Welcher andere?»

«Treten Laurel und Hardy nicht immer zu zweit auf?»

Grasel sah Suchanek verstört an. Der zuckte mit den Schultern. «Ich hab dir gesagt, er ist total nett. Und jetzt setz dich da dazu. Ich muss euch was erzählen.»

Als sie ihren verschwörerischen Sesselkreis fertig hatten, wartete Suchanek noch kurz, bis der imaginäre Trommelwirbel in seinem Kopf verklungen war, und sagte dann:

«Also, ich bin mir ziemlich sicher: Es war der Mike.»

Grasel schnellte hoch: «Ich wusste es! Erinnerst du dich, was ich gesagt habe, wie er dich ausgerechnet in der Nacht des ersten Mordes hierherbestellt hat?»

«Er hat ... was?», fragte Renner gedehnt.

«Ach so», sagte Grasel schon wieder und setzte sich dann rasch, als könne er damit seine Wortmeldung löschen. «Das wusste er ja noch nicht.»

«Nein», sagte Suchanek, der sich nach dem kurzen Hoch

umgehend wieder ein wenig kraftlos fühlte. «Und gut, dass wir vorher beratschlagt haben, ob wir es ihm sagen sollen.»

«Was sagen sollen?», quengelte Renner. «Könnte man mich bitte ins Bild setzen? Einigermaßen zeitnah, weil wer weiß, wie lang ich es noch mache.»

Nun ja. Jetzt auf die Schnelle irgendeine plausible Lüge zusammenzuzimmern, würde nicht funktionieren. Andererseits war es eigentlich eh egal. Renner würde ihn wohl kaum verpfeifen. Also erzählte Suchanek ihm von dem Deal, den er mit Mike hatte. Oder mittlerweile wohl vielmehr: gehabt hatte. Als er fertig war, sagte Renner:

«Kennen Sie eigentlich das Sprichwort ‹Wer sich mit Hunden hinlegt, steht mit Flöhen auf›?»

«Ja. An das hab ich zum Beispiel ganz oft gedacht, nachdem ich das erste Mal bei Ihnen gewesen bin.»

Renner lachte laut auf. «Kein schlechter Konter. Es macht eigentlich zusehends mehr Spaß mit Ihnen. Zum Ausgleich erkläre ich mich bereit, ab nun exklusiv für Sie meinen Urinbeutel anzufüllen, so Sie das wünschen. Aber jetzt weiter im Text. Warum sind Sie denn auf einmal so überzeugt davon, dass Ihr nicht ganz unzwielichtiger Geschäftspartner auch der Mörder war?»

«Im Sekretariat gibt es drei Generalschlüssel für alle Wohnungen. Wie die Frau Bergmann ihren Abflug gemacht hat, war nur einer davon nicht da. Und wer hatte ihn?»

«Der Mike!», rief Grasel erhitzt.

Renner nickte anerkennend und machte dann eine Kopfbewegung Richtung Grasel. «Der ist schnell.»

«Der Vollständigkeit halber muss ich dazu sagen, dass die Ärztin auch einen hat. Ihren persönlichen», fuhr Suchanek fort. «Also wäre die im Prinzip natürlich auch verdächtig. Aber: Es ist noch etwas passiert. Ich war unten im Keller. Und zwar im tiefen. Dort hat der Mike seinen Urin-Vorrat in einem an sich versperrten Kühlschrank. Dann hab ich einen Streit zwischen ihm und dem Apfalter Robert belauscht, leider nur bruchstückhaft; es ging aber um irgendwas, mit dem Mike aufhören soll, oder er müsse die Konsequenzen tragen. Dann sind die zwei weg, und Mike hat vergessen, den Kühlschrank zuzusperren. Also hab ich reingeschaut und da drin einen Umschlag gefunden.»

Jetzt war es nun wirklich Zeit für eine Pause zur Steigerung der Spannung. Suchanek lehnte sich zurück und machte sein schönstes Siegergesicht. Viel Routine hatte er dabei ja nicht, weil wann gewann er denn schon bei was.

«Einen Umschlag», sagte Renner.

«Ja. Und was glauben Sie, was da drin war?»

«Sie werden es uns sicher gleich sagen.»

«Geld!»

«Und was ist daran jetzt so sensationell?», fragte Grasel. «Der Typ ist ein Dealer. Das werden halt seine Einnahmen gewesen sein.»

Suchanek schüttelte den Kopf. «Er hat mir erzählt, dass er sechs- oder achthundert pro Monat macht mit seiner Pisse. Und dass er sich zumindest teilweise sein Auto drum gekauft hat. Aber in dem Kuvert war so ein dicker Packen.» Suchanek hob Daumen und Zeigefinger und ließ einen Zentimeter Abstand zwischen ihnen. «Nur Fünfhunderter! So viel kann er doch damit nie verdient haben.»

Grasel runzelte die Stirn. «Fünfhunderter? Gelten die überhaupt noch?»

«Einstweilen schon», sagte Renner. «Aber genau deshalb, weil sie gern für solche Geschäfte verwendet werden, schafft man sie ja ab.»

«Das behaupten die doch nur!», entgegnete Grasel bestimmt. «In Wirklichkeit will man uns der Möglichkeit berauben, größere Geldmengen außerhalb des Bankensystems aufzubewahren, damit es leichter wird, Negativzinsen und finanzielle Repression zum Staatsschuldenabbau durchzusetzen. Und dann müssen sie sich nur noch das Gold holen. Aber irgendwie werden sie auch das angehen.»

Suchanek war es schon gewöhnt, dass so etwas mitunter aus Grasel herauseruptierte. Wann immer es auch nur die entfernteste Möglichkeit gab, eine Verschwörungstheorie zu entwickeln, war Grasel vorne dabei. Aber Renner schien doch einigermaßen beeindruckt. Zumindest, wenn man ihn noch nicht so gut kannte.

«Und was passiert dann mit meinen Schweinebäuchen?», fragte er ernst.

«Also, alle Wertpapiere und Zertifikate und so werden dann ...»

«Grasel?», unterbrach ihn Suchanek.

«Hmm?»

«Er verarscht dich.»

Renner grinste zufrieden. Die erste Runde mit Grasel verlief bislang ganz nach seinem Geschmack.

«Also», sagte er dann, «der sympathische Herr Chefpfleger hat sehr viel Geld in seinem Kühlschrank. Sie sagen, dass eine solche Menge nicht von seinen Geschäften stammen kann, und ich bin geneigt, Ihnen das aufgrund Ihrer zweifelsfrei vorhandenen Expertise auf diesem Gebiet zu glauben. Woher kann es dann kommen?»

«Es ist ja früher das Gerücht umgegangen, er beklaue die Bewohner», sagte Suchanek. «Inzwischen hat sich zwar herausgestellt, dass es im konkreten Fall offenbar der Vilimsky war.»

«Was?», rief Renner. «Der hat die Leute bestohlen?»

«Man hat Sachen in seiner Wohnung gefunden, die ihm nicht gehörten, ja. Es sind aber andererseits noch nicht alle Diebstähle geklärt. Und ich weiß, dass der Mike an dem Morgen, an dem die Bergmann ermordet wurde, im fünften Stock gewesen ist, obwohl er es mir gegenüber geleugnet hat. Vielleicht hatte die Bergmann ihre Ersparnisse ja unter der Matratze. Soll vorkommen bei älteren Leuten.»

Renner nickte. «Ja. Ich wüsste meine Schweinebäuche auch gern unter mir und damit in Sicherheit. Sie sind halt leider nur etwas sperrig. Aber ein Raubmord? Ich weiß nicht. Vor allem die Art der Tötung von dem Vilimsky spricht gegen dieses Motiv. Ich will kein steinalter, langsam verfaulender Zyniker sein, wenn da nicht persönliche Gründe die Triebfeder waren. Und wenn sie es beim ersten Mord waren, dann mit einiger Wahrscheinlichkeit auch beim zweiten.»

«Vielleicht haben die beiden ja zusammengearbeitet. Der Mike der Dieb und der Vilimsky der Hehler oder so? Und dann haben sie gestritten?»

«Quatsch», beschied ihm Renner unmissverständlich.

«Außerdem: Warum sollte er dann das Geld im Kühlschrank aufbewahren und es nicht mit nach Hause nehmen?», wandte Grasel ein. «Der Mord an der Bergmann war doch schon vor ein paar Tagen. Wenn ich er wäre, würde ich es dort maximal zwischenlagern und dann so schnell wie möglich in Sicherheit bringen.»

Renner nickte. «Auch das ist ein stichhaltiger Einwand.»

Grasel strahlte. Renner hatte ihm recht gegeben! Es war nachgerade rührend, mit anzusehen, wie glücklich ihn das machte.

«Und weitergedacht würde das wiederum dafürsprechen, dass sich dieses Geld erst seit kurzem in seinem Besitz befindet», fuhr Renner fort. «Aber wenn er es nicht dem Mordopfer gestohlen hat, sondern jemand anderem, dann hätte dieser jemand ja wohl schon einen Alarm geschlagen, von dem einem noch im nächsten Bezirk die Ohren klingeln würden.»

Suchanek strich sich nachdenklich über den nichtvorhandenen Bart.

«Wie ich mir damals meinen Beutel vom Mike geholt habe, hat er gesagt, nur die Hausarbeiter wüssten von seinem Kühlschrank, die würden ihn aber für ein simples Bierdepot halten. Er hat ihnen auch immer wieder welches gegeben. Jetzt war aber der Robert da unten. Und der Kühlschrank war in der Zeit nicht versperrt. Bleiben zwei Möglichkeiten: Mike hat was reingegeben – oder was rausgenommen.»

«Vielleicht ist der Robert ja auch ein Kunde?», schlug Grasel vor.

«Der bräuchte doch keinen Zwischenhändler. Wenn er einen Beutel haben will, kann er ihn sich oben genauso leicht besorgen wie der Mike.»

«Dann vielleicht ein Komplize?»

«Das kann ich mir nicht vorstellen», sagte Suchanek. «Die beiden verstehen sich überhaupt nicht, das hab ich mehrmals miterlebt. Und im Keller haben sie ja auch gestritten.»

«Komplizen können auch streiten», dekretierte Grasel wissend. «Schau doch uns zwei an.»

«Nach dem ersten Mord hat der Robert den Mike einmal mit deutlichem Unterton gefragt, was er denn mitten in der Nacht im Keller gewollt hat. Ich glaube, er hatte ihn von Anfang an in Verdacht. Und die Fetzen, die ich von dem Streit mitgekriegt habe, klangen eher so, als hätte er Mike gesagt, er soll keine Leute mehr umbringen.»

«Aber wenn dieser Robert weiß – aus welchem Grund auch immer –, dass es der Mike war: Warum geht er dann nicht zur Polizei?»

Jetzt hatte Suchanek die Lösung. Es konnte eigentlich nur so sein. «Weil er ihn erpresst! Der Mike hat keinen Beutel aus dem Kühlschrank genommen, sondern etwas von dem Geld! Schweigegeld!»

Renner hatte eine Zeitlang einfach nur zugehört. Aber jetzt, wo Suchanek eine an sich total wasserdichte Lösung auf den Markt gebracht hatte, musste er sie ihm natürlich gleich wieder madig machen.

«Das bringt uns aber wiederum in der Frage, woher dieses Geld stammt, keinen Schritt weiter. Bis jetzt haben Sie sich auch nur der Möglichkeit gewidmet, dass Mike etwas aus dem Kühlschrank herausgenommen hat. Könnte es nicht auch umgekehrt gewesen sein?»

«Sie meinen, das Geld stammt von Robert?»

«Weil die Erpressung in die andere Richtung verläuft vielleicht?»

«Danach klang aber wiederum der Streit nicht.»

Und Grasel befand es für unbedingt nötig, eine weitere Möglichkeit in den Ring zu werfen. «Es könnte theoretisch ja auch sein, dass das Zufall war. Dass der Mike vielleicht gerade vorher ein paar Beutel reingetan hat, und bevor er den Kühlschrank wieder versperren konnte, ist der Robert gekommen. Und der hat mit dem Inhalt gar nichts zu tun – weder in die eine noch in die andere Richtung.»

So. Jetzt wussten sie endgültig nicht mehr weiter. Eine Zeitlang sagte niemand mehr was. Dann seufzte Suchanek: «Und was machen wir jetzt? Egal, warum dieses Geld da ist, es muss einfach irgendetwas mit den Morden zu tun haben. Ich wüsste nur nicht, wie wir herausfinden können, was. Vielleicht ist es das Beste, ich erzähle dem Inspektor, was ich weiß.»

«Bist du verrückt?», rief Grasel. «Wenn du dem Bullen von diesem Kühlschrank erzählst, braucht der nur eins und eins zusammenzuzählen, und du gehst ins Gefängnis wegen dem Betrug beim Amtsarzt.»

«Den muss er mir erst einmal beweisen.»

«Dafür wird dann der Mike schon sorgen, wenn er wegen dir in der Scheiße sitzt.»

«Aber jetzt sind schon drei Leute tot! Ich kann doch nicht warten, bis vielleicht noch mehr dazukommen!»

«Jetzt beruhigen Sie sich», sagte Renner. «Wir werden schon eine Lösung finden, bei der Sie nicht zum Handkuss kommen. Ich lasse mir da etwas einfallen, und wir reden morgen weiter. Aber jetzt sollten Sie einmal gehen und ein wenig an der Tarnung unseres neuen Ehrenamtlichen arbeiten.»

Grasel stand auf, salutierte und sagte: «Es ist mir eine Ehre, unter Ihnen zu dienen!» Renner sah ihn mit unbewegter Miene an. So ausdauernd, dass sich Grasel zu einer Klarstellung veranlasst sah. «Das war ein Witz!»

Renner blieb weiter ohne jede Regung. Und dann sagte er: «Ich weiß.»

18

Grasel war ja ein Mann mit vielen Talenten. Er führte sein Café in Wulzendorf mit gleichgültiger Grandezza, und es funktionierte. Seine Cannabis-Stauden am Misthaufen gediehen immer prächtig. Und: Er war der geborene Ehrenamtliche. Das hatte sich gleich beim Hausrundgang gezeigt, den sie nach dem Besuch beim Renner gemacht hatten. Suchanek hatte eigentlich einen Schnelldurchlauf vorgehabt, denn Grasel hatte es ohnehin nie so mit den Details. Aber daraus war nichts geworden. Nachdem da ja praktisch zwei neue Gesichter – eines ganz und eines teilweise – unterwegs gewesen waren, hatte man sie andauernd aufgehalten. Suchanek hatte nicht nur ständig medizinische Bulletins seinen Zustand betreffend absetzen, sondern vor allem auch Grasel vorstellen und feierlich dessen frischerrungene Ehrenamtlichkeit bekanntgeben müssen. Und Grasel, der alte Schwerenöter, hatte mit Komplimenten um sich geworfen, als wäre er der biblische Sämann, der sich die Aufforstung der Wüste Negev zum Ziel gesetzt hat. Die alten Vetteln waren aus dem Kichern und Jetzt-hören-Sie-aber-auf! nicht mehr herausgekommen. Grasel hatte auf diese Weise in nur zwei Stockwerken gezählte sechs Einladungen zu Schnäpsen eingesammelt, stets gefolgt von dem unauffällig eingestreuten Hinweis, man verfüge selbst eh noch über keinen ehrenamtlichen Helfer, und das wäre doch was oder etwa nicht? Suchanek hatte alle Mühe gehabt, ihn davon abzuhalten, sich sofort in irgendeiner Wohnung anzusaufen, denn so hätte das zweifellos geendet, wie er Grasel kannte.

Und mit dem Personal war es ähnlich abgelaufen. Erstaunlicherweise. Denn die Ehrenamtlichen hatten ja bei den Hauptamtlichen normalerweise keinen allzu leichten Stand. Die Profis – mit Ausnahme von Robert vielleicht – sahen die Freiwilligen nämlich nicht ganz unähnlich, wie Suchanek das auch tat. Also mit zumindest minderer Belustigung. Hatten die nichts anderes zu tun? Welche Defizite in ihren fraglos irgendwie schiefgelaufenen Leben wollten sie denn mit dieser Wichtigtuerei hier überschminken? Selbst ein Grasel in Hochform konnte zwar solche prinzipiellen Vorbehalte nicht gänzlich verschwinden lassen, aber gut angekommen war er allemal. Er hatte Huschi versichert, wie begierig er sei, von ihr zu lernen, Dr. Schneider als eine Art modernen Albert Schweitzer gefeiert und wortreich seinem Bedauern Ausdruck verliehen, dass er es selbst leider nicht dazu gebracht hatte, in ähnlich hohe Sphären des Dienstes an der Menschheit aufzusteigen, und auch die Direktorin mit einer Ode auf das wunderbare Haus, das sie da führe und das ohne ihre umsichtige Leitung ja sicher ganz anders aussehen würde, gleich auf seine Seite gezogen. Natürlich, die Sache mit diesen schrecklichen Morden sei etwas unangenehm, hatte er hinzugefügt, vermöge aber das exzellente Gesamtbild, wenn überhaupt, so allenfalls in Randbereichen leicht zu beeinträchtigen. Und bei der kleinen Imelda schließlich hatte er erst gar nicht groß outrieren müssen. Als sie holzschlapfenklappernd um die Ecke gebogen war, hatte es ihn richtig gerissen. Er war mehr als offensichtlich fasziniert von ihr gewesen, und das hatte in dem Satz gegipfelt:

«Also, wenn man von dir betreut wird – da möchte man ja direkt 100 sein und senil!»

Nun ja. Nicht, dass Suchanek prinzipiell nicht auch mitunter so ein Quatsch entschlüpfen hätte können. Das war ja einer der wesentlichsten Gründe, warum er im Zweifel immer dazu tendierte, einfach den Mund zu halten.

Ganz flächendeckend funktionierte die Charmeoffensive aber dann doch nicht, wie sich am nächsten Tag zeigte. Grasel hatte bei der Haustour am Vortag einen Shoppingausflug mit Frau Eigelreiter ausgemacht. Es sei ja nun schon Mitte Jänner, hatte sie gemeint, und beim Kollwenz, dem Modehaus ihres Vertrauens unten auf der Linzer Straße, sei bereits die Frühjahrskollektion eingetroffen. Ob der Herr Wimberger vielleicht so nett wäre, sie bei dem Spaziergang dorthin zu begleiten und vielleicht ein bisschen zu stützen, denn die Haxen, er wisse ja, wie das sei. Grasel hatte gleich zugesagt. Dann hatte aber die Nachbarin von Frau Eigelreiter, die Frau Valencic, ein ganz langes Gesicht bekommen und gesagt, sie würde dort ja auch so viel gern hingehen, aber zwei so alte Wracks könne ja selbst der so nette und hilfsbereite neue Ehrenamtliche beim besten Willen nicht gleichzeitig durch die Kälte schleppen. Und dann hatte sie Suchanek einen ausnehmend waidwunden Blick geschenkt.

Also saßen Grasel und Suchanek am nächsten Morgen in der Halle und warteten auf die beiden. Und dann kam die Rührigste unter allen Ehrenamtlichen bei der Tür herein – zumindest war sie das bis zum Vortag gewesen. Aber jetzt war ja ein neuer Sheriff in der Stadt, und Frau Weißensteiner hatte davon wohl schon läuten gehört. Schon allein das knappe «Aha», mit dem sie Suchaneks Kurzvortrag, dies sei der Herr Wimberger, und er spiele ab jetzt in ihrem Team, quittierte, klang mittelschwer säuerlich. Konkurrenz mochte zwar vielleicht in der Wirtschaft belebend sein, aber offenbar nicht unter den Engeln der Nächstenliebe. Außerdem interessierte sie Suchaneks Gesicht im Moment deutlich mehr als jenes von Grasel.

«Ihre Augen!»

«Was ist damit?»

«Na ja, sie sind blau.»

«Graugrün eigentlich.»

Sie kniff die Augenbrauen zusammen. «Ihnen ist in dieser Situation nach Scherzen zumute? Finden Sie das wirklich witzig?»

Suchanek zuckte mit den Achseln. Und Grasel sagte: «Also, ich schon.»

Und mit dieser Meldung hatte er die Gefahr, dass er irgendwann mit Nightingale auf einen Kaffee gehen und die Vielschichtigkeit ehrenamtlicher Arbeit erörtern musste, endgültig gegen null reduziert. Florence warf ihm einen vernichtenden Blick zu, beschloss aber offenbar, sich nicht länger mit diesem seltsamen Vogel abzugeben, der mit fast vierzig immer noch seinen Matura-Anzug trug – den hatte sich Grasel nämlich auch heute von Suchanek nicht ausreden lassen, denn er fand, wenigstens einer von ihnen beiden sollte einen seriösen Eindruck machen.

«Ich habe gehört, dass Sie da diesen Kampf hatten», sagte Frau Weißensteiner zu Suchanek. «Da haben Sie sich ja ordentlich in die Nesseln gesetzt. Ich kenne den Stefan. Der war das sicher nicht.»

«Mag sein», antwortete Suchanek. «Aber ... woher kennen Sie ihn denn?»

«Na, ich war ja drei Jahre lang die ehrenamtliche Betreuerin von der Frau Bergmann.»

Das wurde jetzt aber doch interessant. Suchanek änderte die Einstellung seines Tons ruckzuck von schnoddrig auf verbindlich.

«Oh, tatsächlich? Ich habe sie ja auch ein bisschen kennengelernt in meiner kurzen Zeit hier. Sie war sehr nett.»

Weißensteiners Augen füllten sich mit Tränen. «Ja, das war sie wirklich. Darum kann ich mir auch überhaupt nicht vorstellen, wer ...» Sie brach ab.

Grasel versuchte jetzt tatsächlich, Boden gutzumachen: «Schrecklich! Was ist das nur für eine Welt?»

Florence ignorierte ihn. Jetzt aber wohl auch, weil sie darum rang, die Fassung wiederzuerlangen. «Ich weiß nicht, wie ich damit fertig werden soll», sagte sie. «Darum trage ich mich auch mit dem Gedanken, meine Tätigkeit hier zu beenden.»

«Aber nein!», sülzte Suchanek. «Was soll denn hier werden ohne Sie?»

«Zumindest mache ich erst einmal eine längere Pause. Und das werde ich jetzt auch der Frau Direktor mitteilen. Wenn Sie mich entschuldigen, ich bin schon spät dran.»

Suchanek sah ihr nachdenklich nach. Grasel hingegen hatte seinen Denkprozess schneller abgeschlossen und stieß ihm mit dem Ellenbogen in die Rippen.

«Das stinkt doch zum Himmel», raunte er.

«Was meinst du?»

«Na ja, die Oma fliegt vom Balkon, und ein paar Tage später vertschüsst sich ihre Betreuerin auf wahrscheinlich Nimmerwiedersehen? Klingt für mich nach: Mission accomplished – and now for something completely different.»

«Ach komm. Du hast sie doch gesehen. Die hat doch wirklich fertig gewirkt.»

«Fällst du immer so leicht auf die Tränendrüsennummer rein? Na, umso besser, dass ich jetzt da bin. Drei Jahre war die bei der Bergmann? Ich fresse einen Besen, wenn die keinen Schlüssel zu ihrer Wohnung hatte.»

Tja. Das konnte natürlich sein. Langsam hatten sie ja mehr Verdächtige als Austria Wien Fans.

—

Die beiden alten Damen hatten sich feingemacht, sogar die guten Pelzhüte hatten sie ausgepackt, und nicht die aus schnöder Kunstfaser. Grasel bot seiner Dulcinea den Arm, also musste das Suchanek wohl oder übel auch tun. Der Weg zum Haute-Couture-Haus war nicht allzu weit, aber Suchanek hatte mit dem Pendelgang seines Transportgutes ordentlich zu kämpfen. Entweder Frau Valencic rempelte ihn an wie ein zum Ballgewinn wild entschlossener Rugbyspieler, oder sie zog ihn so weit auf ihre Seite, dass er fürchtete, selbst das Gleichgewicht zu verlieren. Erst als er sich entschloss, so harmonisch wie möglich mitzupendeln, ging es etwas besser. Gut, dass er keine Freunde hatte, außer dem, der vor ihm ging und sich prächtig mit Frau Eigelreiter unterhielt. Somit fiel wenigstens die Gefahr weg, dass ihn einer von denen zufällig sah.

Zum Ausgleich dafür schien aber dann wenigstens die Verkäuferin beim Kollwenz zu glauben, Grasel und er seien so etwas wie kenianische Beachboys, nur ohne Farbe, Muskeln und Meer. Das Geschäft lag nicht zufällig in der Nähe des Heims, es war auf Kleidung für alte Frauen spezialisiert. Als sie nun, immer noch mit den Alten am Arm, bei der Tür hereinkamen, begrüßte die Verkäuferin ihre beiden Stammkundinnen überschwänglich und sagte dann: «Das ist aber nett, dass Ihre Enkel mit Ihnen einkaufen gehen!»

Und Frau Eigelreiter antwortete fröhlich: «Oh, das sind nicht unsere Enkel. Genau genommen kennen wir uns erst seit gestern.»

Viel schneller konnte man keinen falschen Eindruck hinterlassen, selbst, wenn man darin Übung hatte.

Die beiden Gigolos taten dann, was alle Männer tun, die von ihren Schnallen zum Shoppen mitgeschleppt werden. Sie standen gelangweilt in der Gegend herum und bejubelten frenetisch jeden noch so grässlichen Fetzen, mit dem die Holde aus der Umkleidekabine kam. Also, zumindest einer von ihnen. Da die Damen aber für den Wechsel von einer Bluse zur nächsten in etwa eine Fußballhalbzeit benötigten, zog sich die Chose dann doch ein wenig.

«Mir ist übrigens noch eine Möglichkeit eingefallen,

woher der Mike das Geld haben könnte», sagte Grasel während einer Umbaupause.

«Und zwar?»

«Es war vielleicht sein Honorar. Wenn ihn nämlich jemand für die Morde bezahlt hat.»

«Ein Auftragskiller? Na toll. Jetzt fühle ich mich ja gleich noch viel besser.»

«Beauftragt von einem von den Alten. Von einem, der das selber nicht mehr hinkriegt. Und das Geld eh nicht mehr braucht.»

«Gerade hast du noch die Weißensteiner zu einer ganz heißen Verdächtigen erklärt.»

«Man darf keinerlei Eventualität außer Acht lassen», dozierte Grasel.

«Lernt man das auf der Krimineser-Uni, die du ja bekanntlich in Rekordzeit abgeschlossen hast?» ätzte Suchanek zurück. Aber Grasel konnte darauf nicht gleich antworten, denn jetzt bekam er wieder was zu tun.

«Super, Frau Eigelreiter! Die steht Ihnen wirklich hervorragend. Dieses Muster macht Sie um 20, ach, was sag ich, um 30 Jahre jünger! Die würde ich unbedingt nehmen!»

Frau Eigelreiter war ziemlich sicher schon vor 60 Jahren hässlich gewesen. Eine derartige Hakennase war keine Alterserscheinung. Und die kleinen Schweinsäuglein dazu auch nicht wirklich. Möglicherweise war sie damals nicht so fett gewesen, aber auch das ließ sich nicht sicher sagen. Die Bluse, die sie jetzt trug, war ein psychedelischer Rausch in Rosa, Orange und Türkis. Ob der Designer sein LSD wohl von der Steuer absetzen konnte?

«Finden Sie wirklich?», flötete die Mumie zurück.

«Würde ich es sonst sagen?»

Die Verkäuferin, die schon mehrmals heimlich auf die Uhr geschaut hatte, bestätigte Grasels Expertise, und die Alte verschwand glückselig wieder in der Kabine.

«Wie tun wir denn da jetzt weiter?», fragte Grasel dann. «Mit dem Mike, meine ich.»

Genau darüber hatte Suchanek ungefähr die halbe Nacht nachgedacht. Aber erst seit sie hier standen, mit Blick auf einen Vorhang, der sich immer wieder leicht ausbeulte und sohin eine Ahnung von dem Grauen vermittelte, das sich hinter ihm zutrug, war ihm eine Lösung eingefallen.

«Was würdest du davon halten, wenn ich der Polizei einen anonymen Hinweis gebe?»

Grasel schüttelte energisch den Kopf. «Das ändert doch auch nichts. Der Mike hat dich im Keller getroffen. Und da unten ist doch sonst praktisch niemand. Also kann er sich an einem Finger abzählen, wer sein Geld gesehen hat. Und dann verpfeift er dich auch.»

«Das stimmt einerseits. Aber würde er da nicht zuerst eher an jemand anderen denken? Den Robert nämlich? Immerhin hat ihm der gedroht.»

Grasel legte den Kopf schief. «Na ja. Stimmt eigentlich.»

«Und wenn der Mike dann aus Rache seinerseits den Robert verpfeift – sofern der auch irgendwie Dreck am Stecken hat, was wir im Moment nicht wissen –, dann hätten wir sogar zwei Fliegen mit einer Klappe!»

«Und wie würdest du das machen wollen?»

«Was weiß ich. Ein Mail schicken vielleicht. Aus einem Internet-Café, damit sie es nicht zu mir zurückverfolgen können. Brief ginge auch, dauert aber länger. So irgendwas.

Aber vorher möchte ich das noch mit dem Renner besprechen. Schauen wir einmal, was der davon hält.»

Es dauerte nur zwei Stunden, bis Eigelreiter und Valencic fertig waren. Die eine kaufte am Ende zwei Blusen, die andere einen Rock. Eigentlich ein Wunder, dass diese reiche Ernte nicht mehr Zeit in Anspruch genommen hatte. Und auch das Zurückpendeln ins Heim war schon in einer halben Stunde erledigt. Die beiden Kavaliere brachten die Damen noch bis zum Lift, nicht nur aus reiner Höflichkeit, nein, eigentlich überhaupt nicht aus Höflichkeit, denn der Lift war ja neben dem Eingang zur Pflegestation, und sie hatten eigentlich gehofft, dann gleich zum Renner hineinschlüpfen zu können, bevor sie jemand sah, der ihnen sofort den nächsten Job umhängen konnte. Also eh nur Suchanek, Grasel war ja als Ehrenamtlicher nicht in die Befehlskette eingebunden. Aber daraus wurde nichts, denn vor dem Büro der Hausbetreuung standen Robert und Ewald, der Teddybär. Beide mit Leichenbittermienen.

«Oje», sagte Suchanek. «Ist schon wieder was passiert?»

«Ja», antwortete der Dutt betrübt. «Wir haben eine Ehrenamtliche verloren.»

«Was? Wen? Wie?»

«Die Weißensteiner», sagte Ewald. «Sie will nicht mehr. Die Direktorin hat mich extra noch herbeordert, damit ich sie umstimme. Aber keine Chance.»

Ach so, das. Das hätte Suchanek eigentlich wissen können. Er hatte im ersten Moment eher an einen wesentlich endgültigeren Verlust gedacht. War ja kein Wunder, bei der Rate an unnatürlichen Todesfällen in diesem Haus.

«Aber schau», sagte Robert zu Ewald, und ein Lächeln

zierte jetzt sein gerade noch so trauriges Gesicht, «wie es halt oft so ist im Leben: Eine Türe geht zu und eine andere auf!»

Man musste sich um ihn wirklich keine Sorgen machen. Wenn er diesen Job hier einmal verlieren sollte, konnte er immer noch eine Karriere als Kalenderspruchdichter einschlagen.

«Ich glaube, ihr kennt euch noch nicht: Das ist der Alex Wimberger, unser neuer Ehrenamtlicher.»

«Wirklich? Wir bekommen Zuwachs?», freute sich Ewald. «Das ist ja großartig!» Er schüttelte Grasels Hand so energisch und ausdauernd, dass kurz befürchtet werden musste, er wolle sie behalten. «Ich bin der Ewald. Willkommen im Team!»

«Vielen Dank», sagte Grasel artig. «Ich freue mich total, dass ich mitmachen darf.»

«Was heißt hier dürfen? Wir sind so froh über jeden, der ein großes Herz beweist!» Ewald verzog das Gesicht. «Vor allem jetzt. Die Situation ist ja im Moment alles andere als erfreulich.»

«Ach, das macht mir nichts aus. Ich bin nicht sehr schreckhaft.»

Bei allem anderen, das Grasel hier so absonderte, musste Suchanek ja immer ganz fest darauf achten, dass ihm nicht das Gesicht entgleiste. Aber das stimmte jetzt ausnahmsweise wirklich einmal.

«Ich mach euch einen Vorschlag», sagte Robert und sah dabei wieder sehr glücklich aus. «Wir gehen jetzt alle zusammen Mittag essen und quatschen ein bisschen. Ich hab dich ja auch noch nicht so richtig kennengelernt, Alex. Und der Ewald, der kann dir ja überhaupt am meisten erzählen über das Dasein als Ehrenamtlicher. Na?»

Er griente wie einer dieser schwachsinnigen Lottogewinner in DER Zeitung, denen man auf den ersten Blick ansah, dass sie ihren Gewinn in spätestens einem Jahr verbraten haben und sich dann wieder um die Stütze anstellen würden.

«Ja, gern!», sagte Grasel. Hoffentlich kam der irgendwann wieder von seinem Schleimertrip runter. Das war ja nicht auszuhalten. Außerdem wollte Suchanek doch eigentlich zum Renner, um dessen Meinung zur Idee mit dem anonymen Hinweis einzuholen.

«Ich wollte vorher noch ...», begann er.

«Was auch immer: Geht nachher auch noch», beschied ihm Robert fröhlich. Der hatte ja die Weißensteiner vielleicht schnell vergessen. Männer.

«Na gut», ergab sich Suchanek seinem Schicksal. War nicht die erste Stunde Blödsinn, die er sich hier anhörte. Und würde wohl auch kaum die letzte sein.

Allein, es wurde ohnehin nicht daraus. Sie konnten Ivo schon von Weitem kommen sehen, weil er die zum Mittagessen strömenden Massen nicht nur um einen Kopf überragte, sondern sich auch noch, obwohl die Alten natürlich, keine die Dessertwahl irgendwie beeinträchtigende Verzögerung dulden wollten, wesentlich schneller bewegte. Er lief, wobei laufen eigentlich eine schwere Untertreibung war. Beinahe hätte er eine Frau mit Rollator gerammt, denn er rannte, als würde er von einem Wolfsrudel gehetzt. Allerdings wäre einer wie er ja vor dem nicht davongelaufen, sondern hätte sich in aller Ruhe das Alphatier geschnappt, es in zwei Hälften geteilt und dann gefragt, ob Beta jetzt wirklich noch Lust auf eine weitere Vertiefung ihrer Beziehung habe. Ivo machte allerdings ein Gesicht, das jeder andere angesichts eines Wolfsrudels auf seinen Fersen gemacht hätte. Entsetzen, Grauen, nackte Panik.

«Was ist denn los, Ivo?», rief ihm Robert zu.

«Kommen schnell!», schrie der Riese gellend zurück. «Große Problem!»

Und damit hatte er fraglos nicht übertrieben. Weil: wirklich große Problem. Ganz, ganz große.

19

Sie hatten Mühe, mit den raumgreifenden Schritten des großen Mannes mitzukommen. Grasel, Robert und Suchanek schafften es einigermaßen, Ewald mit seiner Wohlstandsfigur folgte in immer größer werdendem Abstand. Ivo lief in den Keller. Und dann gleich weiter in den zweiten. Suchanek bekam eine dumpfe Ahnung, wohin er sie führen würde. Sie trog ihn nicht. Ivo blieb vor einer offenen Tür stehen und zeigte zitternd hinein.

«Geh ich nicht rein da», sagte er.

Auch Robert stand da und rührte sich nicht. Also lag es wohl an Batman und Robin, wobei noch die Frage zu klären gewesen wäre, wer der mit den tuntigen Hot Pants sein musste. Der Tisch in der Mitte des Raumes, den Suchanek nur vollgeräumt kannte, war beherzt von all den ausrangierten Geräten befreit worden, sie türmten sich wild durcheinander auf dem Boden. Und auf dem Tisch lag jetzt ein Mann. Seine Hände und Füße waren mit Kabelbindern an den Tischbeinen festgezurrt. Über dem Gesicht lag ein weißes Tuch, das mit Schnüren um den Kopf gebunden war. Suchanek ging langsam näher und sah, dass das Tuch nass war. Rund um den Kopf war die Tischplatte feucht.

«Alter, was ist *das* denn für eine kranke Scheiße?», flüsterte Grasel.

Suchanek hatte so eine ähnliche Szenerie schon einmal gesehen. Auf YouTube.

«Waterboarding», sagte er. Die Foltermethode, bei der das Opfer das Gefühl hatte, es würde ertrinken. Normalerweise starb es daran nicht, es drehte bloß durch vor Todesangst. Wenn man es denn richtig machte. Hier hatte der Folterknecht aber wohl ohnehin einen anderen Ausgang im Sinn gehabt.

Suchanek trat langsam näher. Das war gar kein Tuch. Sondern eine Windel. Und das war auch kein Wasser. Farbe und Geruch sprachen eindeutig dagegen, ebenso die aufgeschnittenen durchsichtigen Plastikbeutel, die am Boden lagen. Suchanek nahm allen Mut zusammen, den er aufbieten konnte, und griff nach dem Handgelenk des Mannes. Obwohl er im Finden des Pulsschlages nicht sonderlich geübt war, wusste er sofort, dass hier alles zu spät war. Der Arm war steif, die Leichenstarre hatte also bereits eingesetzt. Suchanek wusste zwar nicht, wie lange das genau dauerte, aber ein paar Stunden jedenfalls. Also musste der Mann hier schon irgendwann in der Nacht gestorben sein. Und obwohl sein Gesicht verdeckt war, hatte Suchanek auf den ersten Blick gewusst, wer das war. Pflegerkleidung, diese komischen Gesundheitsschuhe. Außerdem war die Windel ein wenig verrutscht und gab den Blick auf das Ohr des Toten frei, in dem ein schwarzer Plastikring für ein beachtlich großes Loch sorgte.

Mike war vielleicht der Erste gewesen, der für die Pisse, die hier im Haus anfiel, eine praktische Verwendung gefunden hatte. Aber jetzt, wo er so dalag, mit einer satt getränkten Erwachsenenwindel auf seinem Gesicht, erstickt oder sogar ertrunken, kam man nicht umhin zu konstatieren: Er war nicht der Letzte.

Und nach allem, was Suchanek hier gestern mit angehört hatte, stand derjenige, der diese zweite gute Idee gehabt hatte, möglicherweise gerade hinter ihm. Suchanek drehte sich um und blickte Robert scharf an. Der versteckte sich immer noch hinter Ivo und lugte nur mit schiefgelegtem Kopf ein wenig an ihm vorbei. Sichtlich fassungslos und entsetzt. Wobei, was hatte Suchanek denn auch erwartet? Dass Robert jauchzend von einem zum anderen ging und mit hochgereckter Hand ein High Five für seine gelungene Komposition einforderte? Man musste nicht unbedingt auf dem Reinhardt-Seminar gewesen sein, um sich das zu verkneifen und den traurigen Dutt zu geben.

«Was ist?», fragte Robert, weil Suchanek nicht aufhören wollte, ihn anzustarren.

«Jemand sollte auch die Polizei verständigen.»

Robert nickte. «Hier unten funktionieren keine Handys. Ich geh rauf.»

«Ich komme mit», sagte Ewald, der gerade erst schnaufend zu ihnen gestoßen war. «Das ist so grauslich, das muss ich mir nicht noch länger anschauen.»

Grasel hatte Mike ja noch nie gesehen und fragte: «Wer ist das überhaupt?»

«Der Mike.»

«Was? Unser Hauptverdächtiger?», entfuhr es Grasel. Suchanek legte rasch den Finger auf die Lippen. Ivo stand immer noch hinter ihnen. Sein Deutsch war zwar jetzt nicht gerade brillant, aber das durfte selbst er verstehen. Aber nicht nur deshalb wollte Suchanek auch den Riesen loswerden. Denn der Kühlschrank, aus dem ja die Mordwaffe stammte, stand offen. Und Suchanek musste unbedingt etwas überprüfen, bevor die Polizei kam. Klarerweise ohne Zeugen.

«Ivo? Stellst du dich bitte zur Stiege und passt auf, dass da niemand runterrennt, der nicht hierhergehört?»

Ivo war sichtlich froh, von dem Arrangement auf dem Tisch schnell wegzukommen. «Ja, Chef. Geh ich.»

Sobald Grasel und er allein waren, lief Suchanek schnell zum Kühlschrank. Das Gefrierfach war zu. Er nahm den Saum seines T-Shirts zwischen die Finger, um keine Fingerabdrücke zu hinterlassen – wobei, genau genommen hatte er das ja schon einmal, also musste er dann sicherheitshalber auch noch putzen – und öffnete es. Es war leer.

«So ein Mist.»

«Da war das Geld drin?»

«Ja. Und nachdem der Mike gestern einen 24er gehabt hat, also rund um die Uhr im Haus war, kann er es nicht selber irgendwo anders hingebracht haben. Das heißt: Jetzt hat es der Mörder.»

«Es heißt noch was», antwortete Grasel. «Nämlich, dass der Mörder von diesem Geld gewusst haben muss. Er wusste wahrscheinlich nur nicht, wo es ist.»

Suchanek nickte. «Und darum hat er ihn gefoltert. Aber

es hat dem Mike nichts genützt, dass er ihm das Versteck verraten hat.»

«Aber woher wusste er überhaupt davon?»

«Mike muss es ihm erzählt haben. Das würde aber bedeuten, er hätte ihm vertraut. Damit fiele der Robert aus, außer die haben beide super Theater gespielt.»

«Die Variante mit dem Komplizen ginge genauso. Aber auch da fällt Robert aus.»

«Und die dritte Möglichkeit, die mir einfällt: Das Geld gehörte in Wirklichkeit dem Mörder, warum auch immer. Und er wollte es sich zurückholen.»

Suchanek setzte sich auf einen ausrangierten Heizkörper und legte das Gesicht in die Hände. Hätte er Prskawetz gestern doch bloß von dem Geld und dem Streit erzählt! Dann würde Mike noch leben. Und sei es nur deshalb, weil er am Kommissariat bei einem zwölfstündigen Verhör seine Sünden abgebüßt hätte. Jedenfalls wäre er nicht im Nachtdienst gewesen und hätte keiner vollgepissten Windel zum Opfer fallen können. Also kam jetzt auf Suchaneks Konto neben der Sache mit dem Amtsarzt auch noch Behinderung der Ermittlungen oder wie das hieß dazu. Aber konnte er jetzt noch schweigen?

«Was soll ich bloß machen? Wenn ich dem Inspektor jetzt von dem Geld erzähle, bin ich erst recht dran.»

Jetzt war der Suchanek, wie in so vielen Bereichen des Lebens, auch in Sachen Timing kein Weltmeister. Weiche Eier zu kochen musste er gar nicht erst versuchen. Als Chorsänger wäre er ein ausgesprochener Individualist gewesen, den anderen immer einen Schritt voraus oder sie aus sicherer Entfernung von hinten beobachtend. Und natürlich wusste er nie so recht, wann es denn gut gewesen wäre, etwas Bestimmtes zu sagen, zum Beispiel «Ich liebe dich» (wobei er da jetzt ganz scharf nachdenken hätte müssen, ob er das überhaupt schon einmal zu jemandem gesagt hatte, wenn man jetzt einmal von Don Alfredos Pizza Capricciosa nach sechs Joints absah), oder aber auch «Nein!», wenn ihn die Direktorin eines Altersheimes fragte, ob er zufällig tanzen könne. Aber jetzt war sein Timing gar nicht so übel gewesen. Denn keine 30 Sekunden, nachdem er das gesagt hatte, stand Prskawetz in der Tür, flankiert von zwei Uniformierten. Suchanek sah ihn mit einer Mischung aus Staunen und Erleichterung an.

«Sie waren aber schnell.»

«Zufall. Ich war sowieso gerade hierher unterwegs. Was ist hier passiert?»

Suchanek wies auf Mike. «Das sehen Sie ja.»

«Was für eine Sauerei.» Der Inspektor ging zu der Leiche und tastete wie zuvor Suchanek nach dem Puls.

«Das habe ich schon überprüft», sagte Suchanek. «Er ist tot.»

«Wer ist das?»

«Mike Brunner. Der Pfleger.»

«Der Mann, der den ersten Toten gefunden hat? Holy Shit.» Prskawetz beugte sich herunter und schnüffelte an der Windel. «Ist das ... Urin?»

Suchanek nickte.

«Das ist ja unfassbar widerlich. Wer hat die Leiche gefunden? Sie beide?»

«Nein», sagte Grasel. «Der Ivo. Dieser große bärtige Mann, der vorne bei der Stiege steht.»

«Aha. Und wer sind Sie, wenn ich fragen darf?»

«Alex Wimberger. Ich bin ehrenamtlicher Helfer hier im Haus.»

«Verstehe. Dürfte ich Sie bitten, uns allein zu lassen? Ich habe mit dem Herrn Suchanek etwas zu bereden.»

Der Blick, den Grasel Suchanek zuwarf, war hart an der Auffälligkeitsgrenze. «Ja, natürlich.»

«Laufen Sie aber nicht weg, halten Sie sich irgendwo oben bereit. Für den Fall, dass ich nachher noch Fragen habe.»

Nachdem Grasel gegangen war, machte der Inspektor schweigend eine Runde durch den Raum und blieb dann vor dem offenen Kühlschrank stehen. «Haben Sie den aufgemacht?»

«Nein, der war schon so. Mittlerweile weiß ich, dass man an Tatorten nichts angreift», antwortete Suchanek.

Der Inspektor ging in die Hocke und schaute in den Kühlschrank. Der Mörder hatte die Hälfte der Bierflaschen herausgeräumt und nicht alle der Urinbeutel verbraucht, einige hingen noch an der Rückwand. Prskawetz starrte zuerst sie an und dann die leeren, zerschnittenen auf dem Boden. «Wer bunkert hier volle Urinbeutel? Und wozu?»

Suchanek biss sich auf die Lippen und zog es vor, nicht darauf zu antworten. Stattdessen fragte er: «Was wollten Sie denn mit mir bereden?»

Prskawetz drehte sich um und fixierte ihn. «Wir haben da ein Problem.»

In der Formulierung lag noch eine Restchance begraben, dass Prskawetz tatsächlich «wir» meinte. Und nicht «Sie».

«Kann es sein, dass Sie mir etwas verschwiegen haben?» Und weg war sie, die Restchance. Also gut. Oder vielmehr:

gar nicht gut. Das mit dem Geld konnte er nicht wissen. Aber was meinte er dann?

«Ich wüsste jetzt nicht, was.»

«Denken Sie noch einmal scharf nach.»

«Das wird nichts nützen. Ich weiß nicht, wovon Sie reden.»

Der Inspektor kam ganz nahe an Suchanek heran. Das sollte wohl bedrohlich wirken. Suchanek musste einräumen: Die Übung gelang. Und dann fragte Prskawetz gedehnt: «Wo waren Sie in der Nacht des ersten Mordes?»

Suchanek erlitt einen virtuellen Herzstillstand, der sich redlich mühte, ein realer zu werden. Das wusste Prskawetz also. Aber woher bloß? Oder war das ein Schuss ins Blaue? Er entschied sich weiterzumauern.

«Zu Hause.»

Jetzt wurde der Inspektor laut. Richtig laut. «Ist Ihnen eigentlich klar, was Sie da gerade machen?», schrie er. «Sie reiten sich immer tiefer rein. Ich warne Sie: Wenn Sie mich weiter anlügen, dann kann Ihnen auch Oberst Wimmer nicht mehr helfen.»

Suchanek schaute auf seine Schuhe. Dann murmelte er: «Offensichtlich wissen Sie ja eh, wo ich war.»

«Ich denke schon. Aber mich würde brennend interessieren, warum Sie mir das nicht erzählt haben.»

«Also gut: Ich war hier. Aber ich habe eine Erklärung dafür.»

«Das wäre auch besser so. Und beten Sie, dass die mich überzeugt.»

«Ich habe mich mit ihm getroffen.» Suchanek wies auf Mikes Leiche.

«Sieh an», sagte der Inspektor süffisant. «Und jetzt ist er tot. So ein Zufall.»

«Ich war das nicht! Der ist doch schon seit Stunden tot. Und ich habe jemanden, der bezeugen kann, dass ich in der Nacht zu Hause war.»

«Eins nach dem anderen. Reden wir einmal von der anderen Nacht. Warum haben Sie sich da mit dem Brunner getroffen?»

Suchanek wies auf die zerschnittenen Beutel. «Darum.»

Prskawetz runzelte die Stirn. «Muss ich das verstehen?»

Suchanek seufzte. «Er hat mir saubere Pisse verkauft. Für den Amtsarzt.»

«Für den ... Das darf doch alles nicht wahr sein! Sie haben dort fremden Urin abgegeben?»

«Es war seine Idee!», sagte Suchanek trotzig. Als ob das die Sache besser gemacht hätte. «Und ich konnte ja nicht wissen, dass ausgerechnet in der Nacht ein Mord passiert.»

Der Inspektor legte den Kopf nach hinten und schaute an die Decke. «Heißt das also, Sie waren vorher schon einmal hier in diesem Raum? Und wussten von dem Kühlschrank mit ... der Mordwaffe?»

Jetzt wurde es kompliziert. Suchanek wusste ja immer noch nicht, woher der Polizist die Information hatte, dass er überhaupt hier gewesen war. Hier drin im Keller konnte ihn eigentlich keiner gesehen haben. Außer vielleicht der Mörder, wenn er sich irgendwo versteckt gehabt hatte. Aber der würde damit ja wohl kaum zur Polizei rennen. Am ehesten hatte ihn draußen jemand gesehen, und es war ihm erst später wieder eingefallen. Also: Nur zugeben, was du unbedingt musst, Suchanek!

«Nein. Wir haben uns beim Rettungseingang getroffen, er hat mir einen Beutel gegeben und ich bin wieder gegangen. Das war alles.»

«Und Sie haben auch keine Beobachtungen gemacht, die den Mord an dem Vilimsky betreffen?»

«Nein. Gar nichts.»

«Hatten Sie denn die Augen zu, als Sie ihn in die Waschmaschine gestopft haben?»

«Jetzt kommen Sie schon! Sie werden mich doch nicht ernsthaft verdächtigen! Das war mein dritter Tag hier, und ich hab nicht ein Wort mit dem Vilimsky gewechselt. Warum sollte ich ihn umbringen? Außerdem: Sie haben selbst gesagt, die Wahrscheinlichkeit, dass wir es hier mit mehr als einem Mörder zu tun haben, geht gegen null. Und ich hab für den zweiten Mord ja wohl ein völlig wasserdichtes Alibi. Und für den hier auch.»

«Ach so? Welches?»

«Der Alex, der vorher hier war. Der hat bei mir übernachtet.»

«Warum? Hat der keine eigene Wohnung?»

«Nicht in Wien.»

«Und warum arbeitet er dann ausgerechnet hier freiwillig? Ist das nicht ziemlich umständlich?»

Schon wieder so eine berechtigte Frage. Und wenn der Inspektor beim Abklopfen des Alibis den Grasel ein wenig durchleuchtete, würde er ohnehin dahinterkommen, dass sie sich aus Wulzendorf kannten. Oder noch einfacher: Der Wimmer würde es ihm sagen. Mit einem abgrundtiefen Gedenkseufzer für alles, was er mit dem Grasel schon mitgemacht hatte. Also wieder: Wahrheit.

«Er ist wegen mir hier. Er war auch in Wulzendorf und in Feuchtkirchen dabei, als ich die Morde aufgeklärt habe. Ich hab ihn aber nicht gerufen, nicht dass Sie das glauben! Er spielt nur gerne Detektiv.»

«Das heißt, Sie dilettieren da schon wieder herum? Sind Sie vom Gerüst gestürzt? Sehen Sie denn nicht, dass wir es hier mit einem gefährlichen Irren zu tun haben?»

Das klang jetzt zumindest so, als würde ihm Prskawetz glauben. Es ging aufwärts. Sollte er jetzt auch noch vom Renner erzählen? Ach was.

«Die Geschichte mit dem Freund meiner Ex war nicht gerade ein Ruhmesblatt. Und da habe ich mir gedacht ...»

«Nein! Gedacht haben Sie sich gar nichts. Und Ihr lustiger Freund auch nicht.»

So. Jetzt war der Moment gekommen, um vielleicht wieder ein wenig Boden gutzumachen. «Aber ich habe da vielleicht etwas für Sie. Diesen Mord hier betreffend.»

«Was?»

«Ich bin gestern Nachmittag auf der Suche nach meinem Chef, dem Robert Apfalter, hier herunter gegangen. Und dabei habe ich durch die geschlossene Tür einen Streit zwischen ihm und dem Mike belauscht.»

«Und worum ging es da?»

«Das kann ich nicht mit Sicherheit sagen, ich habe nur Bruchstücke verstanden. Robert hat verlangt, dass Mike mit irgendwas aufhören soll. Andernfalls müsse er die Konsequenzen tragen.»

«Das hat er genau so gesagt?»

«Ja. Diesen Teil habe ich verstanden.»

Der Inspektor verschränkte die Arme auf dem Rücken und

fing an, neben Mike auf und ab zu gehen. Das sah durchaus ein wenig lächerlich aus, denn viel Platz war da nicht. Nach jeweils drei Schritten musste er schon wieder umdrehen.

«Was können Sie mir über diesen Apfalter noch sagen?»

«Er wirkt eigentlich eher wie der typische Gutmensch. Ziemlich engagiert. Mag keine Witze auf Kosten der Bewohner und auch nicht, wenn man sie anlügt. Aber dass er mit dem Mike nicht auskommt, ließ sich schon vor diesem Streit nicht übersehen.»

In der Zwischenzeit war noch mehr Polizei eingetroffen. Draußen am Gang stiegen die Spurensicherer schon in ihre weißen Overalls.

«Also gut», sagte Prskawetz. «Ich schau mir den Kerl einmal an. Sie können vorderhand gehen. Aber bleiben Sie in der Nähe.»

«In Ordnung.» Suchanek wandte sich zum Gehen, blieb aber dann noch einmal stehen.

«Wegen der Sache mit dem Amtsarzt ... Wenn Sie mir daraus eine Schlinge knüpfen wollen, dann werde ich wohl ins Gefängnis gehen.» Er machte eine Pause. «Wobei ich stark hoffe, dass Sie das nicht tun.»

«Warum sollte ich nicht? Sie haben mich angelogen.»

«Versetzen Sie sich einmal in meine Lage. Und denken Sie an unsere erste Begegnung, bevor sie mit dem Wimmer über mich gesprochen haben. Was hätten Sie an meiner Stelle getan? Außerdem habe ich in der Nacht weder etwas gesehen noch gehört, was irgendwie zur Aufklärung des Falles beitragen hätte können.»

«Ich werde darüber nachdenken. Aber jetzt habe ich andere Sorgen.»

«Gut. Danke.» Suchanek zögerte.

«Ist noch etwas?»

«Wie sind Sie denn dahintergekommen, dass ich in der ersten Mordnacht hier war?»

«Praktischerweise ist ein Handymast am Dach. Und der verrät uns, welches Handy sich wann bei ihm eingeklinkt hat.»

Wenn das mal der Grasel hörte.

20

Da konnte man sagen, was man wollte: Natürlich machte es einen Unterschied. Klar war das Personal auch schon von den bisherigen Morden geschockt gewesen. Wäre ja auch ein Wunder gewesen, wenn nicht, egal, was man Pflegepersonal mitunter an Gefühlskälte oder sogar Grausamkeit nachsagte, vor allem, wenn wieder einmal irgendein Skandal aus einem Heim bekanntwurde. Trotzdem war es ein bisschen so wie bei einem Terroranschlag in Paris und einem in Bagdad. Die Alten waren Bagdad. Schlimm, was dort passierte, keine Frage, aber im Endeffekt: doch nicht so nah dran. Nur hatte es jetzt einen Pariser erwischt. Und wie auch noch. Da spielte es keine Rolle, dass der Mike einen Beliebtheitswettbewerb in der Kollegenschaft zu Lebzeiten nicht unbedingt haushoch gewonnen hätte. Huschi, die Suchanek nie auch nur ein Wort mit Mike wechseln hatte sehen, presste den Kopf auf die Knie und schluchzte ohne Ende. Hanni saß stumm und mit dem Blick irgendein fernes Nichts fixierend da und hatte dabei eine gewisse Ähnlichkeit mit Heath Ledger als Joker, so grotesk verschmiert war ihre Wimperntusche vom Weinen. Sogar Dr. Schneider sah leicht derangiert aus, von ihrer sonst immer wie aus einem Granitblock gemeißelt wirkenden Hochsteckfrisur hatten sich gleich zwei Strähnen gelöst. Die Ärztin schien jetzt allerdings nicht unbedingt traurig oder schockiert, sondern eher so, als sei sie gerade bei einem Quickie im Abstellkammerl erwischt worden und noch nicht dazugekommen, alles wieder in Ordnung zu bringen.

Suchanek hatte sich, nachdem er aus dem Keller in die Pflegestation gekommen war, extra nicht zu Grasel gesetzt, weil man bei dem nie wusste, ob er seine Neugier und damit einhergehend seine Zunge im Zaum halten konnte. Der neue Ehrenamtliche hatte sich des alten angenommen und versicherte dem in sich zusammengesackten Ewald, der ab und zu etwas Unverständliches wimmerte, dass es ihm ganz genauso gehe und er die Welt auch nicht mehr verstehe. Natürlich hätte Grasel viel mehr interessiert, was mit dem Inspektor gelaufen war. Andererseits saß an seiner anderen Seite Imelda, und die lehnte immer wieder, wenn sie vom Schluchzen übermannt wurde, ihren Kopf an seine Schulter. So billig würde er nicht so schnell wieder zu Körperkontakt mit ihr kommen, und vielleicht ließ sich das jetzt, wo der erste Schritt getan war, ja sogar noch vertiefen.

Suchanek lehnte den Kopf an die Wand und schloss die Augen. Er war erschöpft und aufgewühlt zugleich. Jetzt hatte ihn der Inspektor in der Hand. Und das war so richtig erbaulich. Wobei er nicht einmal sagen hätte können, was im Moment schlimmer war: die Angst, vielleicht ins Gefängnis zu wandern, oder die Schuldgefühle, womöglich einen

Mord nicht verhindert zu haben. Er sollte vielleicht einmal den Wimmer anrufen und ihn um Hilfe bitten. Oder einfach diesen Fall hier aufklären, dann würde Prskawetz sicherlich auch die Sache mit der Pisse schneller vergessen. Und es wurde ja immer leichter, den Fall aufzuklären. Bei der Leichenfrequenz reduzierte sich die Zahl der Verdächtigen zwangsläufig immer weiter. In ein paar Monaten war dann nur mehr einer übrig. Die Zeit arbeitete also hier eindeutig für Suchanek. Er öffnete die Augen. Robert saß so ähnlich da wie er selbst. Schweigend, leerer Blick, die Augen rotgeschwollen. Offenbar hatte auch er geweint. Konnte man sich so verstellen? Vielleicht würde das ja der Inspektor herausfinden, der bald über ihn kommen würde. Ob Prskawetz Robert wohl verraten würde, von wem er die Info über den Streit mit Mike hatte? Wahrscheinlich nicht. Und wenn doch, war es eigentlich auch egal. Außer natürlich, Robert war der Mörder und nach dem Verhör noch auf freiem Fuß. Dann sollte sich Suchanek vielleicht den Obermüller zum Vorbild nehmen und zumindest für den Rest seines Dienstes hier ordentlich aufrüsten.

«Wer hatte denn eigentlich gestern noch Nachtdienst?», fragte jetzt die Direktorin leise.

«Die Elfi», antwortete Hanni.

«Und was hat die in der Früh bei der Übergabe gesagt?»

«Eigentlich nichts. Es war alles wie immer.»

«Aber der muss doch aufgefallen sein, dass der Mike weg ist.»

«Ja, das schon. Aber das war er in der Nacht öfter einmal.»

«Öfter einmal? Wo? Und was hat er da gemacht?»

«Weiß ich nicht. Ab und zu ist er für eine halbe Stunde verschwunden. Und manchmal ...», Hanni schaute betreten zu Boden, «manchmal ist er auch früher gegangen.»

«Was? Nach Hause?»

«Na ja ... Ehrlich gesagt macht das jeder ab und zu. Wenn eh nichts los ist, dann spart man sich halt die eine oder andere Stunde.»

«Na, das sind ja schöne Sitten!», sagte Heinze wütend. «Darüber wird noch zu reden sein. Unglaublich!»

Die Direktorin hatte sich während der vergangenen zwei Wochen, die sowieso schon die schlimmsten ihrer Karriere gewesen waren, wirklich tapfer gehalten. Aber jetzt wurde es auch für sie zu viel. Sie konnte und wollte nicht mehr. Nichts mehr organisieren, nichts mehr in Ordnung bringen, nichts mehr aufrechterhalten. Sie wollte nur noch schreiend wegrennen. Am besten Richtung Flughafen, sich dort in die erstbeste Maschine Richtung Süden setzen und dann mit einer Unzahl von Schirmchendrinks und ein bis zwei schweigsamen Gigolos nur noch vergessen.

«Holen Sie mir die Elfi sofort ans Telefon. Oder nein, sagen Sie ihr überhaupt, sie soll sich zusammenpacken und herkommen. Die Polizei wird sie ja auch dringend brauchen, nachdem sie die Einzige vom Personal ist, die in der Nacht auch noch da war.»

Oder zumindest die Einzige, die offiziell da war, dachte Suchanek. Die Direktorin hatte bislang sicher keinen Gedanken daran verschwendet, dass es einer von ihren Leuten gewesen sein konnte. Aber die Umstände des bislang letzten Todesfalls ließen einen Neunzigjährigen, der mit Nachtsichtgerät auf der Glatze und Machete zwischen den

Dritten nachts durchs Haus schleicht, um einen um fünfzig Jahre jüngeren Vierschröter heimtückisch zur Strecke zu bringen, wirklich nicht als allererste Wahrscheinlichkeit erscheinen. Und dann auch noch der zweite Keller. Die meisten Bewohner wussten nicht einmal, dass es den überhaupt gab.

Robert dachte auch gerade an die Bewohner. Aber anders als Suchanek.

«Was tun wir mit den Leuten, Chefin? Sie haben natürlich mitbekommen, dass schon wieder was passiert ist, aber nicht, was genau. Sollen wir gleich wieder ein Plenum abhalten?»

Die Direktorin schüttelte müde den Kopf. «Nein, das ist noch zu früh. Wir wissen selber ja noch kaum etwas. Warten wir, bis der Inspektor so weit ist. Und bis dahin sollten wir wieder versuchen, keine schlimmen Details zu verbreiten.»

«Ich fürchte, das ist zu spät. Die können wir allenfalls noch richtigstellen», antwortete Robert.

«Was heißt das denn wieder?»

«Wie ich vorhin draußen war, habe ich festgestellt, dass die schlimmen Details schon bekannt sind. Allerdings hat sich irgendwie das Gerücht verbreitet, die Windel sei nicht nass gewesen, sondern mehr ... anderweitig befüllt. Und dass der Mike das aufessen musste und daran erstickt ist.»

«Das ist ja ... Woher haben die das bloß?»

Gut. Konnte sein, dass Suchanek daran ein kleines bisschen beteiligt war. Aber nicht absichtlich. Wo er doch nun an sich wirklich kein Gschichtldrucker war. Er hatte auch beim Aufstieg aus dem Keller extra nicht den Weg genommen, der dann durch den Speisesaal führte, weil er Fragen aus dem Weg gehen wollte. Allerdings hatte er sowohl Finesse als auch Organisationsgrad der Alten gröblichst unterschätzt. Die hatten auch beim hinteren Abgang schon eine Straßensperre aufgebaut. Gut möglich, dass ihm da, weil er doch gedacht hatte, die wüssten eh schon alles, der Ausdruck «volle Windel im Gesicht» entfleucht war. Nebst zum Glück weitgehend selbsterklärenden und somit Missverständnisse vermeidenden Wörtchen wie «gefesselt» oder «gefoltert». Aber mehr hatte er nicht verraten!

«Isabella?», fragte die Direktorin streng. «Warst du das schon wieder?»

Dr. Schneider hob die Hände. «Wieso immer ich? Unschuldsvermutung, hallo?»

«Mit der tu ich mich manchmal schwer bei dir.»

«Das ist ja reizend. Da hab ich ja direkt Glück, dass du nicht bei der Polizei bist.»

Heinze machte eine wegwerfende Handbewegung. «Also gut. Robert hat recht. Wir können die Gerüchteküche nicht einfach unkommentiert weiterbrodeln lassen, sonst kriegen wir noch eine handfeste Panik zusammen. Also, wir machen Folgendes: Am besten Zweierteams, weil einen allein erdrücken sie da draußen jetzt wahrscheinlich. Wir fangen im Speisesaal an und ...»

«Ach so, das hab ich jetzt vergessen», unterbrach Robert sie und schlug sich auf die Stirn. «Ist zwar nicht so furchtbar wichtig, aber erledigt gehört es auch: Die Zillinger ist schon wieder weg.»

«Oh mein Gott! Nicht das auch noch!», stöhnte die Direktorin. «Was heißt hier, das ist nicht so wichtig?»

Suchanek konnte jetzt nicht ganz nachvollziehen, was

daran so schlimm war. Die war doch dauernd weg. Na und?

«Das kann ich jetzt gar nicht brauchen. Schon wieder eine Leiche im Keller und dann auch noch eine Vermisste.»

Das war jetzt, Nervosität hin oder her, schon ein ziemlich großes Wort für eine vergessliche Wandersfrau.

«Wir brauchen zwei Suchtrupps! Einer im Haus und einer draußen. Hoffentlich ist ihr nichts passiert!»

«Aber was soll ihr denn schon passiert sein?», versuchte endlich jemand die aufkommende Hysterie zu dämpfen. Und zwar Huschi. Ausgerechnet.

«Was ihr passiert sein soll? Da rennt ein Mörder herum! Und ein Toter pro Tag reicht mir. Herr Suchanek? Sie gehen bitte raus, Sie haben das ja schon öfter gemacht.»

Das konnte Suchanek jetzt aber gar nicht brauchen. «Ach bitte, nicht schon wieder!», maulte er genervt. «Muss das wirklich sein?»

«Ja, das muss es», antwortete Heinze bestimmt. «Und am besten nehmen Sie noch jemanden mit, damit Sie sich das Gebiet aufteilen können. Gibt's Freiwillige?»

«Ich mach das!» Grasel stand auf. Es war völlig klar, warum er sich so rasant freiwillig meldete und sich dafür sogar von Imelda losriss.

«Gut. Sehr gut. Und im Haus ... Die Männer im Keller, also Robert und Ivo und ...»

«Wollen wir nicht warten, ob wir sie nicht eh draußen finden? Wahrscheinlich ist sie spazieren gegangen, wie immer», beruhigte Huschi wieder. «Und außerdem würde das ja jetzt gar nicht gehen da draußen. Wenn wir denen sagen, wir können uns nicht um sie kümmern, weil wir eine vermisste Bewohnerin suchen müssen – was glauben Sie, was dann los ist?»

Die Direktorin zögerte. «Na gut. Aber Herr Suchanek, Herr Wimberger: Wenn Sie sie finden sollten, rufen Sie bitte sofort an!»

Suchanek war kaum bei der Tür draußen, als Grasel ihn schon gierig ansprang: «Und? Was war los?»

«Der Inspektor weiß, dass ich in der Nacht des ersten Mordes hier war. Der Handymast am Dach hat mich verraten. Sie können das irgendwie nachvollziehen, wann sich welches Handy da angemeldet hat.»

«Siehst du!», rief Grasel triumphierend. «Und du sagst immer, ich bin paranoid, wenn ich dich darauf hinweise, dass wir alle abgehört werden. Und wie bist du da jetzt rausgekommen?»

«Na, wie schon. Ich hab ihm die Wahrheit sagen müssen. Aber nur diese eine. Das mit dem Geld konnte ich einfach nicht verraten. Ich steck jetzt schon so tief genug in der Scheiße.»

«Allerdings.»

«Damit ich wenigstens ein paar Punkte mache, habe ich ihm von dem Streit zwischen Robert und Mike auch noch erzählt. Er wird sich den Robert wohl demnächst vorknöpfen.»

«Na gut. Warten wir einmal ab, was da rauskommt. Und dann sollten wir zum Renner.»

«Ich weiß. Ich hab ohnehin die ganze Zeit nach einem Vorwand gesucht, um zu ihm gehen zu können. Und dann kommt uns diese depperte Zillinger in die Quere.»

«Glaubst du, ihr ist wirklich was passiert?»

«Ach was. Das ist business as usual. Irgendwo ist die halt wieder hingewandert, wie immer. Ich würde sagen, wir teilen uns auf.»

«Gut. Wo soll ich hin?»

Das fiel jetzt unter späte Gerechtigkeit. Seit das mit den Morden im Heim angefangen hatte, hatte er Suchanek immer wieder mit neunmalklugen Sätzen genervt, die in der Regel so anfingen: «Also, ich an deiner Stelle ...»

Und jetzt war er an seiner Stelle. Und zwar so was von. Grasel hatte Bankomat, Baumarkt, Würstelstand und Umgebung bekommen. Und: ein Foto von Frau Zillinger, auf dem sie aufgemalte Riesensommersprossen trug und abstehende rote Zöpfe, die zusammen betrachtet dreiviertel fünf anzeigten. Suchanek hätte ihn zwar gerne zur Ruinenvilla geschickt, weil die weiter weg war. Aber Grasel kannte sich in der Gegend nicht aus und hätte sich wahrscheinlich erst langwierig durchfragen müssen. Das war den strapazierten Nerven der Direktorin nicht zuzumuten. Und: Suchanek wollte, wenn es irgendwie ging, den Typen im Baumarkt nie wieder sehen.

Langsam war er genauso oft in dieser Ruine wie zu Hause. Und innenarchitektonisch waren ja auch gewisse Parallelen zu erkennen. Suchanek schlüpfte durch das Loch im Zaun und lauschte einmal in das Gemäuer hinein, ob die Zillinger dem Sandler vielleicht wieder was vorsang. Aber alles war still. Also wieder die ganze Runde. Im «Thug»-Raum war sie nicht, auch nicht in dem, in dem der SCR regierte. Dann kam «Peace and Love» und dann jenes Zimmer, in dem jemand in silbernen Riesenlettern «Senf» hingesprayt hatte. Hier war sie. Frau Zillinger saß auf dem

Boden und starrte stumm die Buchstaben an der Wand an. Dabei musste sie Suchanek doch gehört haben, wie er ächzend und fluchend über die ausgebrochenen Steine herbeigestolpert war.

«Frau Zillinger?» Sie reagierte nicht. «Wollen wir nicht nach Hause gehen?» Keine Antwort.

Suchanek fischte sein Handy aus der Jacke und rief im Heim an. Und auch, wenn man dort in Wirklichkeit eh damit gerechnet hatte, dass sie irgendwo draußen war und nicht ermordet, war die Erleichterung groß. Jetzt konnten sie sich wieder dringenderen Angelegenheiten zuwenden, deren es gerade ja einige gab. Dann rief Suchanek Grasels Nummer auf, bremste seinen Daumen aber im letzten Moment.

«Also, ich an deiner Stelle ...», murmelte er. Dann steckte er das Handy mit einem zufriedenen Lächeln wieder ein.

«So, Frau Zillinger. Jetzt müssen wir aber wirklich gehen. Wir wollen doch nicht, dass uns die anderen den ganzen Kaiserschmarrn wegessen!»

Suchanek hatte es ja geahnt. Demenz hin, Alzheimer her, wer wusste schon, was sich eine wie Frau Zillinger merkte und was nicht? Den Kaiserschmarrn-Schmäh, der ja nun zugegebenermaßen wirklich primitiv war, den schien sie sich jedenfalls gemerkt zu haben. Suchanek versuchte es noch einmal und peppte seine kulinarischen Verlockungen sogar noch mit der In-Aussicht-Stellung von mörderisch viel Staubzucker und Rosinen satt auf – und erntete bloß eine Schulter, die kälter war als die vorangegangene Frostnacht. Aber auch, wenn man ihm das nicht zugetraut hätte: Er war darauf vorbereitet. Er hatte, im beinahe gesicherten

Wissen, dass er während seines Frondienstes noch mindestens einmal hier stehen würde, gegoogelt.

«Welcher Film vom Herrn Forst gefällt Ihnen eigentlich besser, Frau Zillinger? ‹Zwei Herzen im Dreivierteltakt› oder ‹Wiener Mädeln›?»

Sie rührte sich immer noch nicht.

«Oder vielleicht ‹Ein blonder Traum›? Da hat doch auch die Lilian Harvey mitgespielt, oder?»

Na geh. Wenn sie nicht einmal für eine Fachsimpelei über Willi Forst zu haben war, was sollte er denn dann noch machen? Er konnte sie ja schlecht gewaltsam von hier bis zur Sonne schleppen. Ganz abgesehen davon, dass gar nicht so klar war, wer denn gewonnen hätte, wenn es körperlich geworden wäre. Ein Versuch noch.

«Und was halten Sie von der ‹Sünderin›? Das muss ja damals ein ordentlicher Wirbel gewesen sein. Die Knef, nackt! Heute wär das natürlich egal, aber damals? Im 51er Jahr?»

Frau Zillinger sah ihn an. Das war zumindest ein Anfang.

«Im 51er Jahr ...», wiederholte sie dann mit großen Augen.

«Ja, genau. Im 51er Jahr. Ein ganz großer Skandal, der Film. Da hat der Willi Forst Regie geführt. Die Knef, die alles für ihren Geliebten getan hat, wissen Sie noch?»

«Die Sünderin. Alles hätte sie für ihn getan.»

«Ja. Wollen wir ein bisschen spazieren gehen und weiterplaudern? Hier ist es nicht so gemütlich, oder?»

Es gelang ihm, sie hochzuhieven und in Bewegung zu setzen. Beim nächsten Mal würde dieser Trick auch nicht mehr funktionieren. Er musste also dem Grasel unbedingt den Weg zur Ruinenvilla zeigen.

«So jung ist sie gewesen! Im 51er Jahr», sagte Frau Zillinger mit brüchiger Stimme. Weinte sie etwa?

«Ja, sehr jung. Und sehr hübsch.»

«Der Willi hat ihr ein Kind gemacht, im 51er Jahr. Und sie hat's müssen weggeben.»

«Der Knef hat er ein Kind gemacht?»

«Der Willi hat der Zilli ein Kind gemacht.»

Was sollte das jetzt wieder heißen?

«Der Zilli? Ihnen?»

Frau Zillinger bliebt abrupt stehen und sah ihn mit einem Blick an, den man von niemandem ernten möchte. Schon gar nicht von jemandem, dessen Hirn auf dem Weg dazu, Apfelmus zu werden, schon ziemlich weit gekommen war. Dann sagte sie kopfschüttelnd:

«Mir doch nicht.»

Gut. Wie auch immer. Diese Diskussion würde jetzt nirgendwohin führen, wo Suchanek sein wollte. Er musste sie jetzt irgendwie in die Sonne kriegen und dann schnell zum Renner gehen, um die weitere Vorgehensweise zu besprechen. Und plötzlich hatte er eine nachgerade umwerfende Idee. Er räusperte sich und begann zu singen!

«Du hast Glück, beiii den Frauen, Bel Amiii.»

Und tatsächlich. Bei der zweiten Zeile stimmte sie schon ein. Sie sangen den ganzen Weg bis nach Hause. Suchanek nicht immer sehr textsicher. Aber er war ziemlich guter Hoffnung, dass das Frau Zillinger nicht weiter auffallen würde.

21

Es war schon eine Weile her, dass man extra für Suchanek ein Spalier gebildet hatte. Am Schulskikurs 1996 hatten seine Zimmerkollegen in dieser für ihre Zwecke optimalen Formation vor der Badezimmertür gewartet, bis er nach dem Duschen, nur mit einer Unterhose bekleidet, rausgekommen war, und ihn dann mit ihren nassen Handtüchern verdroschen. Nicht, dass er ihnen dazu einen Anlass gegeben hätte. Aber es brauchte für spontane Ausbrüche jugendlicher Freude und Lebenslust ja auch nicht unbedingt einen.

Nasse Handtücher sah Suchanek heute keine. Das war beruhigend. Er hätte aber im Fall des Falles auch nicht gezögert, sich hinter der Zillinger zu verstecken. Die meisten seiner Kollegen – nein; alle – hätten natürlich von sich aus auch nicht so ein Theater veranstaltet, bloß weil die Gemüseernte wieder einmal erfolgreich gewesen war. Aber nachdem die Direktorin an diesem an sich durch und durch schrecklichen Tag dermaßen erbaut darüber gewesen war, dass nicht schon wieder ein endgültiger Abgang beklagt werden musste, wo doch in der Krawallpresse sowieso schon vom «Heim des Grauens» die Rede war – und dabei wussten die ja noch gar nichts von Mikes herausragendem Beitrag zur Steigerung der Verkaufszahlen der nächsten Tage –, waren sie ihr halt alle brav nachgetrottet und hatten zumindest vermieden, ihre Freude ostentativ *nicht* zu teilen.

«Bravo, Herr Suchanek! Das haben Sie hervorragend gemacht», lobte ihn Heinze. Huschi nahm ihm die Zillinger ab und führte sie auf ihr Zimmer, Elfi hob den Daumen, Ewald klopfte ihm auf die Schulter, und was am wichtigsten war: Die immer noch verschmierte Hanni lächelte schon wieder ein bisschen. Und zwar in die einzige Richtung, die zählte, also Suchanek zu.

«War es schwierig?», fragte die Direktorin. «Wo haben Sie sie denn gefunden?»

«Nein, war nicht schwierig. Sie war eh wieder in der Ruinenvilla.»

«Es ist schon eigenartig, wie sehr es sie da hinzieht. Da glauben die Leute immer, demente Personen können quasi gar nichts mehr denken. Aber das stimmt ja so nicht.» Sie schaute versonnen. «Ich würde wirklich gerne wissen, was der Frau Zillinger immer durch den Kopf geht, wenn sie dorthinstapft.»

«Das ist zumindest teilweise wirklich sehr interessant», sagte Suchanek und lächelte. «Heute hat sie mir erzählt, dass sie ein Kind mit dem Willi Forst hat.»

«Was? Gibt's doch nicht.»

«Ja. Sie hat gesagt: ‹Der Willi hat der Zilli ein Kind gemacht. Aber sie hat es müssen weggeben.›»

Die Direktorin schüttelte den Kopf. «Wirklich höchste Zeit, dass sie auf die Pflegestation kommt.»

«Aber wir haben noch immer kein Zimmer», sagte Dr. Schneider. «Und ich wüsste jetzt auch niemanden, der zeitnah eines freimachen wird.» Und dann ergänzte sie: «Aber manchmal überraschen sie einen ja auch positiv.» Es war wirklich immer wieder erfrischend, ihre ungeschminkte Sicht der Dinge zu hören.

«Und wo ist der Herr Wimberger?», fragte Heinze.

«Der ist noch unterwegs.»

«Ah. Wollen wir ihn nicht anrufen, damit er da nicht unnötig durch die Kälte rennt?»

«Ach nein», antwortete Suchanek und grinste inwendig. «Der wird sicher eh bald kommen.»

Beglückt von diesem durchschlagenden Erfolg und betrübt angesichts des schlimmen Anblicks, den er heute schon im Keller ertragen hatte müssen, gab ihm die Direktorin sogar für den Rest des Tages frei. «Aber die Stunden können Sie sich natürlich schon schreiben!»

Es wäre schon verlockend gewesen, jetzt einfach heimzugehen. Eskapismus war ja an sich so ziemlich der einzige -ismus, dem Suchanek anhing. Aber vorher wollte er endlich zum Renner. Und dann war da noch was.

«Ach so, das habe ich jetzt vergessen», rief Huschi. «Vorhin war ein Polizist da und wollte dich zu dem Inspektor runterbringen. Du sollst jedenfalls gleich zu ihm kommen, wenn du zurück bist, hat es geheißen.»

«Aha. Was will er denn?»

«Keine Ahnung. Den Robert haben sie vorhin auch geholt.»

«Mich auch», sagte Dr. Schneider. «Wahrscheinlich kommen wir alle dran.»

Prskawetz hatte also in Sachen Robert nicht viel Zeit verschwendet. Aber die Ärztin? Warum denn die? Jedenfalls wurde es jetzt richtig spannend. Suchanek ging also nach unten, den Speisesaal wieder meidend. Der Gang vor Mikes Sterbezimmer war inzwischen voller weiß eingemummter Spurensicherer und Gerichtsmediziner. Koffer und verschiedenste wichtig aussehende Gerätschaften verstellten den Weg. Der Inspektor stand an einer Ecke und verteilte Direktiven. Als er Suchanek kommen sah, ging er ihm ein paar Schritte entgegen.

«Also: Es verhält sich beim Herrn Apfalter so ähnlich wie bei Ihnen.»

Diese Formulierung konnte Suchanek nicht so stehen lassen. Er und dem Dutt ähnlich? Das grenzte an Ehrabschneidung.

«Bitte sagen Sie das nicht so. Das macht mich sehr traurig.»

«Möglich, dass er das ähnlich sehen würde. Jedenfalls, was ich meinte: Er hat ein Alibi für die Nacht. Und zwar auch, weil jemand bei ihm übernachtet hat.»

«Freiwillig? Sachen gibt's.»

«Die Frau Dr. Schneider wirkte mir durchaus wie eine Freiwillige, ja.»

«Die Ärztin hat bei ihm übernachtet? Warum?»

Prskawetz zog eine Augenbraue hoch. «Kann es sein, dass Ihre Kombinationsgabe schon einmal besser war?»

Dr. Schneider und der Dutt hatten was miteinander? Es war echt Zeit, dass Suchaneks 200 Stunden hier um waren. Sonst bestand die Gefahr, dass er am Ende auch noch irgendwie seltsam wurde.

«Und praktischerweise wirkt dieses Alibi gleich in zwei Richtungen», setzte der Inspektor fort.

«Wie meinen Sie das?»

«Es war ja evident, dass sich der Herr Brunner nicht freiwillig auf seinen Sterbetisch gelegt haben wird. Wir haben gesucht – und gefunden. Eine Einstichstelle am Hals, von einer Spritze. Ihm wurde also etwas injiziert, wahrscheinlich bei einem Überraschungsangriff von hinten. Der Schnelltest hat Hinweise auf irgendein Narkotikum gezeigt. So ein Zeug hat man normalerweise nicht in der Nachtkastl-Lade neben dem Aspirin liegen.»

«Sie meinen also, dazu braucht es einen Arzt? Oder, um gendermäßig auch endlich einmal korrekt zu sein: eine Ärztin?»

«Das zwar nicht unbedingt, aber man muss irgendwie Zugang zu so einem Mittel haben. Die Spritze selber ist nicht der Punkt, die bekommt man in jeder Apotheke.»

Suchanek hatte keine Ahnung, wo in der Pflegestation der Medizinschrank mit den wirklichen Goodies war. Aber jeder andere vom Personal wusste das natürlich.

«Ist Ihnen schon der Gedanke gekommen, dass es sich da um eine Schutzbehauptung der beiden handeln könnte?»

Der Inspektor stöhnte genervt auf. «Glauben Sie im Ernst, dass ich Sie brauche für eine solch bahnbrechende Erkenntnis? Und außerdem: Gerade an Ihrer Stelle würde ich eine gewisse Vorsicht dabei walten lassen, Alibis dieser Art als Schutzbehauptung zu bezeichnen.»

Suchanek überlegte kurz. «Sie kennen die Vorgeschichte der Frau Doktor? Wilhelminenspital? Auffällig viele Todesfälle in ihrem Operationssaal?»

«Ja. Mich wundert allerdings ein bisschen, dass Sie sie auch kennen. Woher denn?»

«Aus der Sauna.»

«Aus der ... Ach, was frag ich auch.»

«Was Sie mir noch nicht gesagt haben: Warum eigentlich haben die beiden sich gestritten?»

«Der Apfalter behauptet, es sei dabei um das Nebengeschäft gegangen, von dem Sie ja auch profitiert haben. Es sei aufgefallen, dass der Brunner immer wieder mit Urinbeuteln verschwunden sei.»

«Wem? Ihm?»

«Na ja, wem denn sonst?»

«Ich frage deshalb so blöd, weil wenn das jemandem auffallen könnte, dann natürlich am ehesten auf der Pflegestation. Dort war der Robert zwar auch manchmal, aber eben nur manchmal. Seiner Ärztin hätte das viel eher auffallen können.»

«Ich hab sie gefragt. Sie hat das verneint. Und der Apfalter habe ihr auch nichts davon erzählt.»

«Glauben Sie das? Ein Paar, das in derselben Firma arbeitet, und einer von beiden erfährt so was – und erzählt das dem anderen nicht? Das erscheint mir doch ausgesprochen seltsam.»

«Laut ihrer Darstellung haben die beiden überhaupt keine Beziehung. Es gehe ausschließlich um gelegentlichen Sex.»

Jetzt war das zweite hässliche Bild des Tages endgültig in Suchaneks Kopf verankert. Wenn jemals ein Tag nach einer Rauchwolke, die man mit der Machete in schöne kompakte Scheiben schneiden konnte, verlangt, ja geschrien hatte, dann der heutige. Als Suchanek wieder nach oben kam, war die Versammlung in der Pflegestation aufgelöst und die Kollegenschaft schon unterwegs, um die aufgeregten Alten, so gut es eben ging, zu beruhigen. Vielleicht war ja Obermüller auch schon dabei, eine Bürgerwehr aufzustellen. Diejenigen, die keine Knarre mehr in den Gichtfingern halten konnten, durften vielleicht auch die Konvention zur Ächtung biologischer Waffen vergessen und mit nassen Windeln aufrüsten. Sie hatten ja nicht angefangen.

Als Suchanek endlich vor Renners Tür stand, kam Hanni aus dem Staunen kaum heraus. «Schon wieder? Das scheint ja langsam eine richtige Freundschaft zu werden.»

Das war denn wohl doch übertrieben. Oder etwa nicht? Wie immer klopfte Suchanek nicht an.

«Na endlich!», rief Renner, kaum, dass Suchaneks Kopf bei der Tür herinnen war. «Ich hab schon geglaubt, Sie kommen gar nicht mehr. Was haben Sie denn so lang getrieben? Taschenbillard gespielt, wie immer?»

«Be nice», sagte Suchanek und ließ sich geschafft auf den Sessel neben dem Bett fallen. «Ich hatte so einen richtigen Scheißtag. Und zwar volles Programm.»

«Wir haben also wieder ein Opfer?»

«Ja. Was wissen Sie schon alles?»

«Nur, dass es der Mike ist. Sonst nichts.»

Also erzählte ihm Suchanek, was er selber wusste. Wie Mike umgebracht worden war, dass das Geld weg war, dass ihm der Inspektor wegen der Vilimsky-Nacht auf die Schliche gekommen war, was er dann zugeben hatte müssen und was nicht. Und von Robert und Dr. Schneider. Renner hörte aufmerksam zu, nickte manchmal. Nur bei der Sache mit dem Funkmast, der Suchanek enttarnt hatte, schüttelte er heftig den Kopf.

«Anfängerfehler!», höhnte er. «Wer nimmt denn zu so einem Termin sein Handy mit?»

«Ich habe es gebraucht, weil ich dem Mike doch eine SMS schicken sollte, sowie ich da war. Wenn ich gewusst hätte, dass jemand gerade die Waschmaschine leertrinkt, hätte ich es eh zu Hause gelassen. Und mich übrigens auch, Sie Klugscheißer.»

«Nanana, ist ja schon gut. Ich sehe, Sie hatten wirklich einen harten Tag.»

«Das können Sie laut sagen.»

«Ich würde mir wegen der Sache mit dem Amtsarzt vorerst nicht allzu viele graue Haare wachsen lassen. Der Inspektor hat einen Dreifachmord mit einem vierten Toten als Kollateralschaden am Hals. Und er weiß kreuzgut, dass Sie für keinen davon verantwortlich sind. Der hat doch überhaupt keinen Kopf für diese Lappalie.»

«Sie haben leicht reden.»

Renner lächelte. «Das ist ein Satz, den ich nicht so oft höre.»

«Auch das Gefühl, dass ich diesen letzten Mord verhindern hätte können, ist nicht unbedingt angenehm.»

«Es ist überhaupt nicht gesagt, dass das in Ihrer Macht gelegen wäre.»

«Natürlich wäre es das.»

«Der Mike scheint nicht unbedingt einer von den Guten gewesen zu sein, also was soll's.»

«Sie verhängen die Todesstrafe schon auf Verdacht? Gut, dass Sie kein Richter waren.»

«Woher wissen Sie denn, dass ich keiner war? Sie haben mich nie gefragt.»

«Wenn ich über alle möglichen anderen Leute hier etwas rausfinden kann, dann ja wohl auch über Sie. Ich weiß, was Sie waren.»

«Was denn?»

«Kannibale.»

Renner lachte laut auf. «Touché! Hätte nicht gedacht, dass dieser depperte Schmäh einmal den Weg zu Ihnen findet. Aber zurück zu unserer Sache hier. Wissen Sie, wie Sie ihr schlechtes Gewissen am besten bekämpfen? Sie sollten jetzt erst recht versuchen herauszufinden, wer das gewesen ist.»

«Die Polizei kümmert sich ja eh schon um den Robert. Was soll ich jetzt noch machen?»

«Dass der ziemlich verdächtig ist, bestreite ich ja nicht. Aber wieso ist er auf einmal der Einzige? Was wissen wir denn sonst noch, das sich als Motiv eignen würde, den Mike umzubringen?»

«Seine Geschäfte. Der Mörder muss von dem Kühlschrank gewusst haben. Vielleicht hat er ja genauso davon erfahren wie ich. Als Kunde.»

«Das ist möglich. Aber darum wird sich auch die Polizei kümmern, jetzt, wo sie von Herrn Brunners Geschäftstätigkeit weiß.»

«Also was bleibt dann noch für uns?»

«Wir wissen immer noch nicht, welches Motiv hinter den ersten beiden Morden steckt. Da muss irgendeine Verbindung sein, obwohl es so ganz und gar keine zu geben scheint. Der heutige Mord fällt ziemlich aus der Reihe, denn erstens wurde kein Bewohner getötet, und zweitens ist da die Sache mit diesem Geld.»

«Das ist mir alles klar. Aber ich weiß jetzt ehrlich gesagt überhaupt nicht mehr weiter.»

«Sie brauchen eine Pause. Einfach einmal ein bisschen abschalten.» Renner lächelte mild. «Am besten vielleicht auf die von Ihnen bevorzugte Weise. Wo ist eigentlich Ihr Kompagnon?»

Der Kompagnon. Der musste am Abend einräumen, dass seine so wild entflammte Liebe zur ehrenamtlichen Arbeit erste kleine Haarrisse bekommen hatte.

«Das hast du absichtlich gemacht. Mich blöd sterben lassen in der Kälte. Und bei den Heimwerkertrotteln.»

Vor allem Zweiteres musste Suchanek entschieden in Abrede stellen. Und so schlecht war es auch gar nicht gelaufen, ja Grasel hatte dort doch wesentlich mehr Glück gehabt als Suchanek bei seinem ersten Besuch. Er war nicht an denselben Verkäufer geraten, denn mehr als einen hatten sie ja dann doch – obwohl das Geschäft kaum größer als acht- oder neuntausend Quadratmeter war. Derjenige, dem Grasel das Foto von Frau Zillinger gezeigt hatte, hatte es noch gar nicht persönlich gekannt, nur aus Erzählungen. Und er hatte sich auch ausgesprochen hilfsbereit gezeigt und sogar über die geschäftseigene Beschallungsanlage alle Kollegen DRINGEND! zur Farbmischanlage gerufen, aber leider, leider: keiner von ihnen hatte Pippi Langstrumpf gesehen.

Als kleine Rache hatte Grasel beim abendlichen Diner im Hause Suchanek Don Alfredos «Tonno speciale» gewählt und zwar mit doppelt Zwiebeln und vor lauter Knoblauchöl knallig glänzendem Rand. Und er plante, nach dem Zubettgehen ganz leise die Schlafzimmertür wieder zu öffnen, um für eine bessere Verteilung der Folgen dieser Wahl zu sorgen.

«Also haben sich die beiden Turteltäubchen gegenseitig ein Alibi verschafft», versuchte er an all der Pizza in seinem vollen Mund vorbei zu sagen, was nicht gänzlich gelang, weil er dabei einen Teil davon verlor. Er fiel zu Boden und vereinte sich mit einer bereits länger dort wohnhaften Lurchlocke zu einem Kunstwerk, für das sie einem Beuys die Füße geküsst hätten. «Glauben wir ihnen das?»

«Na ja, der Punkt ist: Wenn die beiden etwas damit zu tun haben, dann hätten sie sich genau dieses Alibi schon vorher ausmachen müssen. Weil wie sich der Inspektor den Robert geholt hat, war ja schlicht keine Zeit mehr, sich abzusprechen. Und wenn sie verschiedene Versionen geliefert hätten, wären sie geliefert gewesen.»

«Das war jetzt eine Wortwiederholung.»

«Und das von einem Bekifften, dem eine halbe Pizza beim Mundwinkel raushängt. Die Sprachpolizei ist auch nicht mehr, was sie einmal war.»

Grasel schob mit dem Zeigefinger alles, was sich gegen das Gegessenwerden wehrte, wieder in seinen Schlund. «Pardon. In einem Fünf-Sterne-Etablissement wie diesem sollte man wirklich mehr auf seine Tischmanieren achten.»

«Du kannst gerne woanders schlafen. Vielleicht nimmt dich ja deine Freundin, die Frau Eigelreiter.»

«Ich bin ein Profi. Ich würde niemals Berufliches und Privates auf solch verwerfliche Weise vermengen.» Jetzt endlich war es so weit: Grasel schluckte hinunter. Dann spitzte er die Lippen. «Da fällt mir aber was ein: Du hast den Stefan in Verdacht gehabt, weil du ihn für einen Erbschleicher gehalten hast. Wie ist das eigentlich mit dem Personal? Die werden ja auch oft auf den letzten Metern ins Testament geschrieben.»

Suchanek winkte ab. «Nein. Die dürfen nicht einmal Trinkgeld nehmen. Und schon gar keine Erbschaft.»

Wobei, Moment. Das stimmte zwar. Aber da gab es doch welche, die diesbezüglich ein wenig gleicher waren.

«Also ... zumindest die Hauptamtlichen», sagte er nachdenklich.

Grasel stopfte sich den restlichen Zwiebel in den Schlund. «Ah! Ich dürfte also? Da bin ich ja wieder gleich viel lieber ein Ehrenamtlicher.»

Bei der Bergmann hatte es erstens angeblich nichts zu erben gegeben, und zweitens waren Verwandte da. Das sprach eher gegen die Möglichkeit eines warmen Regens für die ehemals Rührigste unter den Ehrenamtlichen. Was Suchanek aber nicht wusste: Hatte der Vilimsky eigentlich einen Ehrenamtlichen gehabt? Und wenn ja: wen?

22

«Ich weiß genau, worauf du hinauswillst!»

Das traf sich gut. Dann wusste es ja wenigstens eine. Suchanek selber war sich da nämlich nicht annähernd so sicher.

«Du verdächtigst schon wieder uns», schnappte Hanni. «So wie unlängst mit den Generalschlüsseln. Und was war dann? Der, der einen hatte, war das nächste Opfer.»

«Moment! Willst du damit sagen, dass ich den Mike ...?»

«Nein! Das natürlich nicht. Aber dein Verdacht war damals falsch, das will ich damit sagen! Und jetzt ist er es auch!»

Suchanek setzte seine beste Unschuldsmiene auf. Er hätte vorher üben sollen. «Aber ich verdächtige doch gar niemanden konkret. Ich wollte nur wissen, wer alles Zugang zu den starken Mitteln zum Ruhigstellen hat.»

«Weil beim Mike eines verwendet wurde, richtig?»

Das hatte Hanni jetzt aber astrein kombiniert, denn gesagt hatte ihr das Suchanek natürlich nicht. Und auch der Inspektor hatte am Vortag nicht coram publico darüber geredet.

«Ja. Er ist damit außer Gefecht gesetzt worden, bevor er umgebracht wurde. Weil so ein Kaliber wie ihn hätte der Mörder sonst sicher nicht so leicht überwältigen können.»

Hanni schaute über ihre Schulter nach hinten und dann mit langem Hals in die andere Richtung, den Gang hinunter und zur Tür. Niemand zu sehen.

«Komm mit.»

Hinter der Schwesternkoje, wo sich der Gang teilte, saßen wie üblich die Demenzgespenster am Tisch. Heute waren es zwei Frauen, die Suchanek nicht kannte. Eine hatte den Blick starr zur Decke gerichtet, als warte sie auf eine göttliche Eingebung. Die andere zerfledderte ein Stück Brot und rollte aus der weichen Krume kleine Kügelchen. Dazu brabbelte sie unaufhörlich: «Ich hab sie nicht gesehen. Hast du sie gesehen? Ich hab sie nicht gesehen. Hast du sie gesehen?»

Hanni ging an ihnen vorbei und sperrte dann eine Tür auf der rechten Seite auf. So weit hinten war Suchanek noch nie gewesen. «So. Da ist der Raum für die Medikamente und alles Material, das wir sonst noch brauchen. Jeder vom Personal weiß, wo er ist.»

«Aber nicht jeder wird einen Schlüssel haben», sagte Suchanek.

«Jeder vom medizinischen Personal.»

«Und würde es auffallen, wenn etwas wegkäme?»

«Na ja. Wenn es ein Aspirin ist, dann vielleicht nicht. Aber bei den harten Sachen gibt es Bestandslisten.»

Na also. Dann konnte man ja nachsehen, ob was fehlte!

«Ich weiß, was du denkst, du kleiner Klugscheißer», lächelte Hanni. «Aber ich muss dich enttäuschen: Die Polizei hat das schon kontrolliert. Alles da.»

Jetzt kam sich Suchanek doch ein kleines bisschen dämlich vor. Also, latent tat er das sowieso immer. Das war aber mehr ein akuter Anfall, wie bei Gicht oder so. «Wieso sagst du mir das erst jetzt?»

«Weil ich es irgendwie ganz spaßig finde, wie du dich hier aufführst. Was glaubst du eigentlich, wer du bist? Sherlock Holmes?»

«Der hätte ja den Fall längst gelöst. Weil er an der Leiche vom Mike ein Molekül von einem Rasierwasser gerochen hätte, das aus einer fehlerhaften Charge stammte, in der um ein Prozent zu viel Rosenextrakt drin war, von der aber nur fünf Flaschen in ganz Österreich ... und so weiter.»

«Na ja, wie auch immer», sagte Hanni. «Du kannst dich ja weiter wichtigmachen, mir fehlt dazu leider die Zeit. Ich muss jetzt wieder was arbeiten.» Sie ging in das Zimmer hinein und öffnete einen Kasten. «Ach, Mist. Schon wieder keine Einweg-Handschuhe da. Bist du so lieb und holst mir welche?»

«Ja, klar. Wo?»

«Im Verabschiedungsraum ist ganz hinten, neben der Lifttür, ein Kästchen. Dort sind sicher noch ein paar Packungen drin.»

«Schon unterwegs.»

Als Suchanek die Tür zum Verabschiedungsraum öffnete, traute er seinen Augen nicht: Da lag schon wieder dieser Grubmüller im Bett.

«Himmel, können Sie das nicht endlich lassen?», stöhnte Suchanek, ging am Bett vorbei, öffnete das von Hanni beschriebene Kästchen und hockte sich davor hin. Da waren wirklich einige Schachteln mit Latexhandschuhen. Er nahm zwei heraus. «Was soll denn dieser Blödsinn bringen, Herr Grubmüller?»

Grubmüller rührte sich nicht. Na gut. Dann eben auf die harte Tour.

«Hören Sie, Sie fallen allen hier wirklich schon extrem auf die Nerven. Ich gehe jetzt zur Direktorin und melde ihr das, weil damit muss jetzt ein für alle Mal Schluss sein.»

Aber nicht einmal durch diese Drohung war der alte Spinner zur Aufgabe zu bewegen. Jetzt riss Suchanek sein an sich recht solider Geduldsfaden. Er ließ die Handschuhe fallen, stürmte zum Bett und zog dem Alten die Decke weg.

«Los jetzt, raus da! Und zwar ein bisschen plötzlich.» Er packte Grubmüller beim Arm und zerrte daran. Der Alte leistete keinen Widerstand, im Gegenteil, er folgte Suchaneks Zugkraft erstaunlich willig und glitt über die Bettkante. Himmel! Suchanek ging rasch in die Knie und konnte ihn gerade noch auffangen. Das hätte ihm noch gefehlt, dass der sich eine Platzwunde haute, an der er schuld war. Suchanek hielt den Greis jetzt in den Armen wie ein großes Baby, nur, dass die Beine noch auf dem Bett lagen.

«Was um alles in der Welt machen Sie da?» In der offenen Tür stand Dr. Schneider und starrte Suchanek entgeistert an.

«Ach, ich schaffe nur unseren Scheintoten da heraus. Wobei ich sagen muss, dass er seine Rolle heute besonders überzeugend spielt. Wirklich super, Herr Grubmüller, alle Achtung. Wenn Sie noch ein bisschen üben, dann glaube ich Ihnen demnächst wirklich, dass Sie tot sind, versprochen.»

Dr. Schneider runzelte die Stirn. «Falls ich meinen Beruf nicht meilenweit verfehlt haben sollte, würde ich für meinen Teil nach der Untersuchung, die ich heute Morgen an ihm vorgenommen habe, mit einiger Sicherheit davon ausgehen, dass er das schon ist.»

Suchanek betrachtete den Mann, den er so innig an sich drückte. Ein ungutes Gefühl keimte in ihm auf.

«Sie meinen ... er ist diesmal wirklich tot?»

«So tot, wie man nach einem schweren Hinterwandinfarkt mit anschließendem ...», die Ärztin schaute auf ihre Uhr, «mit anschließendem und seit mittlerweile zwölf Stunden anhaltendem Atemstillstand nur sein kann.»

Suchanek stemmte die Leiche hoch und wuchtete sie zurück ins Bett.

«Verdammt. Ich ... Es tut mir leid.»

«Das sollte es auch. Sie können von Glück reden, dass ich Sie bei dieser Nummer erwischt habe und nicht die Familie von Herrn Grubmüller. Dann hätten wir jetzt schon wieder einen Skandal.»

Suchanek rückte den Toten hektisch gerade und deckte ihn wieder zu.

«Die Arme», sagte Dr. Schneider ungerührt.

«Was ist mit der Armen?»

«Die gehören über die Bettdecke.»

Suchanek hob die Decke hoch und dann einen Arm, hatte dann aber selbst eine Hand zu wenig. Also legte er den Arm auf seine Schulter und zog umständlich den anderen nach oben. Und dann machte es in dem ein komisches Geräusch. Suchanek warf der Ärztin einen hilflosen Blick zu.

«Manche würden ja meinen, dass es einem Toten schon egal ist, ob er auch noch eine Schulterluxation verpasst bekommt», sagte sie. «Andere wiederum könnten finden, das sei Leichenschändung. Die Direktorin wäre begeistert, das in der Zeitung zu lesen.»

«Das war doch keine Absicht!»

«Und dass Sie den Robert angeschwärzt haben, ist Ihnen auch irgendwie passiert, oder? War sicher auch keine Absicht.»

Suchanek saß also auf einem Totenbett, mit einer Leiche kämpfend – aber dabei wenigstens nach Punkten in Führung liegend, weil er ihr einen Arm ausgerenkt hatte –, und dann kam die ihm auch noch so daher.

«Wieso angeschwärzt? Ich habe nichts dergleichen gemacht!», protestierte er. Schwach, aber doch.

«Sie waren der Einzige, der vorher mit dem Inspektor geredet hat. Also von wem soll der das sonst haben? Dass die beiden gestritten haben?»

«Haben sie ja!»

«Und dass sie sich überhaupt soo schlecht verstanden haben? Lauter Infos, die aus dem Robert flugs den Verdächtigen Nummer eins gemacht haben.»

Jetzt hatte Suchanek die Arme endlich unter Kontrolle

gebracht. Er strich die Decke, so glatt er sie eben hinbrachte, stand auf und wischte sich den Schweiß von der Stirn.

«Ich habe dem Inspektor nur erzählt, was ich gesehen und gehört habe», sagte er dann leise. «Das hat mit Anschwärzen nichts zu tun. Und außerdem: Der Robert hat doch eh ein total wasserdichtes Alibi. Also wo ist das Problem?»

«Ja, er hat ein Alibi. Oder wollen Sie das etwa bezweifeln?»

In dem Moment kam Hanni ins Zimmer. «Sag einmal, was ist jetzt mit meinen Handschuhen? Bis du mit denen daherkommst, ist mein Dienst vorbei!» Dann merkte sie am Gesichtsausdruck der beiden, dass sie da gerade in irgendwas Komisches hineingekracht war. «Oh. Störe ich?»

Suchanek bückte sich und hob die beiden Schachteln auf, die er vorhin fallen gelassen hatte. «Nein. Wir sind eh schon fertig.»

Dr. Schneider drehte sich um und verließ wortlos das Zimmer. Hanni sah ihr verdutzt nach. «Was war denn?»

«Ach, nichts Besonderes. Nur eine kleine Meinungsverschiedenheit.»

Hanni zuckte mit den Achseln. «Na ja. Warum soll es dir bessergehen? Die Frau Doktor ist halt keine einfache.»

Suchanek schaute noch einmal mit leichter Gänsehaut am Rücken die Leiche an. «Du hättest mir schon vorher sagen können, dass der Grubmüller da drin ist. Und zwar dieses Mal mit Recht.»

«Wozu? Du bist doch der, der alles von allein herausfindet, oder etwa nicht?»

Am Nachmittag war Suchanek bei der professionellen

Bespaßung eingeteilt. Und man musste konstatieren: Der auftretende Künstler hatte es nicht leicht. Jetzt konnte man einwenden, dass es Künstler öfter einmal nicht leicht haben, wobei manche ja sogar finden, eine gewisse Schwere und Härte im Leben der Dichter und Denker bringe überhaupt erst die richtig großen Kreativleistungen hervor. Aber der da war einfach nur eine wirklich arme Sau. Und diese Tatsache machte seine Hervorbringungen kein bisschen besser. Natürlich war dem Mann klar, wo er da auftrat. Sämtliche Zeitungen waren voll mit den Geschehnissen im Haus Sonne, man konnte das nicht nicht wissen. Aber so viele verschiedene Nummern hatte man als Zauberer, der es nie über Kindergeburtstage oder eben das Äquivalent am anderen Ende der Altersskala hinausgebracht hatte, nun einmal nicht drauf. Sonst wäre man ja in Las Vegas gewesen und hätte weiße Tiger zum Verschwinden gebracht. Dass sich allerdings im ohnehin nur spärlich erschienenen Publikum nicht ein einziger Freiwilliger fand, der Messer in den Kasten stecken wollte, den er sich auf den Kopf gesetzt hatte, das war ihm noch nie passiert.

«Niemand? Jetzt kommen Sie schon! Wann haben Sie schon die Gelegenheit, so etwas straffrei zu tun?»

Ja. Den Text hätte er eventuell vorher noch ein bisschen überarbeiten können. Wobei, das alles war schon ein Pech auch. Den Auftritt im Nachmittagsprogramm hatte noch die Weißensteiner ausgemacht, und Robert hätte eh absagen wollen, weil sich mittlerweile herausgestellt hatte, dass die Erhöhung der Schlagzahl bei der Nachmittagsgestaltung gar nicht mehr so erwünscht war; die Alten wollten sich nämlich gar nicht ablenken lassen. Sie fanden es mittlerweile wesentlich spannender, sich praktisch ausschließlich mit den Morden zu befassen. Und wer wollte ihnen das verdenken? Aber weder hatte Robert eine Nummer des Zauberers, noch hob die Weissensteiner ihr Telefon ab. Und als der Magier, ein dünner junger Mann mit blonder Dauerwelle und Schnauzer, dann eingetroffen war, hatte er sich gleich bereit erklärt, auf seinen Auftritt zu verzichten – aber keinesfalls auf das ausgemachte Honorar. So, wie er aussah, in seinem abgewetzten Anzug und den ausgetretenen Schuhen, hatte er es auch dringend nötig, damit sich beim Diskonter heute noch wenigstens eine Beamtenforelle fürs Abendessen ausging.

Suchanek hätte ihn ja trotz seiner Erbarmungswürdigkeit einfach stehenlassen mit seinen unechten Messern in der Hand, weil: Hätte er halt was Gescheites gelernt. Aber es half ihm wiederum der aus der Patsche, der ihn schon beim Kartentrick rausgerissen hatte.

«Die Karte in Ihrer Hand ist die ... Pik-Neun!»

«Nein.»

«Ach so, natürlich, Sie haben ja noch einmal abgehoben, das hab ich jetzt nicht bedacht. Also dann ist es klarerweise ... die Herz-Sieben!»

«Äh ... na gut.»

Und dann hatte sich der einzige aufzutreibende Freiwillige vom Magier auch noch völlig unbemerkt die Armbanduhr stehlen lassen – die er sich allerdings vorher von Robert ausborgen hatte müssen, denn Grasel besaß ja selber keine. Und jetzt eben die Messernummer. Aber das war dann auch wieder nicht recht. Als Grasel nämlich ein Messer nach dem anderen in den Kasten rammte und aus diesem wider Erwarten kein Blut herausspritzte, befand die Ströck Pepi sehr laut: «Der glaubt auch, nur, weil wir alt sind, sind wir auf der Nudelsuppe dahergeschwommen. Das ist ein abgekartetes Spiel, die zwei arbeiten ja zusammen!»

Eines musste man der Ströck aber zugutehalten: Sie passte wenigstens auf. Das konnte man beileibe nicht über alle Zuschauer sagen. Es war natürlich auch möglich, dass Pepis Aufmerksamkeit unmittelbar damit zusammenhing, dass eh keiner mit ihr reden wollte. Denn ein Gutteil des restlichen Publikums bestand aus der Saunarunde. Und die hatte offenbar noch nicht ausreichend Gelegenheit gehabt, die grauslichen Umstände von Mikes Ableben zu erörtern.

«Ihr kennt mich», meinte der Krakowitsch Gustl. «Ich hab immer gesagt, mir ist es egal, wie ich abtrete. Aber in den letzten zwei Wochen habe ich meine Meinung diesbezüglich geändert. Es gibt Sachen, die möchte ich lieber doch nicht erleben.»

Frau Zuschau, heute sogar angezogen, schüttelte angewidert ihre Wasserstofflocken. «Ich hab einmal in der Zeitung von einem Bauern gelesen, der in seine eigene Jauchegrube gefallen und darin ertrunken ist. Damals hab ich mir gedacht: Das kann mir zum Glück nie passieren. Und dann geschieht so was in unserem Haus! Dabei haben wir gar keine Jauchegrube!»

«Man fragt sich nur», warf dann ihr Mann ein, denn schließlich war er der Intellektuelle in der Gruppe und somit zuständig fürs Hinterfragen, «was wollte uns der Mörder damit sagen?»

Mikes Todesart hatte sich ja nicht zuletzt aufgrund der Mitarbeit Suchaneks herumgesprochen, aber niemand hatte den Leuten verraten, welche Beziehung zwischen Mike und der Mordwaffe bestanden hatte. Und gerade Suchanek würde sich begreiflicherweise hüten, das weiterzuerzählen.

«Eines ist klar», sagte der Horstmann Felix. «Das ist ein Psychopath. Ein vollkommen Verrückter. Und das grenzt den Täterkreis ja schon einmal ziemlich ein.»

Der Krakowitsch Gustl grinste: «Findest du wirklich?»

In der Zwischenzeit hatte Grasel wieder alle Messer aus dem Kopf des David Copperfield für ganz Arme gezogen, woraufhin der mit großer Geste den Löcherkasten herunterriss und mit ausgebreiteten Armen auf den Beifallssturm wartete. Als der wider Erwarten nicht sofort einsetzte, rief er:

«Meine Damen und Herren, vielen herzlichen Dank für Ihren Beifall.» Dann tröpfelten doch ein paar vereinzelte Klatscher ein. «Und auch einen Applaus für meinen großartigen Assistenten!» Das wiederum war jetzt zu viel verlangt, und Grasel stand unbedankt und leicht verloren da vorn, konnte sich aber nicht verdrücken, weil der Zauberer in immer noch verzweifeltem Heischen um Zuspruch seine Hand hochhielt wie die eines Boxers, der gerade einen überlegenen K.-o.-Sieg gefeiert hatte. Doch Sieger sahen zweifellos anders aus.

«Kommt euch dieser neue Ehrenamtliche auch irgendwie komisch vor?», fragte Frau Zuschau. «Ich meine, schon allein der Zeitpunkt: Mitten in einer Serie von Morden kommt auf einmal ein Freiwilliger daher, der unbedingt da arbeiten will? Wer macht denn so was?»

Krakowitsch hatte einen Verdacht, wer: «Einer, der nicht alle beisammen hat.»

Sofort drehten sich alle Köpfe zu Grasel, der sich gerade von seinem Partner losgerissen hatte und sich endlich wieder hinsetzen konnte. Und jetzt konnte man dem Grasel prinzipiell noch so wohlgesinnt sein: Es war nicht wegzudiskutieren, dass man, wenn man ihn nur lang genug anschaute, schon auf komische Gedanken kommen konnte.

«Herr Suchanek? Wissen Sie vielleicht irgendwas über diesen Vogel?»

«Ich? Nein. Aber er scheint mir sehr engagiert zu sein.»

Frau Zuschau kniff die Augen zusammen: «Das ist ja erst recht verdächtig!»

Suchanek musste seinen armen Freund da jetzt irgendwie aus der Schusslinie bringen. Und er hatte da durchaus etwas in petto, das sich hervorragend als Gegenangriff eignete.

«Ich wollte Sie was fragen. Sie alle. Es geht um den Herrn Vilimsky. Sie werden ja wohl schon gehört haben, dass die Polizei in seiner Wohnung Wertgegenstände gefunden hat, die offenbar von den Einbrüchen in die Wohnungen anderer Bewohner stammen. Was sagen Sie denn dazu?»

«Das ist völlig unmöglich!», empörte sich Krakowitsch. «Der Vili war schon ein Pülcher, aber anders. Mit den Frauen und so. Aber der ist doch nie im Leben von einer Wohnung zur anderen und hat die ausgeräumt.»

«Aber wo kommen die Sachen denn dann her?»

«Die muss ihm wer untergejubelt haben.»

Gut. Das hatte keinen Sinn. Vielleicht sollte man es mit einer weniger prekären, aber nicht minder interessanten Frage versuchen.

«Was anderes: Hatte der Herr Vilimsky eigentlich einen ehrenamtlichen Betreuer?»

Darauf bekam Suchanek keine Antwort. Zumindest nicht gleich. Und auch nicht von denen, die er gefragt hatte. Draußen in der Halle hatte sich schon in der letzten Minute hörbar etwas zusammengebraut. Und jetzt stampfte Lore in den Speisesaal, zwar möglicherweise ebenso enttäuscht über die geringe Besucherzahl, der sie ihre neueste Neuigkeit überbringen konnte, wie der verdutzte Zauberer, der gerade den Höhepunkt seiner Show starten hatte wollen, die Feuernummer nämlich, bei der er eine Flamme von einer Hand in die andere und dann ... aber das war jetzt sowieso egal, denn Lore rief, nein, schrie das heraus, was alle seit zwei Wochen am allerdringendsten hören wollten:

«Sie haben ihn!»

23

Schon Neuigkeiten mittlerer Brisanz verbreiteten sich im Haus Sonne schneller als das sprichwörtliche Lauffeuer, wenn es sich nach einer Regenpause von einem halben Jahr aufmacht, ein wenig den gut vorgedörrten australischen Busch zu erkunden. Aber so schnell wie die Nachricht, dass der Mörder gefasst war, hatte sich noch nie etwas herumgesprochen. Es dauerte keine fünf Minuten, bis die frohe Kunde aus dem Erdgeschoss bis unters Dachgebälk vorgedrungen war. Buchstäblich jeder war auf den Beinen oder Rädern und drängte in den Speisesaal. Da sollte nämlich, nachdem man den darob gar nicht so stark unglücklichen Zauberer hurtig rauskomplimentiert hatte, demnächst die offizielle Bekanntgabe der freudigen Nachricht erfolgen.

Unterwegs wurden noch letzte Wetten abgeschlossen, wer es denn sein könne – wobei hier allerdings meist nicht irgendwelche besonderen Verdachtsmomente oder gar eigene Ermittlungsergebnisse als Grundlage herangezogen wurden, sondern bei den meisten Gedanken vielmehr der Wunsch den Vaterschaftstest gewonnen hätte. Frau Smutek tippte immer noch unverdrossen auf ihren ominösen Dunklen mit Bart, einfach, weil ihr der am liebsten gewesen wäre. Ersatzhalber war sie auch bereit, jemanden vom Personal als Täter zu akzeptieren. Dann hätte sie zwar mit ihrem Langzeitverdacht bedauerlicherweise nicht recht gehabt, die Direktorin hätte sich aber darüber nicht minder geärgert. Obermüller hoffte stark auf jemanden aus der Saunarunde, am besten auf Herrn Zuschau. Erstens schon einmal aus prinzipiellen moralischen Erwägungen – der Mann wie seine Frau waren schließlich ausgewiesene Schweindln – und zweitens auch aus polittaktischen, denn der Zuschau war ja der neue Spitzenkandidat der Gegenliste. Und da man nicht ausschließen konnte, dass sich aus dem unschön abgelaufenen Verlust des vorherigen und einem dadurch eingetretenen Mitleidseffekt ein eventuell stimmenmaximierender Rückenwind ergeben hatte, wäre es recht fein gewesen, wenn Herr Zuschau sich durch ein Kapitalverbrechen gründlich unwählbar gemacht hätte. Der große Vorsitzende sah schon seinen neuen Slogan vor sich: «Manche morden – andere arbeiten!» Über die schönen Alliterationen hatte er lange nachgedacht. Natürlich behielt er das alles, Taktikfuchs der er war, noch für sich.

Lore wiederum behielt bekanntlich nie etwas für sich, sie hoffte immer noch inbrünstig auf die Ströck, weil sie eben nicht warten wollte, bis der Krebs mit der durch war, und sie sich auch nicht unbedingt darauf verlassen konnte, dass das Antichambrieren beim Obermüller wegen der Bergmann-Wohnung auch tatsächlich etwas genützt hatte.

Und daran, dass diese drei unter denjenigen waren, die so ihre Handschellen-Favoriten hatten, konnte man jetzt schon eines erkennen: Keiner von ihnen war der Mörder. Sonst wären sie ja kaum zum Termin der Enttarnung desselben gepilgert.

«Was meinen Sie, Herr Suchanek? Wer war's denn jetzt?», rief Lore aufgekratzt über einige Köpfe hinweg. Suchanek lehnte an seiner nun schon sehr vertrauten Wand, einen vor Ungeduld heftig nägelbeißenden Grasel an seiner Seite. Nun hätte er schon einen Favoriten gehabt: einen, bei dem es sich irgendwie ausging, dass der Mord am Mike nichts mit dem Geldbündel zu tun hatte, dessen Existenz Suchanek der Polizei verschwiegen hatte. Aber er hatte da so seine Zweifel, dass dieser Wunsch in Erfüllung gehen würde.

«Ich hab schon einmal ordentlich danebengehaut», antwortete er und wies auf seine Nase. Danebengehaut, in dem Zusammenhang, hu. Mann des Wortes. «Also lass ich mich jetzt auf keine Prognosen mehr ein.»

Grasels flackernder Blick hätte im Moment eher zu einem Kokser denn zu einem Kiffer gepasst. Er suchte hektisch den Saal ab. «Du kennst die alle ja schon besser», flüsterte er. «Fehlt irgendwer vom Personal?»

Das war nicht leicht zu beantworten. In dem Gewusel

und Gedränge konnte man leicht jemanden übersehen. Die Direktorin war schon einmal da, sie stand vorne bei der Bühne. Sie hatte auf Suchaneks Verdächtigen-Hitliste jetzt aber auch nicht unbedingt einen der vorderen Plätze eingenommen. Wobei es auch wiederum was gehabt hätte, wenn es ausgerechnet die Chefin gewesen wäre. Huschi war auch da vorn, weiter seitlich die Schwestern Elfi, Irmi und Imelda. Keine Hanni. Das gefiel Suchanek nicht, brauchte aber nichts zu bedeuten. Irgendwer musste auf der Pflegestation ja wohl verhindern, dass Lassie sich den heutigen Tag als absoluten Höhepunkt der letzten paar Jahre rot im Kalender anstreichen konnte, wenn sie denn noch gewusst hätte, was ein Kalender ist. Auf der anderen Seite der Bühne stach auch ein weißer Kittel heraus: Dr. Schneider. Robert hingegen konnte Suchanek nirgends entdecken. Ebenso wenig wie die Ströck Pepi übrigens. Lores Chancen stiegen.

Jetzt war es so weit. Der Star der Veranstaltung betrat den Saal. Prskawetz musste sich mühsam durch die Masse derjenigen durchdrängen, die keinen Sitzplatz mehr bekommen hatten. Langsam arbeitete er sich zur Bühne vor und sagte dabei ständig in alle Richtungen «Grüß Gott!». Fehlte nur noch, dass er ab und zu zähnefletschend auf irgendwen zeigte, wie das vor allem amerikanische Politiker gerne taten, die offenbar alle die beneidenswerte Gabe besaßen, in jeder noch so großen Menge sofort irgendeinen guten Freund zu entdecken, auf den zu zeigen sich lohnte. Als Prskawetz es endlich geschafft hatte und Heinze ernst die Hand schüttelte, wurde es von allein still im Saal. Das funktionierte sonst nie. Der Inspektor griff zum Mikrophon.

«Meine sehr geehrten Damen und Herren! Die letzten

beiden Wochen waren für Sie alle keine leichte Zeit. Ich kann sehr gut nachvollziehen, wie sehr Sie diese tragischen Ereignisse belastet haben müssen, wie viel Angst Sie auszustehen hatten und natürlich auch, wie Sie mit der Trauer über den Verlust von Menschen, mit denen viele von Ihnen befreundet gewesen sind, fertig werden mussten.»

Da ließ er jetzt zwar alle, die sich zumindest klammheimlich über den einen oder anderen Abgang gefreut hatten, unter den Tisch fallen, aber in manchen Augenblicken konnten nicht einmal die ärgsten Zyniker gegen Political Correctness sein. Suchanek nahm sich allerdings sofort vor, das bloß nicht zur Gewohnheit werden zu lassen.

«Umso größer ist meine Erleichterung, dass ich Ihnen heute nach all den schlimmen Nachrichten endlich auch einmal eine gute überbringen darf. Lassen Sie es mich einmal bewusst vorsichtig formulieren: Es sieht so aus, als hätten wir bei unseren Ermittlungen zu den Morden im Haus Sonne einen entscheidenden Durchbruch erzielt.»

Der Inspektor machte eine Pause. Natürlich erwartete jetzt jeder, dass der nächste bewusst vorsichtig formulierte Satz in etwa lautete: «Wir haben XY verhaftet, die Sau.» Der kam aber nicht.

«Dieser Durchbruch war nur möglich durch die exzellente Zusammenarbeit aller an diesem Fall beteiligten Dienststellen, die in den vergangenen zwei Wochen praktisch ohne Pause ...»

Eine Hand im Publikum fuhr in die Höhe.

«Ich beantworte Ihre Fragen gerne später. Aber lassen Sie mich zuerst ...»

«Meine Frage wäre aber wichtig», sagte der Mann unter

der Hand. Suchanek konnte ihn von hinten nicht sehen, erkannte aber den wohlklingenden Bariton von Herrn Zuschau. Der war also auch nicht der Mörder. Obermüller brauchte leider eine neue Werbekampagne. «Sie ist auch sehr kurz zu beantworten. Wer ist der Mörder?»

Prskawetz hielt ja manchmal auch Pressekonferenzen ab, und zwar stets, um dabei Erfolge zu präsentieren. Das gehörte zu hochmoderner Polizeiarbeit nun einmal dazu. Nicht, dass er von Journalisten viel gehalten hätte, weil die berichteten ja leider nicht nur über die ihnen mundgerecht vorgekauten Triumphe, sondern recherchierten manchmal auch selber was, und zwar in aller Regel, um der Exekutive damit ans Bein zu pinkeln. Aber sogar die waren disziplinierter als der Haufen hier. Prskawetz' Vortrag hatte einen wohldurchdachten Bogen, eine ausgeklügelte Struktur, und die wollte er sich nicht kaputtmachen lassen.

«Dazu komme ich gleich. Ich will aber vorher noch ...»

«Jaja. Sie wollen sich vorher noch ausgiebig dafür loben, wie toll Sie das gemacht haben.» Frau Smutek! Wieder ganz in ihrem Element. «Das können Sie ja nachher noch machen. Aber uns alle interessiert im Moment nur eines. Also?»

Das anschwellende Gemurmel, unterbrochen von vereinzelten «Genau!»- oder «Wir sind ja nicht bei der Lottoziehung!»-Rufen, verriet Prskawetz, dass er und seine tolle Struktur nunmehr gänzlich auf verlorenem Posten standen. Dabei hatte er auf der Akademie extra diesen Medien- und NLP-Kurs belegt gehabt, weil ... Ach, egal.

«Also gut. Ich muss aber vorher zumindest noch dazusagen, dass das hier keineswegs übliche Polizeiroutine ist. Ich verrate Ihnen nur, wen wir verhaftet haben, damit Sie wieder ruhig schlafen können. Wenngleich, auch das muss ich betonen, der Verdächtige zur Stunde jede Beteiligung an den Morden leugnet. Allerdings haben wir sehr, sehr starke Indizien, die auf ihn als Täter hindeuten.»

Ja. Eh. Schon gut. Und jetzt komm endlich!

«Es handelt sich um Herrn Marcel Neumeister.»

Der Name sagte jetzt den meisten nichts. Eher verständnisloses Raunen griff um sich. Auch Grasel raunte mit.

«Wer ist das denn?»

«Ein Kollege von dir», flüsterte Suchanek. «Und ein Ex-Kollege von mir, wenn man so will. Der ist vor ein paar Jahren auch wegen einer Diversion hierhergekommen. Und wie die abgedient war, ist er Ehrenamtlicher geworden.»

Wie immer drang Grasel sofort ohne Umschweife zum Kern des Problems vor. «Was, ein Kiffer?» Er zog in tiefer Missbilligung die Mundwinkel nach unten. «Das ist gar nicht gut. Der bringt uns ja alle in Misskredit!»

Prskawetz merkte jetzt auch, dass die meisten hier den Marcel gar nicht kannten.

«Herr Neumeister ist hier im Haus als ehrenamtlicher Helfer tätig», bestätigte er Suchaneks Aussage. «Als solcher hat er auch Herrn Vilimsky betreut. Und hier kommt jetzt auch ein Teilgeständnis ins Spiel: Wie die meisten von Ihnen wissen, haben wir einige der Wertgegenstände, die in der Vergangenheit aus diversen Wohnungen hier im Haus gestohlen wurden, in der Wohnung von Herrn Vilimsky sichergestellt. Auf den meisten fanden sich die Fingerabdrücke von Herrn Neumeister. Seinem Geständnis zufolge hat Herr Vilimsky ihn mit den Informationen versorgt, bei welchen Personen ein Einbruch lohnte und auch nicht allzu schwer durchzuführen war. Die beiden waren also diesbezüglich Komplizen.»

Grob geschätzt einem Drittel der Anwesenden tat der Vilimsky in der Sekunde nicht mehr leid. Hatte er doch nur bekommen, was er verdient hatte.

«Und warum hat er ihn dann umgebracht?», rief einer.

«Nun, die belastenden Indizien, von denen ich gesprochen habe, beziehen sich nicht auf den Mord an Herrn Vilimsky, sondern auf den letzten», antwortete Prskawetz. «Eine Nachricht auf dem Handy von Herrn Brunner legt nahe, dass er sich in der Nacht hier im Haus mit Herrn Neumeister getroffen hat. Allerdings muss ich wiederum betonen: Herr Neumeister bestreitet auch das. Sein Handy sei ihm nämlich zuvor irgendwie abhandengekommen, also habe er besagte Nachricht gar nicht geschickt. Und sich auch nicht mit Herrn Brunner getroffen.»

«Ach was! Und das glauben Sie ihm?», rief Frau Smutek erbost. Die Geschworenen des Volksgerichtshofs rund um sie sahen das ähnlich kritisch.

Der Inspektor lächelte wissend. «Ob ich es ihm glaube oder nicht, ist völlig unerheblich. Wir suchen nach Beweisen oder zumindest nach Indizien. Alles andere ist dann Sache des Gerichts.»

«Aber man weiß doch, dass die Justiz viel öfter auf der Seite des Täters steht als auf der des Opfers. Wenn er nicht gleich freigesprochen wird, dann war zumindest immer die Gesellschaft Schuld. Und nach einem Jahr rennt der wieder frei herum und kriegt auch noch Sozialhilfe und was weiß ich was.»

Da rannte die Smutek jetzt eine Tür ein, die sowieso schon sperrangelweit offen stand.

«Gnädige Frau, wenn Sie mich als Behördenvertreter fragen, muss ich sagen: Das ist eben die Gewaltenteilung. Wir suchen die Täter nur. Für die Verurteilung ist jemand anderer zuständig. Wenn Sie mich persönlich fragen, ob ich die Strafen bei solchen Verbrechen generell zu niedrig finde, dann sage ich: kein Kommentar. Den Rest können Sie sich selber denken.»

Und den dachten sie sich auch. Aber nicht leise. Es entspann sich eine lebhafte Debatte über die schreckliche Dysfunktionalität eines Rechtssystems, das mit Mördern nicht das tat, was man eigentlich mit ihnen tun sollte. Suchanek hörte sich das nicht lange an. Alles, was jetzt noch kam, brauchte er nicht mehr zu hören, weil er es eh schon wusste. Außerdem war da einer, der es begreiflicherweise nicht zu diesem Plenum geschafft hatte. Und der lechzte sicher schon nach den unerhörten Neuigkeiten des Tages.

«Wer ist das denn?», fragte Renner fünf Minuten später. Es lag ein leichter Anflug von Enttäuschung in seiner heiseren Stimme. Nein. Ein schwerer.

«Ein Ehrenamtlicher. Er hat den Vilimsky betreut. Und gemeinsam mit ihm die anderen Bewohner bestohlen.»

«Wusste ich doch, dass man denen nicht über den Weg trauen kann!»

«Er war ursprünglich auch einer der Kiffer, die das Gericht hergeschickt hat. Und dann ist er quasi geblieben. Und: Er war auch einer der Kunden vom Mike.»

«Wusste ich doch, dass man euch nicht über den Weg trauen kann!»

«Ja. Eh witzig», sagte Suchanek.

Renner grinste. Aber irgendwie weniger sardonisch als sonst. Und schwächer, müder. «Und wie haben sie ihn gekriegt?»

«Sie haben eine Nachricht von ihm auf Mikes Handy gefunden. Da stand drin, dass er herkommt, in der Nacht des Mordes. Ich würde einmal darauf tippen, dass er Einkäufe tätigen wollte.»

«Der schickt ihm ein SMS, bevor er ihn umbringt? Und löscht es nachher nicht oder lässt das Handy verschwinden? Ich hätte nicht gedacht, dass man im Umgang mit modernen Kommunikationsmitteln noch versierter als Sie sein kann. Der Depp hat es aber echt verdient, erwischt zu werden. Blödheit wird ohnehin viel zu selten geahndet.»

«Er behauptet, sein Handy schon vorher verloren zu haben und dass die Nachricht gar nicht von ihm war.»

«Schwache Ausrede.»

«Ich kann mir auch nicht vorstellen, dass die reicht.»

«Aber trotzdem: Schade eigentlich, dass es der war. Weil den hatten wir irgendwie nicht auf unserem Radar.»

Wohl wahr. Suchanek konnte sich auch nicht erklären, warum er nie an Neumeister gedacht hatte, obwohl der ihm doch gleich komisch vorgekommen war. Und dass er erst gestern begonnen hatte, darüber nachzudenken, ob der Vilimsky denn einen Ehrenamtlichen gehabt hatte, brachte auch keine Punkte auf der nach oben offenen Blitzgneißer-Skala.

«Was war denn das Motiv?», fragte Renner.

«Nachdem er noch nicht gestanden hat, gibt es wohl kein

verbrieftes. Beim Mike liegt es aber auf der Hand, würde ich sagen. Irgendein Streit ums Geld wahrscheinlich, das soll ja zwischen Dealer und Kunden öfter einmal vorkommen. Und beim Vilimsky könnte es ähnlich gewesen sein.»

«Gott, ist das prosaisch. Morde aus Geldgier sind eigentlich die langweiligsten. Da hätte ich mir schon mehr erwartet. Aber ... Warum hat er denn dann die Bergmann umgebracht?»

Und damit waren sie genau an dem Punkt, der Suchanek an dieser Geschichte ganz und gar nicht gefiel. Stefans Oma. Die passte da überhaupt nicht hinein. War das am Ende einfach nur Pech gewesen? Falsche Zeit, falscher Ort?

«Vielleicht wollte er sie auch beklauen, und sie hat ihn auf frischer Tat ertappt oder so», sagte Renner.

«Können Sie Gedanken lesen?»

«Ja. Hab ich das nicht erwähnt?»

«Gut, dass ich normalerweise so wenig davon habe.»

«So, wie Sie gerade dreingeschaut haben, war das eher eine Fingerübung.»

«Aber dann bleibt immer noch die Frage, wie zur Hölle er an einen Schlüssel für ihre Wohnung gekommen ist.»

«Auch irgendwo gestohlen?»

«Das ist aber sehr vage.»

«Ich weiß. Stellt mich selber nicht zufrieden.»

Suchanek bohrte gedankenverloren ein wenig in der Nase. Wenn es denn half. «Und noch etwas bleibt offen», sagte er dann. «Von dem Geld aus dem Kühlschrank hat der Inspektor nichts erwähnt.»

«Warum sollte er einem Haufen von Tattergreisen mehr erzählen, als er muss?»

«Mit dem Rest hat er das ja auch gemacht. Hätte er auch nicht müssen. Aber er wollte wohl angeben.»

«Das Geld wird schon noch auftauchen. Weil eigentlich kann es nur dieser Neumeister haben. Und er wird es bei der Verhaftung kaum mit sich herumgetragen haben.»

«Nein, das wohl nicht.»

Renner betrachtete Suchanek, der in seinem Sessel auch nicht viel frischer aussah als er selber in seinem Bett.

«Und? Wie fühlen Sie sich jetzt?»

«Wie soll ich mich fühlen?»

«Sie sehen nicht glücklich aus.»

«Warum sollte ich das sein? Mir fällt auf die Schnelle kein Grund ein.»

«Na dann wenigstens, weil die Mörderjagd zu Ende ist. Bei der Sie immerhin sogar eine gebrochene Nase kassiert haben.»

«Den Grund dafür wieder irgendwie in Ordnung zu bringen, das wartet noch auf mich. Das wird auch nicht der angenehmste Gang.» Und zwar ganz und gar nicht. Gab es eigentlich Reiseführer für Kurzurlaube in Canossa?

«Aber schauen Sie», sagte Renner. «Es gibt jetzt keinen Grund mehr für Sie herzukommen. Das ist doch auch was.»

«Na ja. Ich hab Ihren ursprünglichen Auftrag eigentlich nicht zu Ende gebracht.»

«Mein Auftrag hat nicht gelautet: Finden Sie den Mörder. Sondern: Suchen Sie den Mörder. Und das haben Sie ja getan. Im Rahmen Ihrer bescheidenen Möglichkeiten zumindest.»

«Na also! Ich hatte schon befürchtet, dieser Besuch geht

ohne weitere Beleidigung zu Ende. Aber ich sag Ihnen was: Ich hab noch gute zwei Wochen hier. Und ich hätte da eine Spitzenidee für die neue Ausgestaltung unserer Treffen.»

«Und die wäre?»

«Ich könnte Ihnen etwas vorlesen.»

Renner lächelte breit. «Schauen Sie, dass Sie weiterkommen! Bevor ich aufstehe und Ihnen Beine mache.»

24.

Am Tag danach lag eine tiefe Zufriedenheit über dem Haus Sonne. Endlich konnte das Leben wieder in den im Alter wichtigsten aller Bahnen verlaufen: den gewohnten. Und das Sterben auch. Natürlich würde es nach all den Aufregungen noch ein wenig dauern, bis sich alles völlig normalisiert hatte. Längstens jedoch drei Jahre, denn bis dahin würden neun von zehn der heutigen Bewohner verschieden und somit also kaum mehr jemand da sein, der diese Mordserie miterlebt hatte. Manches würde aber sicherlich auch schneller gehen. So hatte Suchanek zum Beispiel schon in aller Frühe Frau Weißensteiner gesehen, die es sich also offenbar wieder überlegt hatte. Die Zahl der Ehrenamtlichen war aber dadurch nicht angestiegen, hatte doch auch der Neue eine Entscheidung getroffen, und zwar bedauerlicherweise in die Gegenrichtung: Grasel hatte, enttäuscht darüber, dass der Mörder schon so bald nach seinem Antritt, aber leider gänzlich ohne sein Zutun gefasst worden war, seine Tätigkeit für beendet erklärt. Sein fordernder Beruf lasse ihm für so etwas nicht genügend Zeit, hatte er Robert beschieden. Wenigstens konnte Suchanek jetzt wieder in seinem eigenen Bett schlafen.

Und auch das generelle Problembewusstsein war auf dem Weg, sich wieder an das Vormordniveau anzugleichen, wie Suchanek feststellen konnte, als er ein Gespräch zwischen der Direktorin und drei aufgebrachten Bewohnerinnen mithörte.

«Wenn bei dem Fernseher ein anderes Programm eingestellt ist, dann ändern Sie es halt.» Das stellte sich die Heinze aber jetzt leichter vor, als es war.

«Wir brauchen den Zweier. Aber der Zweier ist auf der Fernbedienung nicht der Zweier. Und bis wir ihn gefunden haben, haben wir meistens schon die ersten fünf Minuten versäumt.»

«Dann müssen Sie sich halt merken, wo der Zweier auf der Fernbedienung ist.»

«Der ... ist aber immer woanders.»

«Das kann ich mir nicht vorstellen.»

«Na gut, dann hat man das vielleicht einmal vergessen. Aber das ganze Problem lässt sich ja leicht lösen. Entweder, man tut den Zweier auf der Fernbedienung auf den Zweier. Oder man lässt den Fernseher einfach immer auf dem Zweier eingestellt.»

«Aber das Fernsehzimmer ist für alle da. Wenn jemand vor Ihnen den Siebener schauen will, dann kann ich ihm das schwerlich verbieten.»

«Ich kann mir nicht vorstellen, dass so viele Leute den Siebener schauen wollen. Die Mehrheit entscheidet.»

«Und die Mehrheit sind Sie?»

«Wir sind drei. Und wir kennen niemanden, der den Siebener sehen will. Da ist nie etwas Gescheites.»

«Und was ist am Zweier?»

«‹Sturm der Liebe›.»

Allerdings, das musste man der Fairness halber jetzt schon auch erwähnen, war keinesfalls jedes Problem, das die Bewohner ansprachen, eines aus der Pimperlfraktion. Was den Lift betraf, hatten sie etwa mit ihren steten Klagen, dass man ewig auf den warten musste, nicht unrecht. Der kam wirklich nie daher. Suchanek zum Beispiel war wieder einmal aufgefordert, für die Frau Schmidtleitner einkaufen zu gehen. Und irgendjemand da oben brauchte die durchschnittliche Restlebenszeit eines Pflegestationspatienten, bis er sich endlich in die Kabine geschleppt hatte. Ungeduldig trommelte Suchanek gegen die verschlossene Tür. Dreimal lang, dreimal kurz, dreimal lang – damit sie oben wenigstens wussten, dass der, der es da unten eilig hatte, ein Freund war. Endlich setzte sich das Ding in Bewegung. Und als dann die Tür aufging, hatte Suchanek ein Déjàvu. Allerdings mit einem signifikanten Unterschied zum ersten Mal. Oder nein, mit zwei: Dieses Mal war nicht gerade Frau Bergmann vom Balkon gefallen. Und: Dieses Mal stand Susi neben Stefan.

Suchanek hatte sie seit über einem Jahr nicht mehr gesehen. Ab und zu hatten sie telefoniert, aber die Abstände zwischen den Anrufen waren immer größer geworden. Man wusste ja, wie das war mit diesem Satz, der der blödesten einer ist: «Wir können ja Freunde bleiben.» Einen Schmarrn konnte man. Selbst, wenn man es vorher so lange gewesen war. Man trat sich so eine Beziehung ein wie einen rostigen Nagel, sie eiterte langsam wieder aus einem heraus, und dann war gar nichts mehr wie vorher. Susi hatte sich ein paar Monate nach Feuchtkirchen endgültig von

Suchanek getrennt, weil sie die Aussichtslosigkeit dieser Expedition durch ödes Brachland irgendwann doch eingesehen hatte. Man konnte nicht mit einem Suchanek zusammen sein, ohne schrittweise den Verstand zu verlieren.

Es war ihm allerdings zugutezuhalten, dass eine Beziehung mit ihm nicht – wie ja die meisten anderen – am Alltag scheiterte. Es gab nämlich schlicht keinen. Zu Susi zu ziehen, also zurück nach Wulzendorf, das er vor achtzehn Jahren verlassen hatte, um genau nirgendwo anzukommen, zurück in ein Haus, das ein paar Schritte von dem seiner Eltern entfernt lag, war nie in Frage gekommen. Und Susi wiederum konnte nicht weg, weil sie ja dort ihr Geschäft hatte. Außerdem, wohin hätte sie denn ziehen sollen, mit ihren zwei kleinen Söhnen? In Suchaneks winzige Kifferhöhle, die sogar einem harten Knochen wie Grasel zu abgefuckt war?

Susi wäre ja sogar bereit gewesen, über Suchaneks ausbaubare Alltagstauglichkeit hinwegzusehen, weil sie ja von vornherein gewusst hatte, wen sie sich da an Land gezogen hatte. Ungefähr zumindest. So lange, wie sie ihn schon kannte. Und erstaunlicherweise trotzdem gerne mochte. Andere Beziehungen vermieden den Alltag auch und hielten gerade deshalb. Dann hätten aber zumindest die Wochenenden passen müssen. Aber manchmal war Suchanek in ihrer sogenannten gemeinsamen Zeit tagelang abgetaucht und hatte sich in seiner Wohnung eingenebelt. Und wenn diese unglaublich intensive Phase des Nachdenkens über alles und nichts – vor allem über nichts – ein Wochenende beinhaltete, dann war das halt Pech. Die Buben schließlich, die konnten ihn auch nicht leiden. Fußball, Zelten, Fischen, Bubensachen halt, die man als Ersatzvater mit ihnen machen hätte können, um ihr Herz zu gewinnen – alles Fehlanzeige. Es war so gekommen, wie es kommen hatte müssen. Was jetzt auf der anderen Seite aber nicht hieß, dass es Suchanek nicht furchtbar leid um sie tat.

«Äh ... hallo», stieß Suchanek nach einer gefühlten Ewigkeit der hochnotpeinlichen Stille hervor. Er hatte zwar geahnt, dass ihm das hier irgendwann blühen würde, aber dass es jetzt so über ihn hereinbrach, hätte auch wieder nicht sein müssen. Die beiden im Lift antworteten nicht. Stefan drängte sich an Suchanek vorbei, ohne ihn anzusehen. Er trug einen großen Karton, obenauf lagen einige Fotos. Sie hatten also die Wohnung seiner Großmutter ausgeräumt. Susi folgte Stefan wortlos.

«Wartet!», rief Suchanek. «Ich will mich entschuldigen. Es tut mir leid!»

Stefan drehte sich um und betrachtete Suchaneks Gesichtsschmuck, der sich allmählich aufhellte und gerade an der Schwelle zwischen Blau und Grün stand.

«Mir nicht.»

Suchanek war nun wirklich kein gewalttätiger Mensch, aber am liebsten hätte er Stefan gleich noch einmal in den Doppelnelson genommen. Er konnte den Kerl nicht ausstehen. Noch weniger allerdings vertrug er den Gedanken, dass Susi vielleicht nie wieder mit ihm sprechen würde.

«Ich hätte das nicht tun sollen.»

«Nein. Hättest du nicht. Kommst du, Susi?»

Susi zögerte. Sie schaute Suchanek mit gesenktem Kopf von unten an und kaute auf ihrer Unterlippe herum. Dann sagte sie: «Geh du schon vor. Dauert nicht lange.»

Stefan war sichtlich not amused. Aber er wollte wohl jetzt keine Szene machen und sagte nur: «Ist gut.»

Suchanek sah ihm nach. «Ich verstehe ja, dass er angefressen ist.»

«Nicht nur er», sagte Susi.

Suchanek räusperte sich. «Ihr habt gehört, was passiert ist, nehme ich an?»

«Ja. Sie haben ihn. Und dein Verdacht hat sich endgültig in Luft aufgelöst.»

«Stimmt. Das war aber schon so, bevor sie den festgenommen haben. Hör zu, Susi, ich weiß, ich kann das nicht wiedergutmachen. Aber die Situation war halt ... Ich meine, ich bin unmittelbar danebengestanden, wie seine Oma ... Und dann war er auf einmal da und ... Das war wie ein Reflex.»

«Na ja. Immerhin hast du dich entschuldigt. Das ist ein Anfang.»

«Das hat ihn nicht stark interessiert.»

«Er wird sich schon beruhigen. Aber jetzt ist seine Oma noch nicht einmal begraben.»

Jetzt ergab sich eine Pause, die rasch unangenehm wurde. Zum Glück fiel Suchanek, pfeilschneller Denker, der er war, ein Ausweg ein.

«Und? Wie geht's dir sonst?»

«Eh.»

«Und den Buben? Alles okay?»

«Man kann ihnen beim Wachsen zusehen. Aber so ist das halt. Die Zeit vergeht.»

«Ja.»

«Und bei dir?»

«Nicht viel. Außer, dass ich hier wieder einmal in eine ziemliche Scheiße hineingeraten bin.»

«Ja. Na ja. Was soll man machen.»

«Ja.»

«Du, ich glaube, ich werde dann. Der Stefan wartet.»

«Ja, klar.»

War doch eigentlich prächtig gelaufen. Endlich wieder einmal ein gutes, gehaltvolles und völlig ungezwungenes Gespräch.

«Also dann, mach's gut.»

«Du auch.»

«Und pass auf dich auf.»

Susi wandte sich zum Gehen. Suchanek sah ihr traurig nach. Dann rief er:

«Warte!»

«Ja?» Susi erwartete jetzt irgendwas Persönliches. Irgendwas, das ihr zeigte, dass das der Mensch war, mit dem sie sich einmal wirklich gut verstanden hatte.

«Eigentlich hätte ich den Stefan noch gerne was gefragt. Aber er hat ja wohl kein gesteigertes Interesse, mit mir zu reden.»

«Was denn?»

«Na ja, der Mörder hatte Kontakt zum Mike und zu diesem Vilimsky. Und da lässt sich auch in beiden Fällen ein Motiv finden. Aber die Oma vom Stefan – ich frage mich immer noch, warum er die umgebracht hat.»

«Das wird dir der Stefan aber auch nicht beantworten können. Er hat gesagt, er kennt den Kerl nicht, und er glaubt auch nicht, dass seine Oma ihn kannte.»

«Das dachte ich mir eh auch. Die einzige Möglichkeit

wäre, dass sie sich irgendwie über den Vilimsky ... Aber da war ja auch kein Kontakt.»

«Na, die beiden haben sich schon gekannt.»

«Na ja, natürlich haben sie sich gekannt, wenn sie im selben Heim wohnen.»

«Nein, ich meine früher.»

«Wie früher?»

«Ganz früher. Wie sie noch jung waren.»

Wie sie noch jung waren? Suchanek wurde hellhörig.

«Aber ihre Nachbarin hat mir erzählt, dass sie nicht mit ihm geredet hat und ihm richtig aus dem Weg gegangen ist. Warum, wenn sie sich schon so lange kannten?»

«Ich rede ja eigentlich auch nicht mehr mit dir und gehe dir aus dem Weg, obwohl wir uns schon so lange kennen», sagte Susi.

«Weil ich dir einen Grund geliefert habe.»

«Na, dann wird der Vilimsky der Oma vom Stefan wohl auch einen Grund geliefert haben. Du, ich muss jetzt aber wirklich.»

«Ja, klar. Jetzt wartet er schon lange. Sag ihm bitte noch einmal, dass es mir leidtut. Und dass seine Oma eine sehr nette Frau war.»

«Sag ich ihm, ja. Also dann.»

Sie drehte sich um und ging. Suchanek fand, er sollte sie jetzt noch fragen, ob er sie vielleicht einmal anrufen könnte. Und das fand er so lange, bis sie bei der Tür draußen war.

Er seufzte, fuhr nach oben und holte sich die Einkaufsliste von Frau Schmidtleitner. Sie wollte auch noch plaudern, aber Suchanek war jetzt nicht nach Reden, und er schaute, dass er gleich wieder wegkam. Auch dass der Tag heute einer von den vielleicht fünf im ganzen Wiener Winter war, an dem nicht eine Wolke zu sehen war, kalt zwar, aber prächtig, mit knirschendem Schnee und glitzernden Eiszapfen, konnte ihn nicht aus seinen trüben Gedanken reißen. Im Supermarkt ließ er eine Flasche Himbeersirup fallen, die am Boden zerschellte und eine großflächige Sauerei aus Scherben und klebriger Zuckerpampe verursachte. Die blasse Frau, die das aufwischen musste und bei der er sich hundertmal entschuldigte, kam ihm nicht viel jünger vor als seine Kunden im Heim. Das vergrößerte Suchaneks schlechtes Gewissen noch. Und als er ihr dann fünf Euro geben wollte, lehnte sie ab.

Bei seiner Rückkehr ins Haus Sonne traf er Huschi in der Halle. Die eröffnete ihm, dass Robert gern mit ihm gesprochen hätte, in seinem Büro. Das auch noch. Suchanek war ihm seit dem Mord an Mike und seiner anschließenden Unterhaltung mit dem Inspektor aus dem Weg gegangen. Wahrscheinlich wollte er sich jetzt überschwänglich dafür bedanken, von Suchanek an die Spitze der Verdächtigenliste gesetzt worden zu sein. Der Tag hatte es sich offenbar in den Kopf gesetzt, unter gar keinen Umständen sein Freund zu werden.

«Ich komme gleich», sagte Suchanek, wuchtete ächzend seine beiden prall gefüllten Einkaufssäcke zur Wand neben dem Lift und drückte die Ruftaste. «Ich muss das vorher nur noch schnell zur Frau Schmidtleitner raufbringen.»

«Da wirst du aber kein Glück haben. Die ist bei der Gymnastik», antwortete Huschi.

«Was, unten im Keller?»

«Gestern zumindest war der Turnraum noch dort.» Oh,

ein Witz. Huschi arbeitete wohl an ihrem Image. In Richtung lustige Schlaftablette. Wobei sie vorher schon noch die eine oder andere Studie machen hätte sollen, ob für diese Kombination tatsächlich Bedarf bestand oder ob man sich so nicht erst recht am Markt vorbei entwickelte.

«Und wie lange dauert das noch?»

Huschi schaute auf ihre Uhr. «Eine dreiviertel Stunde.»

Suchanek starrte ratlos auf seine Beute. «Aber da sind ganz viele Sachen drin, die in den Kühlschrank gehören. Und Eis auch noch. Das zerrinnt mir ja in der Zwischenzeit.»

«Na, dann geh halt schnell runter und hol sie.»

Suchanek ließ also die Einkäufe stehen und dirigierte den Lift nach unten um. Vor der Tür zum Gymnastikraum zögerte er kurz. Drinnen lief Musik, die wohl beschwingt klingen sollte, etwas im Viervierteltakt mit einem total tief empfundenen, grundehrlichen deutschen Text. Er wappnete sich kurz gegen das, was er gleich sehen würde, klopfte zart an und öffnete. Zwölf Damen, manche sogar in Leggings oder ähnlich figurbetonenden Fitnessdress gewandet, waren unter Anleitung einer jungen Trainerin, die Suchanek nicht kannte, mit Zeitlupen-Aerobic beschäftigt. Auch Lore war dabei und stand mit ihren beiden schweren Beinen fest im Leben, bewegte also nur ihre obere Hälfte. Ein wenig. Die Trainerin schaute Suchanek streng an, ohne ihr Vorturnen einzustellen.

«Ja?»

«Tut mir leid, dass ich störe, aber ich brauch die Frau Schmidtleitner.»

Das Subjekt seiner Begierde stellte die Hampelei ein und

kam zu ihm. Sie trug ein deutlich zu heiß gewaschenes, sehr enges lila T-Shirt, das den Blick auf ihren ausgeleierten Nabel freigab, dazu ein keckes Stirnband. Wenn sie der Vilimsky noch so sehen hätte können, wer weiß, was dem alles eingefallen wäre.

«Das Eis, Frau Schmidtleitner. Es zergeht. Sie müssten kurz mit mir raufkommen, damit Sie alles einkühlen können.»

Frau Schmidtleitner machte wortlos kehrt und ging zu ihrer Tasche, die neben einigen anderen an der Wand stand. Als sie zurückkam, drückte sie Suchanek einen Schlüsselbund in die Hand.

«Sind Sie so gut, können Sie das machen? Wenn ich jetzt raufgehe, versäume ich ja alles. Und ich brauche meine Bewegung.»

«Aber ich kann doch nicht ohne Sie in Ihrer Wohnung herumfuhrwerken.»

Schmidtleitner machte eine wegwerfende Handbewegung. «Warum denn nicht? Ich vertraue Ihnen. Bei mir gibt es sowieso nichts zum Stehlen. Mit meinem Ehrenamtlichen mache ich das auch immer so.»

Suchanek schaute mit leicht saurer Miene auf die Schlüssel in seiner Hand.

«Na ja. Wenn Sie meinen.»

«Danke, das ist wirklich lieb von Ihnen. Es ist der mit der blauen Plastikkappe.»

«Gut. Ich bringe ihn dann gleich zurück.»

Suchanek schleppte also sich und die schweren Taschen zur Wohnung von Frau Schmidtleitner. Vorbei an der Ströck Pepi, vorbei an ihrer Zyklame, die gerade darum kämpfte, ihr letztes Blütenblatt zu behalten. Nummer vier, die also erledigt worden war. Frau Bergmann hatte ein Alibi, das selbst die Ströck anerkennen musste. Aber Suchanek wusste ja Bescheid, seit ihm Frau Schmidtleitner vielsagend lächelnd einen Slibowitz angeboten hatte. Mal sehen, ob die Ströck auch draufkam.

Endlich stand er vor 517 und nestelte die Schlüssel aus der Hosentasche. Das war ja wieder einmal typisch für die alten Leutchen. Manchmal waren sie schon mit der Organisation der kleinsten Alltagsdinge überfordert. Da waren zwei Schlüssel mit einer blauen Kappe. Was hatte es denn für einen Sinn, den Ersatzschlüssel auf demselben Bund zu haben? Wenn Frau Schmidtleitner den verlor, waren sie beide weg. Suchanek beschloss, ihr nachher einen mit seiner Lebensweisheit getränkten sachdienlichen Hinweis zu geben, und steckte einen der beiden Schlüssel ins Schloss.

Er ließ sich nicht herumdrehen.

Was war das jetzt? Verwundert zog ihn Suchanek wieder ab. Vielleicht war er ja ein wenig verbogen oder so. Er griff also nach dem anderen. Und mit dem funktionierte es. Suchanek ging ins Vorzimmer und räumte den Kühlschrank voll, legte das Eis ins Gefrierfach. Er beeilte sich, denn er wollte nicht den Eindruck erwecken, dass er in der Wohnung irgendwelche komischen Sachen machte. Die nicht verderblichen Sachen ließ er einfach in den Säcken, die konnte Frau Schmidtleitner ja dann selber verstauen. Nach kaum zwei Minuten war er fertig und verließ die Wohnung wieder. Welcher Schlüssel war jetzt noch einmal der richtige gewesen? Er legte beide in seiner flachen Hand nebeneinander. Da war aber nichts verbogen. Die Zacken sahen anders aus. Die Schlüssel waren unterschiedlich. Diesmal erwischte er beim ersten Versuch den richtigen und schloss die Tür wieder ab. Dann blieb er stehen und betrachtete nachdenklich den anderen. Und mit einem Mal fiel ihm wieder ein, was die Schmidtleitner einmal gesagt hatte. Zwar nicht zu ihm, aber er hatte es mitgehört. Er ging langsam zur Nachbarstür. 518. Er steckte ihn ins Schloss, drehte.

Die Tür sprang auf.

So schnell, wie Suchanek wieder im Gymnastikraum war, hätte man dem Irrtum anheimfallen können, er bewege sich gewohnheitsmäßig so.

«Alles verstaut?», fragte Frau Schmidtleitner.

Statt einer Antwort hielt Suchanek den Schlüsselbund hoch. «Das hat mich jetzt ein bisschen verwirrt. Da sind zwei mit blauer Kappe drauf.»

«Ach so, ja. Ich hab noch den von der Cilly. Den muss ich noch in der Direktion abgeben.»

«Was?»

«Ich muss ihn abgeben. Jetzt brauch ich ihn ja nicht mehr. Wer weiß, wer da einzieht.»

«Nein, das habe ich nicht gemeint. Der Name, den Sie da verwendet haben!»

«Cilly?»

«Wieso Cilly?»

«Na, die Kurzform von Cäcilia. Kennen Sie die nicht?»

Zu behaupten, dass in derselben Sekunde auch in Suchaneks Hirn eine Tür aufgesprungen wäre, wie vorher die von der Cilly, und den Blick auf alles, was hinter ihr lag, schlagartig freigegeben hätte, wäre ein bisschen vermessen gewesen. Aber allzu lang dauerte es nicht mehr. Eines fügte sich zum anderen. Die Cilly. Was die Susi vorhin gesagt hatte. Was der Renner bei ihrer allerersten Begegnung achtlos ausgespuckt hatte. Und nicht zuletzt, was derjenige einmal gesagt hatte, über den der Renner damals geredet hatte. Sie hatten den Falschen verhaftet. Und was Suchanek auch noch siedend heiß klar wurde: Er musste jetzt jemanden finden. Und zwar schnell.

«Welche Zimmernummer hat eigentlich die Frau Zillinger?»

25

Suchanek hastete keuchend den verschneiten Weg hoch. Er war den ganzen Weg vom Haus Sonne hierhergerannt und damit längst über seine Leistungsgrenze hinaus. Seine Lungen brannten von der eisigen Luft, und er war schon zweimal ausgerutscht und hingefallen. Die Erschütterung hatte seiner Nase und dem Kopf, an dem sie zum Glück trotz allem noch hing, gar nicht gutgetan. Aber er hatte jetzt wirklich keine Zeit dazu, Schmerzen zu haben. Er schämte sich. Er hatte sich erst erkundigen müssen, in welchem Zimmer Frau Zillinger überhaupt wohnte, um dann festzustellen, dass sie nicht da war. Sooft er sie jetzt schon ernten gegangen war, er war nie auf die Idee gekommen, sie auch im Haus zu besuchen und sie so vielleicht auch einmal in einem lichteren Moment zu erwischen. Denn ihr Zimmer verließ sie ja offenbar nur, wenn sie wieder einmal abhauen wollte. Dann hätte er mit ihr plaudern können, sie fragen, wie das denn gewesen war, in ihrem früheren Leben, irgendwas. Sie einfach wie einen Menschen behandeln und nicht so, wie Mike es ihm quasi vorgegeben hatte: als Gemüse. Nicht, dass das an der jetzigen Situation viel geändert hätte. Suchanek hätte nur zumindest deutlich weniger Schuldgefühle gehabt. Aber vielleicht täuschte er sich ja auch, und die Geschichte, die er sich zusammengereimt hatte, die Geschichte hinter den ganzen Morden, war nur ein reichlich drastisches Hirngespinst. Aber wenn er recht hatte, dann zählte jede Sekunde, darum durfte er jetzt auch nicht langsamer ...

Wumm!

Suchanek hatte den Ast nicht kommen sehen. Wobei, eigentlich war ja er gekommen, und der Ast hatte nur gewartet. Aber jetzt war nicht der Moment für Spitzfindigkeiten, jetzt war der Moment fürs Grobe. Der Schlag holte Suchanek von den Beinen. Er fiel nach hinten, landete auf dem Rücken und rutschte im Liegen ein Stück den Hügel hinunter. Er schmeckte Blut. So viel Blut, dass er mit dem Schlucken kaum nachkam. Stöhnend rollte er sich auf den Bauch, hustete und spuckte. Der Schnee unter ihm färbte sich rot. Okay, für diesen Schmerz musste er sich dann doch kurz Zeit nehmen. Er brüllte und heulte ihn in den Schnee hinein. Dann tastete er nach seiner Nase. Sie war noch da. Aber der Kante nach zu schließen, die sie jetzt in der Mitte hatte, war das mit dem einstmals glatten, unverschobenen Bruch nunmehr Geschichte. Suchanek blieb noch kurz liegen, bis er wieder einigermaßen klar sah. Dann rappelte er sich mühsam hoch und stolperte weiter.

Frau Zillinger saß auf ihrem Lieblingsstein in ihrem Lieblingszimmer. Sie wusste zwar nicht, welches das früher einmal gewesen war, aber auf den Bildern in ihrem Kopf war es der Salon. Es war Sommer, die Fenster in den Spitzbögen standen offen, und die langen, cremefarbenen Vorhänge pendelten in der sanften Brise. In einer Ecke stand ein Flügel, auf einem Tisch mit kunstvoll gedrechselten Beinen eine Schüssel mit frischem Obst. Eine Schellackplatte drehte sich auf dem Grammophon, die Stimme des Hausherren drang aus dem Trichter, ein wenig blechern und knisternd. Er sang von Liebe, und zwar von ewiger. Wovon denn auch sonst?

«Ich gehe nicht nach Hause», sagte Frau Zillinger bestimmt. «Ich bleibe hier, da können Sie machen, was Sie wollen.»

«Ja», antwortete der Mann hinter ihr sanft. «Du bleibst hier. Ganz sicher sogar.»

Suchanek hatte nicht die Polizei gerufen. Seit seinem letzten Auftritt mit Prskawetz war es ihm lieber, den Inspektor nicht zu sehen. Aber das war natürlich nicht der Hauptgrund. So sicher war er sich seiner Sache beileibe nicht, und er wollte sich nicht blamieren. Außerdem war ja Prskawetz überzeugt davon, den Mörder eh schon zu haben, also hätte er wohl sowieso nicht die Kavallerie geschickt. Und wenn Suchanek doch recht hatte, dann würde er mit der Situation schon irgendwie fertig werden. Andererseits hatte es der Mörder auch geschafft, Mike zu überwältigen, und der war schon ein anderer Gegner gewesen als Suchanek.

Er konnte sich nicht erinnern, jemals solche Schmerzen verspürt zu haben. Sein Gesicht fühlte sich an, als würde es in einem Schraubstock stecken. Die Anstrengung pochte mit einem Vorschlaghammer in seinem Schädel, als wollte sie seine Augen aus den Höhlen drücken. Nicht mehr weit. Es ist nicht mehr weit.

«Warum musstest du dich ausgerechnet daran erinnern?»

Frau Zillinger schaute den Mann nicht an. Sie hatte zwar registriert, dass er da war, und auch, dass er ab und zu etwas sagte. Aber sie verstand nicht, was. Und es war ihr auch vollkommen egal. Der störte hier nur. Gleich würde der Herr Forst kommen und sich an den Flügel setzen. Und sie würden wieder ein wunderschönes Duett gemeinsam singen, wie schon so oft.

«Sonst weißt du meistens nicht einmal mehr, wie du heißt», fuhr der Mann fort. «Rennst ständig hierher und träumst dich weg, weil das die einzige Welt ist, in der du dich noch zurechtfindest. Hättest du nicht einfach in der bleiben können? Dann hätten wir uns das jetzt beide erspart.»

«Ich würde sagen, ihr erspart euch das auf jeden Fall», sagte plötzlich jemand hinter ihm. Der Mann fuhr herum. Da stand eine Art Kriegsgott, ein moderner Achilles, über und über bespritzt mit dem Blut seiner Feinde, die er eben auf dem Schlachtfeld niedergemetzelt hatte.

«Himmel, hast du mich vielleicht erschreckt!», rief Ewald. «Was ist denn jetzt schon wieder mit dir passiert? Wie siehst du denn nur aus?»

Suchanek spuckte ein Stamperl Blut aus. In diesen Actionfilmen sagte der Held in solchen Momenten immer etwas total schnoddrig Cooles, todesverachtend, wie er nun einmal war.

«Du solltest den anderen sehen.»

Gut, der war mäßig originell. Den hatte man nun wirklich schon zur Genüge gehört. Aber Suchanek konnte zu seiner Verteidigung anführen, dass da jetzt auch kein unterbezahlter Drehbuchschreiber tagelang darüber gebrütet hatte. Und natürlich, dass er gerade von einem gewissenlosen Baum angegriffen worden war.

«Was machst du überhaupt hier?», fragte Ewald.

«Schau! Gedankenübertragung. Das wollte ich dich auch gerade fragen.»

«Ich? Na, ich bin sie suchen gegangen.» Ewald wies auf Frau Zillinger, die völlig unbeteiligt und desinteressiert in die andere Richtung schaute.

«Das ist aber doch gar nicht dein Job.»

«Ach, so kleinlich bin ich da nicht. Du kennst mich ja: Wenn Not am Mann ist, helf ich gern. Und die Bewegung tut mir eh gut. Ich hab mir ja gleich gedacht, dass sie wieder auf ihrem Willi-Trip sein wird.»

Suchanek nickte, wischte sich mit dem Handrücken über den Mund und dann die ganze Bescherung in seine Jacke. Das machte jetzt das Kraut auch nicht mehr fett.

«Na ja. Solange sie nur auf dem Willi-Trip ist, geht's ja. Viel unangenehmer wäre für dich, wenn sie wieder zum Vili wechselt, oder?»

«Was?»

«Hab ich mich nicht klar genug ausgedrückt? Entschuldige. Das ist ja auch nicht so einfach. Ich hab es auch nicht gleich verstanden, weil man hört den Unterschied ja nicht. V statt W und nur ein l. Vili. Seine Freunde haben den Vilimsky so genannt. Wobei die arme Frau Zillinger ja gar nicht mit ihm befreundet war. Sondern mit der Cilly. So gut, dass die ihr alles erzählt hat. Also früher, wie sie sich noch was gemerkt hat.»

Ewald legte die Stirn in Falten. «Was redest du da daher?»

«Das weißt du ganz gut, Ewald. Weil du nämlich genau deswegen hier bist.»

«Ich glaub, du hast eine Gehirnerschütterung.»

Suchanek legte die Hand auf den Kopf. «Tut ganz schön weh, ja. Aber das, was drin ist, funktioniert noch ganz gut. Also, zumindest nicht noch schlechter als vorher. Und am besten hat es funktioniert, wie ich der Schmidtleitner ihre Schlüssel zurückgegeben habe. Das war dann wie ein Schneeball. Aber nicht so ein kalter, trockener Schnee wie heute, weißt du? So ein nasser, patziger Frühlingsschnee. Wo der Schneeball, wenn man ihn wo runterrollt, immer größer wird, von allein quasi.»

«Schneeball? Schlüssel? Was soll das alles hier?»

«Du hast die Leute umgebracht. Alle drei. Also nein, alle vier. Den Pilowsky, diesen Unglücksraben, hätte ich jetzt fast vergessen. Den Kollateralschaden. Hättest du nicht wenigstens schauen können, ob da unten jemand ist, bevor du die Bergmann beim Balkon runtergeschmissen hast? Und jetzt wolltest du auch noch diese arme Haut hier umbringen. Zum Glück war ich rechtzeitig hier.»

«Spinnst du total? Ich soll die umgebracht haben? Das ist doch lächerlich!»

«Mir hat heute die Schmidtleitner ihren Schlüsselbund gegeben, damit ich ihren Einkauf verstauen kann. Den Schlüsselbund, auf dem auch der Schlüssel von ihrer Nachbarin drauf ist. Eigentlich hätte ich da schon früher draufkommen können, denn dass sie den hat, hat sie schon einmal erwähnt. Gleich nach deinem ersten Mord. Aber das ist mir erst jetzt wieder eingefallen. Und wenn ich mir noch dazu gemerkt hätte, dass die Bergmann mit Vornamen Cäcilia geheißen hat und dass die Koseform davon Cilly ist, dass sich also die Zillinger damit gar nicht selber gemeint hat, dann wäre alles noch leichter geworden. Aber wurscht, es ist sich ja auch so noch ausgegangen.»

«Ich verstehe nur Bahnhof, echt jetzt.»

«Du bist der Ehrenamtliche von der Schmidtleitner. Sie hat dir oft ihre Schlüssel gegeben, so wie mir heute.»

«Ja. Na und?»

«Und damit bist du in die Wohnung von der Bergmann und hast sie umgebracht.»

«Und warum hätte ich das bitte tun sollen?»

«Um dich zu rächen. Für deine schlimme Kindheit. Die hat der Renner einmal erwähnt. Eigentlich, um mich damit runterzumachen, aber egal. Und ich hab dich einmal gefragt, warum du das machst, diese ehrenamtliche Arbeit. Und da hast du gesagt: ‹Ich weiß, wie das ist, allein zu sein und im Heim.› Damals hab ich gedacht, du meinst, dass du dich einfach so gut in die Alten hineinfühlen kannst. Aber du hast in Wirklichkeit von einer sehr realen Erfahrung geredet. Die du selber am eigenen Leib erfahren hast. In dem Kinderheim, in dem du warst. Ich kann mir vorstellen, dass das damals in den Fünfzigern wahrlich kein Honiglecken war. Und ein anderes Mal hast du gesagt: ‹Oft sind es die, die einem am nächsten sind, die einem am meisten weh tun.› Ja. Zum Beispiel die eigenen Eltern. Deine. Der Vilimsky und die Bergmann. Das Kind, von dem mir die Zillinger erzählt hat, das der Vili der Cilly gemacht hat, bevor er sie dann stehen gelassen hat, das bist du. Die Geschichte war eben keine Willi-Forst-Phantasie von der armen Verwirrten. Ich habe nur die Namen falsch verstanden. Und dann hab ich das blöderweise erzählt, wie du dabei warst.»

In Ewalds Gesicht zuckte mittlerweile so ziemlich jeder Muskel. Er presste seine Kiefer hart aufeinander, schüttelte anhaltend den Kopf und schwieg.

«Der Mike fehlt noch», fuhr Suchanek fort. «Mit den ganzen komischen Geschäften, die der so betrieben hat, bin ich da ja zuerst auf die ganz falsche Spur gekommen. Außerdem hab ich ja ursprünglich auch ihn verdächtigt, so lange, bis er halt tot war. Aber ich denk mir das jetzt so: Ich weiß, dass er am Tag von dem Mord an deiner Mutter im fünften Stock war, obwohl er es geleugnet hat. Deswegen hab ich ihn ja verdächtigt. Und wegen dem vielen Geld in seinem Kühlschrank. Aber das Geld war von dir, oder? Weil er dich gesehen hat, nach dem Mord an der Cilly. Das muss schon nervenzerfetzend gewesen sein für dich – und dann geht es auch noch schlecht aus. Da steht zuerst der Enkel vor der Tür von der Cilly, und du kannst nicht raus. Dann verschwindet der endlich, und du musst jetzt natürlich schnell weg, weil bald wird wer kommen und in die Wohnung schauen. Und wie du rausschlüpfst, kommt auf einmal der Mike um die Ecke. Hast du ihm das Schweigegeld freiwillig angeboten, oder hat er dich erpresst?»

Jetzt brach es aus Ewald heraus.

«Der Hurensohn hat den Hals nicht vollgekriegt! 50 000 Euro, kannst du dir das vorstellen? Meine ganzen Ersparnisse. Und dann war er damit nicht einmal zufrieden und wollte noch mehr! Was hätte ich denn machen sollen?»

«Ich finde auch, dass Waterboarding mit Pisse in so einem Fall ziemlich alternativlos ist. Du hast ihn gefoltert, damit er dir verrät, wo dein Geld ist.»

«Lang hat er eh nicht durchgehalten, der Warmduscher. Interessant war nur, dass er wirklich geglaubt hat, ich lasse ihn am Leben, wenn er es mir zurückgibt.»

«Ja, manche Leute sind so leichtgläubig, das ist ein Wahnsinn. Aber jetzt sag einmal: Wie hast du überhaupt herausgefunden, dass die zwei deine Eltern sind? Das hat doch praktisch niemand gewusst.»

«Du würdest nicht glauben, wie viele Tonnen von Akten in den diversen Verwaltungsarchiven ich im Lauf der Jahre gewälzt habe. Überall haben sie mir gesagt, das hat keinen Sinn, weil selbst, wenn es da Aufzeichnungen gegeben haben sollte, wer mich damals im Heim abgegeben hat und einfach gegangen ist, dann wären die längst vernichtet. Aber eines Tages habe ich tatsächlich den richtigen Zettel in der Hand gehabt. Mit dem Namen von meiner lieben Mutter. Dem ledigen zwar, aber das war dann das geringste Problem. Und dann hab ich mich auf die Suche nach ihr gemacht. Es hätte natürlich sein können, dass sie längst tot ist. Drum hab ich auch bei den Sterbelisten angefangen. Hat wieder alles eine Weile gedauert. Aber schließlich hab ich sie gefunden.»

«Aber da konntest du doch noch nicht wissen, dass der Vilimsky dein Vater ist. Den wird sie ja damals kaum angegeben haben.»

«Nein. Das war Zufall. Also zuerst einmal der Zufall, dass die beiden sich in demselben Heim wiedertreffen, nach all den Jahren. Und dann, dass ich das erfahren habe. Ursprünglich wollte ich ja versuchen, irgendwie aus meiner Mutter rauszukriegen, wer mein Vater ist. Oder war. Aber das war zu schwierig. Weil, wenn ich ihr Ehrenamtlicher geworden wäre, dann wäre ich nach dem Mord an ihr ja sofort im Kreis der Verdächtigen gewesen. Aber dann hat es sich eh anders ergeben.»

Ewald wies mit dem Kopf auf die Zillinger. «Ich bin dann ihr Ehrenamtlicher geworden. Ich wusste ja, dass sie mit meiner Mutter gut befreundet ist, und hab mir gedacht, ich kann über sie vielleicht mehr herausfinden. Damals war sie ja noch klar im Kopf. Also hab ich sie immer wieder einmal was gefragt über meine Mutter, aber sehr beiläufig und unauffällig. Und irgendwann hat sie es mir erzählt. Ich habe mein Glück kaum fassen können.»

«Aber warum hast du sie dann nicht früher umgebracht, wenn sie etwas weiß, das dir gefährlich werden kann?»

«Wir haben uns gut verstanden. Sie war nämlich einmal eine kluge und auch witzige Frau, weißt du. Und ich hätte nie gedacht, dass sie sich jetzt immer noch an das erinnert. Also wollte ich ihr einfach nichts tun, weil wozu denn? Sie war eh schon gestraft genug. Aber dann bist du dahergekommen und hast mir bewiesen, dass sie sich eben doch erinnert. Zum Glück hattest du ihr Gebrabbel völlig falsch verstanden, aber mir war trotzdem klar, dass es doch zu riskant ist, sie am Leben zu lassen. Weil sie sich ja vielleicht irgendwann deutlicher ausgedrückt hätte.» Ewald seufzte: «Und jetzt stellt sich auch noch heraus, dass du es mit Verzögerung doch kapiert hast.»

«Tut mir echt leid. Ich weiß auch nicht, was mir da eingefallen ist.» Mit einem Mal wurde Suchanek schwindlig.

Er taumelte zwei Schritte zurück und stützte sich an der Wand ab. Wie auch immer das hier weiterging, für einen Kampf war er denkbar schlecht gerüstet.

«Aber die Waschmaschine?», sagte er dann. «Musste das sein? Das ist doch grauenvoll.»

«Du hast keine Ahnung, wie sehr ich diesen Menschen gehasst habe. Ich hoffe, er hat noch möglichst viel mitbekommen. Und egal, welche Schmerzen er gehabt hat: Die sind nichts gegen meine. Weißt du, in wie vielen Heimen ich gewesen bin? Und was sie dort alles mit mir gemacht haben?»

«Das war kein Honiglecken, das ist mir klar. Da ist damals sicher viel geprügelt worden.»

«KZs. Das waren KZs. Du wirst doch von den ganzen Heimskandalen gehört haben, die dann Jahrzehnte später rausgekommen sind, Wilhelminenberg und so. Da war ich mittendrin. Ein wehrloses Kind, von seinen Eltern dort abgeladen. Wenn sie mich nur geprügelt hätten, dann wäre ich der glücklichste Mensch gewesen. Aber nein, sie haben mich verkauft. An irgendwelche Dreckschweine, die mich dann vergewaltigt haben. Nicht einmal. Nicht zehnmal. Tausendmal.»

Suchanek nickte. Ewald hatte recht. Niemand konnte sich vorstellen, was das aus einem Menschen machte.

«Aber was hätte deine Mutter denn damals tun sollen? Der Mistkerl ist der Valentin gewesen.»

«Sicher, ein lediges Kind, mit 18, Anfang der fünfziger Jahre – schlimme Sache. Aber trotzdem: Eine Mutter tut so etwas nicht. Irgendwie wäre das schon gegangen, wenn sie wirklich gewollt hätte. Aber ihr habe ich ja auch nicht weh getan. Das war eh ein barmherziger Tod.»

«Barmherzig wäre jetzt nicht das erste Wort, das mir dazu einfiele.»

Ewald war in der Zwischenzeit aufgestanden und hatte immer wieder einmal einen kleinen Schritt in Suchaneks Richtung gemacht. Aber zwischen ihnen klaffte das große Loch im Fußboden. Um ihn angreifen zu können, hätte Ewald es erst umrunden und entlang der Wand auf ihn zugehen müssen. Also sah Suchanek da noch keine unmittelbare Gefahr.

«Jetzt brauchen wir eigentlich nur noch eine Frage zu klären», sagte er. «Müssen sich die Polizisten auch zu Fuß hier heraufquälen, oder kommst du freiwillig mit runter?»

«Welche Polizisten denn?»

«Na die, die ich gerufen habe.»

Ewald lächelte. «Geh bitte. Die wären doch längst hier, wenn du sie wirklich gerufen hättest.»

«Jetzt komm schon. Das hat doch alles keinen Sinn mehr.»

«Ich gehe sicher nicht ins Gefängnis. Ich war achtzehn Jahre in einem.» Ewald griff in die Innentasche seiner Jacke. «Weißt du noch, wie wir uns mit dem Obermüller unterhalten haben? Was er über Selbstverteidigung gesagt hat? So unrecht hatte er gar nicht. Und ich sehe das hier durchaus als Selbstverteidigung.» Und dann zog er eine Pistole heraus und richtete sie auf Suchanek.

«Es tut mir leid für dich. Oder besser gesagt euch, die Zillinger kann ja auch nichts dafür. Aber was musstest du dich auch einmischen? Statt einfach deine Zeit hier abzudienen und dann auf Nimmerwiedersehen zu verschwinden.»

Suchanek überlegte. Er hatte nicht viele Optionen.

Eigentlich nur eine. Wegrennen würde sich nicht ausgehen, bis er da hinter die nächste Wand kam, hatte ihn der Schuss längst getroffen. Ewald anzugreifen ging auch nicht, denn da war ja das Loch. Und genau dieses war seine letzte Chance. Er musste da runterspringen und dann erstens hoffen, dass er sich nicht das Genick brach, und zweitens, dass Ewald zu überrascht war, um ihm einigermaßen gezielt hinterherzuschießen.

Aber jemand anderer war schneller. Ewald riss plötzlich die Augen weit auf und stieß einen heiseren Schrei aus. Dann begann er wild mit den Armen zu rudern, aber es half nichts mehr. Er verlor das Gleichgewicht und fiel vornüber in das Loch. Der satte Krach, mit dem er aufschlug, ließ erstaunlich lang auf sich warten. Damals hatten sie halt noch großzügig gebaut. Hohe Räume, sogar im Keller. Heiztechnisch ein Wahnsinn, aber um einen Mörder runterzuschmeißen eins a.

Frau Zillinger war erst zum Vorschein gekommen, nachdem sie Ewalds breite Gestalt vor ihr mit einem erstaunlich kräftigen Rempler versenkt hatte. Sie sah ihm kurz in das Loch nach, drehte sich dann um und setzte sich wieder auf ihren Stein. Als wäre nichts gewesen. Suchanek tastete sich vorsichtig an den Rand der Grube vor. Ewald war zwar nicht so tief gefallen wie seine Mutter. Aber tief genug. Nicht einmal Graham Hills Kopf war schiefer gewesen.

26

Die Polizisten hatten in ihrer Funkstreife den Schlagersender eingestellt. Als die Moderatorin den nächsten Titel ankündigte, sagte der auf dem Beifahrersitz:

«Dreh lauter!» Er klopfte den armseligen Synthistampf auf seinem Pistolenhalfter mit und stimmte dann leise in den Refrain ein.

«Bitte vergiss mich ni-hie!»

Suchanek schaute Frau Zillinger an, die neben ihm auf der Rückbank saß. Und die tat diesmal etwas, was sie selten tat: Sie erwiderte seinen Blick. Suchanek hätte schwören können, dass ihrer zumindest eine Sekunde lang dasselbe sagte wie seiner: «Eh nicht.»

Sie hatte natürlich zuerst nicht von der Villa weggehen wollen. Aber es waren immer noch mehr Polizisten gekommen, und irgendwann war es ihr dann doch zu ungemütlich im Wohnzimmer geworden. Prskawetz hatte gemeint, die Kollegen würden das schon machen und Suchanek solle doch bitte lieber ins Spital fahren, er sehe nämlich aus, als sei er gegen einen LKW gerannt, und zwar nicht gegen einen stehenden. Und er solle sich im Übrigen keine Sorgen machen wegen der dummen Sache mit dem Amtsarzt, es sei ihm nämlich schon entfallen, was da eigentlich genau gewesen war. Aber angesichts der Kollegen hatte Suchanek es höchst angebracht gefunden, zum Haus Sonne mitzukommen. Außerdem hatte er etwas Unbekanntes verspürt, ein komisches Gefühl, das er zuerst für ein Magengeschwür oder einen Milzriss oder etwas in der Art gehalten hatte. Dann war er aber zu dem Schluss gekommen, es müsse sich dabei wohl um Pflichtbewusstsein handeln.

Es gab natürlich noch einen Grund, warum er ins Haus Sonne zurückwollte.

Als sie ankamen, half einer der Polizisten der Zillinger

aus dem Auto. Suchanek umrundete es und wollte ihr den Arm zum Einhängen anbieten und sie stützen. Aber sie kümmerte sich nicht um ihn und ging einfach. Suchanek sah ihr nach. Möglich, dass er in ihren Blick von vorhin doch ein bisschen was hineininterpretiert hatte. In der Halle wehrte er die Fragen von zwei Alten seinen Zustand betreffend elegant ab, indem er sie einfach ignorierte und seinen Weg zur Pflegestation unbeirrt fortsetzte. In der Schwesternkoje waren Imelda und Hanni.

«Um Gottes willen, wie siehst du denn schon wieder aus?», rief Hanni. «Was ist passiert?»

«Ich hatte draußen einen kleinen Unfall.»

«Ich möchte dich bitte nie nach einem großen sehen müssen. Jetzt ist dein Zinken endgültig hin. Was war das für ein Unfall?»

«Ich wollte mit dem Gesicht einen Baum umhacken. Aber es hat einen Grund, warum sich diese Methode nie so richtig durchgesetzt hat.»

Hanni war in der Zwischenzeit zu ihm gelaufen und inspizierte seine Nase aus der Nähe. «Scheiße, jetzt ist es ein offener Bruch. Und verschoben! Du musst ins Spital, das gehört operiert!»

«Ich weiß.»

«Das muss doch Hölle weh tun!»

«Es geht. Adrenalin hilft.»

«Warte, ich reinige das einmal und mach dir einen Verband. Imelda, ruf die Rettung!»

«Noch nicht. Ich muss noch was erledigen.»

«Auf einmal muss er dauernd was erledigen! Am Anfang warst du irgendwie weniger enthusiastisch, oder täusche ich mich da? Was hast du denn draußen überhaupt gemacht, während der Arbeitszeit?»

«Die Zillinger gesucht.»

«Schon wieder? Ich wusste gar nicht, dass sie weg war.»

«Dieses Mal ist es nur mir aufgefallen. Oder besser gesagt: fast nur mir.»

«Du bist sooo lieb! Und dann hat das so schlimme Folgen. Aber, falls es dich tröstet: Das war garantiert das letzte Mal mit der Zillinger.»

«Wieso? Habt ihr einen neuen Deppen gefunden, der ab jetzt statt mir gehen muss?»

«Nein.» Hanni legte ihm die Hand auf die Wange und streichelte ihn. «So einen Deppen wie dich findet man nicht alle Tage. Aber wir haben jetzt endlich einen Platz frei. Den kriegt die Zillinger.»

«Na, Gott sei Dank. Obwohl ihr ihre Ausflüge sicher fehlen werden.»

«Jetzt komm schon, ich mach dir den Verband.»

«Gleich.» Suchanek ging zu Renners Tür.

«Warte!», rief Hanni.

Aber da hatte Suchanek die Tür schon aufgemacht. Wie immer ohne Klopfen. Aber sonst war nichts wie immer.

Das Bett war leer.

Weitere Titel von Rainer Nikowitz

Suchanek ermittelt

Volksfest

Nachtmahl

Altenteil